BBULMEDIA FANTASY STORY

소설

①

뿔미디어

CONTENTS

Prologue   7

제1장, 어떻게 이럴 수가?   15

제2장, 최강권, 전생을 읽을 수 있게 되다   41

제3장, 마법? 그거 도술 같은 거야?   75

제4장, 인연과 악연   103

제5장, 몇 배로 갚아 주마   129

제6장, 청담동 찰 공주와 인연을 맺다   161

제7장, 제왕의 사주를 가진 사나이   189

제8장, 바람이 나무를 흔들다   215

제9장, 드, 드래곤이세요?   235

제10장, 백억을 다오   267

제11장, 설마 이것은?   293

Prologue

"또 그 꿈이야! 제기랄."

최강권은 자리에서 일어나면서 선명하게 떠오르는 꿈을 생각하면서 중얼거렸다.

"어떻게 된 게 명색이 조부라면서 하나뿐인 손자가 잘되는 꼴을 두고 보지 못하겠단 말인 거지?"

강권은 고아인 부모 밑에서 자라났고 중학교 2학년 때 고아나 다름없게 되었으니 할아버지에 대한 기억이 있을 리 없었다. 그런데 벌써 며칠째 같은 꿈을 꾸고 있었다.

그 꿈이란 게 희한한 것이었다. 100억 원을 갚아 주면 전생을 읽을 수 있게 해 주겠단다.

'젠장, 100억 원은커녕 100만 원만 있어도 좋겠다.'

꿈속이었지만 당연히 거절이었다. 이런 강권의 마음을 알았는지 자칭 할아버지는 엄청 다급해진 모양이었다.

처음에는 강권의 전생만 읽게 해 주겠다더니 세 명의 전생까지 읽을 수 있게 해 주겠단다. 동료에게 빚을 졌대나 어쩠다나.

자신의 능력으로서는 거기까지가 한계라고도 했다.

"100억 원이 있다면 내가 요 모양, 요 꼴로 살고 있겠어요?"

"물론 네 사정이야 이 할아비가 잘 알고 있지. 그렇지만 얼마 후에는 그 돈이 생길 것이다. 그리고 전생을 읽을 수 있는 능력이란 것이 네가 생각하는 것처럼 그렇게 간단한 게 아니란다. 전생을 읽는다고 해서 단지 전생에 어떻게 살았다는 것만 아는 게 아니고 전생에서 알고 있었던 지식과 경험까지도 모두 알 수 있게 되지. 뿐만 아니라 전생에 인연이 있는 사람들도 알아볼 수 있어. 물론 네가 얼마나 노력을 하느냐에 달린 일이지만."

"그것은 말이 안 되잖아요. 전생의 지식과 경험은 그렇다 쳐요. 그런데 전생이라면 최소한 수백 년은 흘러갔을 것인데 사람이 어떻게 수백 년을 살 수 있겠어요?"

강권은 꿈이었지만 너무 얼토당토 않는 것 같아 딴죽을 걸었다.

생각해 보나 마나, 너무 터무니없는 말이 아닐 수 없었다.

사람이 어떻게 수백 년을 산단 말인가? 강권은 자칭 할아버지인 노인의 말이 도무지 신빙성이 없다고 생각하지 않을 수 없었다.

그러자 할아버지는 급히 해명을 했다.

"아이야! 그것 역시 네가 잘못 생각하고 있단다. 전생이란 것이 불과 몇 년 전일 수도 있고, 또 지금 천오백 년 동안 죽지 않고 살고 있는 자도 있으니 말이야. 내가 곤경에 처한 것도 따지고 보면 다 그자 때문이니라."

'육십갑자 동방삭이 또 있다는 것이야, 뭐야? 사람이 어떻게 천오백 년 동안 죽지 않고 살 수 있냔 말이야?'

강권은 할아버지의 해명이 궁색한 변명처럼 들렸다.

그래서 단호하게 거절했다.

"할아버지, 죄송하지만 지금 제 사정으로는 할아버지 부탁을 들어드릴 수 없겠네요."

말은 이렇게 했지만 마음이 약한 강권은 한 번도 보지 못했던 할아버지라는 사람의 애처로운 눈빛이 밟혀 마음이 답답했다.

하지만 지금 당장 100억 원은커녕 수중에 100만 원도 없는 걸 어떡하란 말인가.

'젠장, 이러시려면 유산을 넉넉히 남겨 주시든지. 그랬

으면 이럴 때 백억이 아니라 천억이라도 포기할 수 있었겠지만⋯⋯.'

지금 강권의 실정은 인력시장에 다니면서 근근이 살아가고 있는 형편이었다. 일당에서 인력시장에 10% 주고, 교통비조로 팀장에게 4,000~5,000원을 공제하고 나면 강권의 수중에 들어오는 것은 끽해야 하루 58,000~59,000원 정도다.

그러면 한 달에 180만 원 가량을 벌 텐데 젊은 놈이 혼자 쓰면서 100만 원도 모으지 못했냐고 말하는 사람도 있을 것이다.

하지만 중학교 중퇴에 일정한 기술이 없고 게다가 몸까지 약한 강권으로서는 잘해야 보름에서 20일 정도 일할 수 있다.

그럼 대략 90~120만 원. 여기서 고시원비와 기타 생활비를 제하고 나면 한 달에 10만 원 모으기도 힘들었다.

"후후후, 나에게 100억 원이 생기면 까짓것 생전 얼굴도 한 번 보지 못한 할아버지께 효도 한 번 하지 뭐."

강권은 잠에서 깨고서도 꿈이 선명하게 생각나자 이렇게 중얼거렸다. 하지만 100억 원이라는 돈이 누구 애기 이름인가? 강권은 이런 말 한다는 것 자체가 우스워 혼자 낄낄거리며 일을 나갔다.

그런데 이렇게 중얼거린 말이 씨가 되고 그것도 바로 그 다음 날 아침에 이루어지리라고는 강권은 꿈에도 생각지 못했다.

제1장
어떻게 이럴 수가?

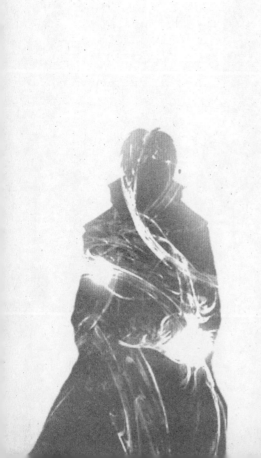

"강권아! 너 이번 주에 로또 샀잖아. 번호 한 번 맞춰 봐라."

"사기는 했는데…… 상수 형, 내 복에 설마 로또가 맞겠어요?"

"그래도 또 모르잖아. 저번 주에 이월이 돼서 이번 주 당첨금이 무려 300억 원이 넘어. 만약에 1등에 당첨이 된다면 팔자가 완전 바뀐다고."

"그, 그거야 그렇지만……."

강권은 말을 흐리면서도 내심 기대를 갖고 지갑에서 로또를 끄집어 냈다. 그런데 번호를 맞추다 말고 그대로 눈이 뒤집어졌다.

"헉!"

1등, 1등이었다.

"강권아! 왜 그래?"

한상수는 기절해 있는 최강권의 손에서 로또를 가로채서 번호를 맞추어 보았다. 1등, 1등이었다.

한상수 역시 눈이 뒤집어졌다. 하지만 한상수는 기절하거나 하지는 않았다. 대신 가로챌 궁리를 했다.

"이것만 있으면……."

한상수는 이 사실을 아무도 모른다는 것을 생각하고 그대로 가로채기로 했다. 양심이 누구보다 올곧다고 자부하던 상수였지만 이번 1등 로또 당첨금 313억 5천만 원은 너무나 엄청난 거금이었다. 아니 1등이 둘이라니 당첨금을 둘이서 나눈다고 하더라도 156억 7천 5백만 원이었다. 제세공과금을 제하고도 무려 100억 하고도 5억 원이 넘었다.

양심을 지키고 사느냐? 아니면 이걸 갖고 튀느냐?

한상수는 갈등했다. 양심을 지켜서 로또 용지를 최강권, 저 녀석에게 준다면 마음이야 편할 것이다. 하지만 100억 원이 넘는 거금은 최강권 저 녀석의 돈이 될 것이다.

그런데 이 로또란 게 최강권 것이라고 표시가 되어 있는 것이 아니었다. 로또를 들고 가는 사람에게 돈을 주게 되어 있었다. 게다가 최강권이 로또를 산 것은 자기와 그만 아는 사실이었다.

잠깐의 고뇌였지만 한상수에게는 몇 겁의 세월을 보낸 것 같은 진한 갈등으로 느껴졌다. 그리고 마침내 결정을 내렸다.

'그래, 여기서 눈 한 번만 찔끔 감으면 대대손손 잘살 수 있어. 현실이란 게 양심을 지키고 산다고 누가 단돈 100원짜리 하나 주지 않잖아.'

자기가 양심을 한 번 속이면 자신의 후손들에게 가난이라는 굴레에서 벗어나게 만들 수 있다는 생각이 들자 한상수는 로또를 들고 조용히 사라졌다.

최강권은 깨어나고 나서 한상수가 자신의 1등 당첨된 로또를 가지고 사라져 버렸다는 것을 안 순간 완전 허탈에 빠졌다.

로또는 무기명채권이나 마찬가지여서 용지를 들고 가는 사람에게 돈을 지급하는 까닭에 갖고 뛴 순간에 이미 한상수의 로또가 되어 버렸다. 무식한 최강권이었지만 그 정도는 안다.

"어떻게 이런 일이……."

하지만 이대로 말 수는 없다.

시계를 봤다. 액정에 5/2(월) AM 12:17이란 자막이 보였다.

강권은 씻지도 않고 무작정 택시를 잡아타고 로또 지급 은행의 본점으로 갔다. 그런데 택시 기사의 말대로 가장 **빠**른 길이라는 마포대교를 지나서 가는데 오늘따라 길이 엄청 막혔다.

마포대교에서 3중 충돌사고가 났단다. 1~2분이면 건널 수 있는 것을 무려 13분이나 걸렸다. 택시비가 무려 2만 8천 원이나 나왔다. 강권은 3만원을 건네주고 거스름돈도 받지 않고 6층에 있는 수신부 복권사업팀으로 갔다.

"이번 주 1층 당첨금이요? 손님, 그건 말씀드릴 수 없습니다."

강권은 딱 잘라 거절하는 직원에게 자초지종을 털어놓고 사정을 했다. 하지만 돌아오는 답은 그런 말이 상투적이라는 거다.

"손님, 이런 말씀드리기 죄송합니다만 손님 같이 말씀하시는 분이 벌써 십여 명은 됩니다. 안 가고 계속 이곳에 계시면 영업 방해로 경찰에 신고하겠습니다."

강권은 트라우마가 있어 평소 경찰이라면 경기를 일으킬 정도로 알레르기가 있었지만 끝까지 자기 말이 사실이라고 우겼다.

강권이 끝까지 우기자 직원이 딱하다는 듯 당첨금은 이미 찾아갔고 설령 그 말이 사실이라고 해도 되찾을 방법이

거의 없다는 말을 했다. 로또라는 게 무기명채권 같은 것이어서 주인을 가릴 필요도 없지만 주인을 가릴 방법도 만만치 않다는 것이었다.

영수증도 없으니 상대가 우기면 그게 진실이 아니라는 증명할 방법이 사실상 없다고 했다. 또 법으로 따져도 백이면 백 질게 뻔한데, 지게 되면 무고죄까지 뒤집어쓸 수 있다고 했다.

강권으로서는 미치고 환장할 노릇이 아닐 수 없었지만 결국 찾기를 포기하고 은행을 나올 수밖에 없었다.

"이런 때려죽일 놈, 쬐금이라도 떼어 주고 가면 어디가 덧 나냐? 그걸 혼자 다 갖고 튀냐, 튀길. 에이, 잘 먹고 잘 살아라."

강권은 이내 체념을 했지만 너무나 열이 받아서 맨 정신으로는 도저히 견딜 수 없었다. 사람을 때려죽일 수도 있을 것이라는 기분이 드는 것은 비단 마음뿐만은 아니었다.

만약 한상수가 여기에 있다면 정말로 때려죽였을지도 몰랐다.

하지만 그렇다고 해서 이미 돈을 찾아서 잠적해 버렸을 한상수를 찾을 수 있는 것도 아니었다.

그래서 잊어버리려고 못 먹는 술을 진탕 먹고 취해야 했다.

그러기를 열흘에 열흘이 훌쩍 지났고 얼마 갖고 있던 돈마저 모두 썼다. 이제는 돈을 벌지 않으면 고시원에서 쫓겨날 판이었다.

새벽 4시 반. 일을 나가려고 억지로 일어났다.

잘 먹지도 못하는 술을 매일같이 연이어 먹었더니 아직도 술이 덜 깨서 기분이 알딸딸했다.

'젠장, 돈 벼락을 맞을 뻔했는데…… 그 꿈 때문인가? 어쩐지 꿈이 뒤숭숭하더라니. 그렇지만 이미 그렇게 된 걸 이제 어쩌겠어? 한 번도 얼굴을 보지 못한 할아버지에게 효도했다고 생각하고 그만 잊어버려야겠지?'

이런 생각을 하면서 인력시장으로 가는데 누군가 뒤에서 강권을 아는 체한다.

"강권아, 오랜만이다. 너 그동안 뭐했기에 코빼기도 안 보였냐? 오늘은 토목 8만 원인데 나 따라갈 거지?"

강권이 뒤를 돌아보니 봉고차를 갖고 인력시장에서 팀장을 하는 김용진이었다. 최강권은 키는 작았지만 골격이 굵고 힘이 좋아서 남보다 일을 몇 배를 더하기 때문에 팀장들 사이에서 나름 인기였다. 고아여서 믿고 의지하는 곳이 없으니 잘리지 않도록 최선을 다해야 \김용진그런데 빈곤의 악순환이라고 제대로 못 먹고 힘들게 일을 하니 몸이 약해질 수밖에 없어 꾸준히 일을 나갈 수 없었다.

"아! 용진이 형, 토목이라면 당근 가야죠."

"그럼, 내 차에 타고 있어. 차 어디 있는 줄은 알지?"

"예, 형. 인력 사무실 오다가 봤어요. 건너편에 주차되어 있는 것."

강권은 생각하고 자시고 할 것도 없이 즉시 대답하고 김용진의 차로 갔다. 차에는 이미 몇 사람이 앉아 있었다.

'이거, 완전 땡 잡았네. 편하게 일하고 돈도 만원 더 받고. 히히.'

강권은 내심 희희낙락했다.

그가 이렇게 좋아하는 것은 토목은 무거운 것들을 나르는 것은 대부분 기계가 하기에 일이 편했기 때문이다.

그런데 안 되는 놈은 뒤로 넘어져도 코가 깨진다 했다.

강권이 간 곳은 하필이면 쓰레기 하치장의 외부 옹벽을 쌓는 곳이었다. 장마가 오기 전에 옹벽을 쌓아서 쓰레기 하치장의 침출수가 외부로 빠져 나오지 못하게 한대나 어쩐다나.

강권이 같은 잡부들이 하는 일은 목수들에게 자재를 날라다 주는 것이었다. 강권은 몸이 좋지 않아서 적당히 비비적대다 편한 쪽으로 빠지려는데 팀장이 일할 곳을 지정해 주었다.

"강권아, 힘 하면 너잖아. 저쪽은 네가 수고 좀 해 줘라."

"용진이 형, 어제 술을 얼마나 폈는지 아직도 알딸딸한 것 같은데 오늘은 이쪽에서 일하면 안 될까?"

"강권아! 숙취는 땀 흘리다 보면 다 풀려, 땀 흘리는 것 이상 없다고. 내가 네 나이 때는 물불 안 가렸어. 특별히 만원 더 줄 테니까 그렇게 좀 해 줘라."

"예, 알았어요."

'에이, 형도. 저 구정물 속을 어떻게 안전화를 신고 다녀요? 차라리 만원 더 안 받고 말래요.'

강권은 입안에 이 말이 뱅뱅 돌았다. 하지만 그럴 수 없었다.

팀장 말을 듣지 않으면 팀장들 사이에 소문이 나서 이 바닥에서 발을 붙이지 못하기 때문에 어쩔 수 없이 따라야 했다.

"강권아, 저쪽에 있는 장화 있으니 신고해. 부탁 좀 하자."

"예, 알았어요."

'제기랄! 한상수 그 자식 때문에 이게 뭐야?'

강권은 내심 이렇게 구시렁거리며 자재 있는 곳으로 갔다.

허허벌판인데도 쓰레기가 엄청 쌓여 있어 냄새가 오라지게 났다.

거기다 자재를 나르는 것은 쓰레기더미에서 나온 침출수가 고여 있는 웅덩이를 지나다녀야 했다. 작업장에선 안전화를 신어야만 되는데 장화를 갖다 놓은 이유가 그래서였던 것 같았다.

강권이 날라야 하는 자재들은 옹벽을 쌓는 형틀목수들이 쓰는 유로폼이었다. 유로폼은 콘크리트가 새나오지 않게 하는 일종의 거푸집이었다. 토목공사인 옹벽을 쌓을 때는 대부분 하나에 20kg 정도 나가는 600폼을 사용한다. 그런데 토목공사에서 쓰는 유로폼은 폐기 직전의 것이 태반이다. 특히 해체 작업을 할 때 폼이 잘 떨어지라고 폐유를 잔뜩 처바르기 때문에 작업복이고 장갑에 기름투성이가 된다. 거기다 기름이 묻은 폼은 미끄럽기 때문에 까딱 잘못했다간 손에서 미끄러져 발등을 깰 수도 있다. 안전화를 신으면 그럴 일이 없지만 장화를 신고 있으니 잘못해서 폼이 발등에 떨어지기라도 하는 날에는 뼈가 으스러질 수도 있었다. 그래서 폼을 나르는 작업은 굉장히 힘이 들고 짜증나는 일이었다. 사실 장소만 괜찮으면 크레인으로 폼을 나르는데, 놓을 장소가 마땅치 않으니 일일이 사람이 날라야 했던 것이다.

'어쩐지, 내 복에 좋은 일이 걸릴 일이 없지.'

아직까지 술이 덜 깬데다 기분마저 꿀꿀하니 일이 제대로 될 리 없었다.

사고란 항상 이럴 때 난다. 아니나 다를까 날카로운 것에 발바닥을 찔려서 썩은 물속에 나뒹굴었다.

설상가상이라고 강권은 발목이 완전 꺾이는 부상까지 당

했다.

"악! 내 발."

찔린 것은 큰 상처가 아닌데 넘어져 접질린 게 인대가 나
갔단다. 병원에 실려 가서 4주 진단을 받고 입원해 있는데
하도급업자가 합의를 하러 왔다. 아니 합의를 하러 온 게
아니라 적당히 을러서 대충 때우겠다는 심보로 온 것이었
다.

팀장인 김용진에게 강권이 혈혈단신에 일자무식이란 것,
그리고 술 냄새를 풀풀 풍기고 있다는 것을 주워듣고 작정
을 하고 온 것 같았다.

"너 이 XX말이야. 우리 회사 말아먹으려고 작정했어?
아니 술을 먹고 일하다니 누구 잡으려고 그따위 행동을 하
고 있냐고?"

사장은 나타나자마자 대뜸 욕설이었다.

강권은 사장에게 자기변명을 할 수밖에 없었다.

"사장님, 저 술 안 먹었는데요."

"뭐라고? 야! 이 XXX야, 술을 안 처먹었는데 어떻게
혈중 알코올 농도가 0.07이나 된다는 말이야? 그것도 병
원에 와서 쟀는데 말이야. 이 정도면 운전을 해도 운전면허
정지감이야. 너 업무방해죄로 고발을 하려다가 인생이 불쌍
해서 치료해 주는 것이니까 그렇게 알고 있어."

"죄송합니다. 하지만……."

"죄송한 줄 알았으면 자, 여기에 지장이나 찍어. 고소를 하려다 인생이 불쌍해서 한 달 동안 너 입원시켜서 치료해 주겠다는 것이니까, 그렇게 알고 있어."

강권은 사장이 윽박지르는 통에 내미는 서류를 제대로 읽어 보지도 못하고 시키는 대로 지장을 찍었다. 중학교 2년 중퇴가 학력의 전부인 강권이 제대로 읽어 보았자 의미도 알지 못하겠지만 말이다.

강권이 지장을 찍자 사장은 휑하니 나가 버렸다.

결론적으로 사장은 한 달만 치료해 주고 산재 처리나 공상 처리는 해 주지 않겠다는 것이었다.

사장이 고발하려다 인생이 불쌍해 참았다고 말한 것은 일자무식이나 다름없는 강권에게는 제대로 먹혀들었다.

사실 강권에게 있어서 법은 공포의 대상이었다.

어렸을 때 빨간딱지로 살던 집을 빼앗아 간 것이 법이었고, 어머니가 돌아가신 후에 강권에게서 하나뿐인 혈육인 아버지마저 알코올중독자라고 앗아간 것도 법이었다.

그러니 강권은 고발하지 않겠다는 것만도 황송하게 생각했다. 자기가 몸 상태가 정상이었다면 그런 사고가 나지 않았을 것이란 생각이 들어 나름 미안하던 참이기도 했다.

그렇지만 산재 처리를 하거나 공상 처리를 해야 병원에 입원해 있는 동안 돈이 나오는데 아무 대책도 없이 그냥 가 버리니 강권은 막막해졌다.

더 막막해진 것은 몸이 완전하지 않은 상태에서 퇴원을 해야 했다. 병원에서는 4주 더 입원치료를 하라고 했지만 문제는 돈이었다.

산재나 공상 처리가 되지 않았으니 강권이 치료비를 내야 하는데 돈이 전혀 없었다.

따지고 들면 충분한 보상을 받을 수 있는데 강권은 법에 대해서 공포심을 갖고 있으니 아예 따지려는 마음조차 없었다.

머리가 돌아가지 않으면 몸이 고생한다고 강권은 결국 다 낫지 않은 상태로 퇴원을 하는 수밖에 없었다. 그런데 더 큰 문제는 고시원에서 쫓겨날지도 모른다는 것이었다.

어디 의지할 데 하나 없는 강권은 기브스를 풀지도 않은 상태에서 일자리를 알아보러 다녔다. 하지만 다리까지 저는 상태에서 일자리를 찾기란 거의 불가능에 가까웠다.

"저 일 좀 하고 싶은데요?"

"그래요? 그럼 이사지참해서 한 번 와 보십시오."

"이사지참이라면?"

"사진이 첨부된 이력서. 그것도 몰라요?"

"아니요. 아, 압니다."

그런데 그나마 없는 돈에 사진을 찍고 이력서를 써서 막상 가 보면 최종 학력이 중학교 중퇴라는 것이 걸렸다.

강권의 사정은 모르고 얼마나 꼴통이었으면 의무교육인

중학교에서 잘렸느냐는 거다. 면전에 대놓고 우리 회사는 최소한 고졸은 되어야 다닐 수 있다고 하는 곳도 있었다.

절룩거리면서 일자리를 구하려고 갔다 고시원에 와 보니 자신의 짐이 고시원 밖에 쌓여 있었다. 강권은 서둘러 고시원 사무실에 가 보니 원장이 싸늘하게 말했다.

"최강권 씨, 강권 씨, 사정은 알겠는데 우리도 땅 파서 장사하는 것이 아니고 비싼 임대료를 내야 해서 이만 나가 주어야겠어."

그동안 마음속에서 가져 왔었던 불안감이 현실화된 것이다.

일가친척 하나 없으니 당장에 갈 곳이 없었다. 그렇지만 마음을 졸이던 불안이 이런 형태로라도 표출되고 나니까 억누르던 중압감이 사라져서인지 도리어 안도감마저 느껴졌다.

더욱 다행한 것은 지금은 여름철이어서 추위에 떨지 않아도 된다는 거였다. 강권은 고시원 근처 지하철역에 자리를 잡았다.

지하철역에도 먼저 자리를 잡은 사람들이 텃세를 부려 가장 후미진 곳에 자리를 잡아야 했다.

지하철역에 자리를 잡아서 좋은 것은 지하철은 마음대로 탈 수 있다는 거다. 그리고 화장실에서 마음껏 씻을 수 있다는 것도 나름 좋은 점이라면 좋은 점이었다.

강권이 기브스를 한 상태에서 돌아다니면 더러는 자리도 양보하고 더러는 강권의 손에 돈을 쥐어 주는 사람들도 있었다.

하지만 대부분의 사람들은 강권을 마치 벌레를 보는 것처럼 호들갑스럽게 피했다.

'이런 네미랄 년 놈들, 내가 부모를 잘 만났으면 니들 같이 빼입고 다녔을 거라고. 겉모습만 보고 사람을 판단하지 말란 말이야.'

강권의 속에서는 열불이 났지만 달리 표현할 방법은 없었다.

고래고래 소리를 지르며 엿 같은 세상에게 화풀이를 하고 싶었지만 그렇게 해야 자기만 더 비참해진다는 것을 잘 알고 있었다.

저들과 싸워 봐야 잡혀 가는 것은 집도 절도 없는 자신들이라는 걸 목격한 것만도 한두 번이 아니었다.

언어맞아도 도리어 자신들이 폭행죄로 잡혀 가고 때리기라도 하면 마치 살인죄라도 저지른 흉악범 취급을 당했다.

거꾸로 매달아 놓아도 시간은 흘러간다고 고시원에서 쫓겨난 지도 벌써 6개월이 지났다. 제대로 먹지도, 쉬지도 못하는 노숙 생활을 한 지 어언 6개월이나 흐른 것이다.

6개월 노숙 생활은 악순환의 연속이었다.

발목이 낫지 않아 일을 할 수 없고, 일을 할 수 없으니 돈이 생기지 않는다. 돈이 생기지 않으니 당연하게 노숙 생활을 청산할 수 없다. 엎친 데 덮친 격으로 다 낫지도 않은 인대에 염증이 심해졌다. 기브스의 붕대를 풀어 보면 고름이 줄줄 흘러내린다.

강권의 몸도 더 이상 이런 생활을 하기 싫다고 파업을 하는 것 같았다. 이대로 두면 다리를 자를 수도 있는데, 돈은 먹고 죽고 싶어도 먹을 돈조차도 없으니 병원에 갈 수 없었다.

재수 없는 꿈을 꿔서 100억이 넘는 돈을 날리고 노숙자 생활을 하는 신세를 생각하니 비참하기 그지없었다.

어차피 살아도 더 나을 것이라는 희망도 보이지 않았다.

강권을 보면서 괴물을 보는 것 같은 질시의 눈빛을 더 이상은 견디기 힘들었다.

'죽어도 다리를 자르지는 않을 거야. 네미랄 놈의 세상, 더 살아야…… 그래, 죽자. 차라리 죽는 게 낫겠어. 날씨도 추워지면 버티기도 더 힘들 것이고…….'

막상 죽으려고 하니 죽는다는 것이 그리 쉽지만은 않았다.

그렇다고 이 세상에 대한 미련은 한 오라기도 남아 있지 않았다. 로또를 가져 간 한상수에 대한 증오도 더 이상 남아 있지 않았다. 강권은 맨 정신으로는 도저히 죽을 수 없어 어렵게 소주 한 병을 구했다. 더 남은 돈이 없어 무작정

약국으로 가서 수면제를 달라고 떼를 썼다. 약사는 강권이 더 있으면 손해일 것 같아 수면제를 몇 알 건네주었다.

강권은 약사에게서 건네받은 수면제를 보자 자기도 모르는 사이에 눈물이 주르르 흘러내렸다.

'하하하, 마지막 가는 길마저 이렇게 추한 꼴을 보여야 했는가?'

강권은 절룩거리며 자기만의 공간으로 왔지만 씁쓸한 마음을 달랠 길이 없었다. 스물두 해의 아무런 흔적조차 남지 않은 가벼운 삶. 자신이 이 세상에서 사라지면 울어 줄 사람이 하나도 없기에 강권은 스스로의 죽음에 가슴이 뻥뻥 뚫어질 정도로 미리 눈물을 흘려 두었다.

가슴속에선 주체할 수 없는 서러운 눈물이 줄줄 흐르는데 정작 눈가에는 메마른 헛웃음이 함박눈처럼 펄펄 내리고 있었다.

강권은 그렇듯 비릿한 눈송이가 날리는 서러운 가슴에 지하철 선로의 연속성을 새기고 있었다. 자신의 육신을 두 동강이로 갈라놓을 철길은 마치 날카로운 작두날처럼 반질거리고 있었다.

강권은 지하철이 끊기기를 기다려 선로로 내려섰다.

자신을 발견했다 해도 전동차를 멈출 수 없는 완만하게 휘어진 철길에 누워 수면제를 입에 털어 넣고 소주병을 나발 불었다.

몸에 감각이 없어지기 시작하자 강권은 드디어 자기가 죽어 가고 있다고 생각했다.

그렇지만 그것은 강권의 착각이었다. 죽어 가고 있는 것이 아니라 꿈을 꾸고 있을 뿐이었다.

꿈속에 할아버지가 나타났다. 이전과는 확연하게 달라진 모습이었다.

"할아버지 어떻게 된 거예요? 이전보다 훨씬 보기 좋은데요."

"고맙다. 아이야, 네 덕에 이제 복권(復權)이 되어서 예전 위치를 찾을 수가 있었다. 그러니 보답으로 내가 해 줄 수 있는 것은 전부 해 주고 싶구나. 빈말 같지만 다시 한번 고맙다는 말을 하마."

"예에? 내 덕이라고요?"

"그래, 네가 대신 100억 원을 갚아 주지 않았느냐?"

"예에? 내 수중에 단돈 100만 원도 없는데, 어떻게 내가 100억 원을 대신 갚아 주어요?"

"하하, 일이 그렇게 됐단다."

할아버지는 이렇게 얼버무리더니 어색함을 감추려는 듯 빠르게 말을 이어 나가는 것이었다.

"너의 전생을 읽다 보면 그것이 100억보다 훨씬 가치가 있다는 것을 알게 될 것이다. 아니 너무나 중대한 가치가 있기 때문에 너의 영혼을 정화시키기 위해서 시련을 주었던 거야. 왜? 그런 말 있잖니? 신이 중하게 쓰려는 사람에게는 일부러 시련을 준다는 말, 말이야."

강권은 할아버지의 말에 어이가 없어 재차 확인까지 해야 했다.

"뭐라고요? 전생을 읽는 것이 너무나 중대한 가치가 있어서 나에게 일부러 그런 고통을 주어야 했던 거라고요?"

"아이야, 그렇단다. 어떤 지식들은 잊혀져야만 좋을 것들이 있단다. 만약 후세의 다른 가치들과 결합을 하면 엄청난 가치 혼돈을 불러올 수 있는 그런 것들 말이다. 과거에는 도(道)와 분수(分數)라는 것으로 일정한 금기가 만들어져 있었다. 어느 정도 잘 돌아갔다고 본다. 반면에 지금 세상에서는 법으로 금기를 정하고 있다. 하지만 이 법이란 금기가 과연 제 구실을 하고 있다고 생각하느냐? 만약 네가 전생에 익혔던 그런 가공할 기공과 보법을 익힌 무인(武人)이 UFC에 나가면 그 누가 상대가 되겠느냐? 검강(劍罡)기가발하는 무인에게 현대적인 청부살인의 지식들을 가르친다면 그를 막아 낼 수 있는 경호 체계가 존재할 수 있을 것 같으냐? 비단 그것이 아니더라도 예지능력을 사용해서 하루, 이틀 정도만 앞을 볼 수 있다면 이 세상 전반의 질서들이 어떻게 될 것 같으냐?"

"······."

강권은 자기가 한 번도 들어 본 적고 없고 생각해 보지도 못한 것들을 서슴없이 말하는 할아버지에게 경외를 느껴서 할 말을 잃었다. 아니 지난 6개월 동안 자신에게 주어졌었던 그 엄청난 고통에 분개하고 있는지도 모른다.

'제기랄, 그래서 어떻다고요? 그게 나와 무슨 상관이 있는데요? 나는 내 한 몸 배부르고 등 따시면 그걸로 만족이라고요.'

강권은 이 말이 입안에서 뱅뱅 돌았지만 차마 말하지 못했다.

이런 강권의 기분을 알았는지 할아버지는 부자연스럽게 너스레를 떨었다.

"하하하, 사람이란 끊임없이 공부해야 뒤처지지 않는 법이란다. 이 저승사자란 직업도 다를 바 없지."

"……."

강권은 아무런 대꾸도 하지 않았다.

하지만 내심 자신이 죽으려 할 때까지 세상은 자신에게 무엇을 해 주었느냐는 반감이 확 치밀어 올랐다.

그런데 할아버지는 이런 강권의 더러운 기분을 모르는지 시치미를 뚝 떼고 전생을 보는 법에 대해서 얘기했다.

"인간의 DNA를 해석하면 그 사람의 생김새와 자라온 환경 등을 추론할 수 있다. 그렇듯 인간의 정신 속에는 그 사람이 살아온 전생과 앞으로 어떻게 살 것인지가 모두 기록되어 있다. ……중략…… 전생을 읽는 법은 미래를 보는 것처럼 일단 정신을 한 곳에 모으고 전생을 알겠다는 절실한 마음을 가져야 한다. 일체유심조(一體唯心造)라! 그처럼 모든 것을 가능하다고 생각하고 일체 부정하는 마음이 없어야 한다. 너의 전생에 예지능력이 있었기 때문에 그다지 어렵지는 않을 것이라고 본다.”

마지막으로 이해 못할 주의까지 준다.

“그리고 다른 사람의 전생을 읽을 때는 그 존재가 반드시 이 세상에 있어야 된다는 걸 명심해라. 그 존재가 이 세상에 있으면 아무리 멀리 있어도 읽을 수 있다. 하지만 다른 세상에 있으면 바로 옆에 있어도 읽을 수 없다. 나머지 생은 재미있게 살도록 해라. 참, 네가 다른 사람의 전생을 읽고 있을 때 그 사람의 능력이 뛰어나다면 자신의 전생이 읽히고 있음을 아는 수도 있다는 것을 주의해야 한다. 그리고 그럴 정도로 뛰어난 상대라면 도리어 위험에 빠질 수도 있으니 말이다. 그럼 이 할아비는 그만 가도록 하겠다.”

“내 전생을 읽는다는 것은 그렇다고 쳐요. 그런데 다른 사람의 전생은 무슨 재주로 읽는다는 겁니까? 그리고 바로 옆의 다른 세상이라니 어떻게 바로 옆에 다른 세상이 있을 수 있다는 거지요? 거 무슨 귀신이 씨나락을 까먹는 소리냐고요? 또 위험에 빠질 수 있다고 했으면 어떤 위험인지는 알려 줘야 하는 것 아니에요?”

강권의 물음에는 아무런 대답도 하지 않고 할아버지는

한동안 강권의 얼굴을 물끄러미 쳐다보더니 슬그머니 사라져 버렸다.

강권은 사라져 가는 할아버지의 뒤통수에 대고 바락바락 소리를 질렀다.

"내 100억을 가져가고 전생을 읽게 해 준다고요? 누구 맘대로요. 누구 맘대로 그렇게 하셨냐고요?"

하지만 이미 사라져 버린 할아버지는 아무런 대답도 없다.

강권은 할아버지가 무슨 말을 하는지 도무지 이해할 수 없었다. 또 위험할 수 있으면 최소한 어떻게 위험하다는 것인지는 말해 줬어야 할 것이 아니겠는가?

"무슨 할아버지란 사람이 저래?"

아무리 생각해도 노인네 꿈만 꾸면 불길해지는 것 같았다.

강권은 비록 꿈속이지만 이런 생각이 들자 연신 구시렁거렸다.

"젠장, 이번에는 아예 죽어야 된다는 거야, 뭐야?"

보통 때라면 할아버지가 사라지고 나면 그대로 꿈을 깬다.

그런데 이번에는 아니었다. 또 다시 꾸는 꿈속에는 허허벌판에 울고 있는 아이가 있었다.

'웬 아이가 이런 데서 울고 있지?'

강권은 지금 자신이 꿈을 꾸고 있다는 것은 깨닫지 못하고 아이를 달래 주려고 아이에게 가려 했지만 마음뿐이었다.

한참을 안타까워하는데 길을 지나던 신선풍의 노인이 그

아이를 품에 안고 깊은 산중으로 들어갔다.

그런데 이상한 것은 아이가 노인의 품에 안기면서 안타까워하던 강권의 마음이 절로 안심이 되었다는 것이었다.

'설마 저 아이가 나야?'

강권은 그 아이가 꼭 자기 같다는 느낌이 들었다.

그때부터 강권이 자기로 여기던 아이는 노인에게서 여러 가지 학문은 물론이고 무술도 가르침을 받았다.

그리고 그 가르침들은 강권의 뇌리에 새겨지고 있었다.

'정말 전생을 읽고 있는 것인가?'

그게 아니라면 도저히 이해가 되지 않았다.

"하하, 네 녀석의 마음은 대해처럼 넓게 보이니 네게는 무진신공(戊辰神功)이 제격이겠구나."

노인의 사문은 원시불교의 맥을 잇는 천살문(天殺門)이었다.

천살문은 특이하게도 살인으로 중생을 제도한다는 상리에 맞지 않는 계율을 근간으로 삼았다. 죽일 사람을 죽여서 더 많은 중생을 살린다는 것이다.

불교와는 달리 주색(酒色)에 대한 금기(禁忌)도 없었다.

굳이 금기를 말한다면 금기가 없는 것이 금기였다.

부처는 마음에 있는데 거리낌을 만든다면 그것이 온전한 부처가 될 수 있겠느냐 하는 희한한 논리였다.

이 천살문에는 오행에 해당하는 무공이 각각 있는데 무

진신공은 오행 중, 토(土)에 해당했다.

무(戊)는 천간(天干)의 다섯 번째로 토를 의미한다.

큰 산, 대륙, 웅장한 제방 등은 모두 무토(戊土)라고 보면 된다. 다섯 번째 지지(地支)인 진(辰) 역시 토다.

이 진토(辰土)에는 만물을 조화롭게 하고 보호하면서 제격(格)에 맞게 자라게 하는 특질이 있다.

이처럼 앞에도 토(土), 뒤에도 토(土)니 무진신공은 한마디로 말해서 땅의 기운을 받아들여 내공으로 승화시키는 무공이었다.

그런데 토의 특성은 모든 기운을 받아들여 중화시키는 중재자의 역할도 한다는 것이다. 독도 중화시키고 충격도 완화시킨다.

전생의 강권은 노인에게서 배운 무진신공을 열심히 연마했다.

천살문에는 무진신공 외에도 무극십팔기(無極十八技)라는 독자적인 투로(套路)가 있었다. 아니 무극십팔기는 투로라기보다는 인체의 잠재력을 극대화시킬 수 있는 열여덟 가지의 품세였다.

인체의 모든 근육을 강화시키고 몸의 유연성을 강화시키며, 신경 전달 체계를 원활하게 만든다.

이것이 바로 무극십팔기의 궁극적인 목표였다.

강권은 죽어라 이 무극십팔기를 익혔다.

어느 순간, 강권은 깨어났는데 꿈이 너무나도 생생했다.

무진신공의 법문이나 무극십팔기가 또렷하게 기억나는 것이 익히려고만 든다면 당장이라도 익힐 수 있을 것 같았다.

그것뿐이 아니라 머리도 엄청 영리해진 것 같았다.

원래 강권은 중학교 중퇴가 학력의 전부여서 한자(漢字)라고는 한 글자도 모르는 일자무식이었다. 그런데 지금의 기분으로는 어떤 한자들이라도 전부 다 읽고 쓸 수 있을 것 같았다.

"무슨 꿈이 이렇게 생생할까? 정말 무진신공이나 무극십팔기라는 무공이 있고 내가 그것들을 익힐 수 있는 것일까?"

강권은 혼잣말을 하다가 이내 부정을 하고 현실로 돌아오자 문득 이곳이 지하철 선로가 아님을 깨닫게 되었다.

'분명 죽으려고 소주를 먹으면서 수면제를 입에 털어 넣었는데…….'

나름 안락한 침대 위에 누워 있고, 자기 팔뚝에 링거가 꽂혀 있는 것으로 보아 병원인 것 같았다. 어딘가 궁금해졌지만 강권은 쏟아지는 수마에 이기지 못하고 다시 깊은 잠에 빠졌다.

제2장
최강권, 전생을 읽을 수 있게 되다

강권은 다시 꿈을 꾸었다. 꿈은 하나로만 그치는 것이 아니라 파노라마처럼 돌아가며 여러 전생의 삶들을 보여 주고 있었다.

노인에게 거두어져 무공을 닦는 꿈을 제외하고 가장 인상에 남는 꿈은 관상감 첨정(僉正:종4품)으로 살았던 전생(前生)이었다.

정성기란 이름으로 산 그 전생은 꽤나 잘나가던(?) 삶이었다.

정성기는 격암의 사숙조(師叔祖)뻘이 되는 인물로 명리학과 역수(易數)에 정통했다. 격암유록과 같은 희대의 예언서를 남기지는 않았지만 나름 일가를 이루었다고 자타가 공인할 정도였다.

다른 예언가들이 거시적인 안목으로 나라의 국운이 어쩌고 민족의 장래가 어떠니 할 때 정성기는 소심하게 자신의 신변에 관해서 알아보았다.

그러다 자신이 후세에 환생하는 것을 보게 되었다.

'내가 저렇게 보잘 것 없는 인물로 태어나다니?'

보잘 것 없이 태어난 정도가 아니라 비렁뱅이로 비참하게 죽어 가고 있었다.

'안 돼. 그렇게 비참하게 살다가 죽게 둘 수는 없어.'

후생이 있으니 그 다음의 후생도 있을 것이라는 것을 생각하지 않은 바는 아니었다. 그렇지만 정성기는 죽음을 피할 수 있는 방법이 있나 그것부터 알아보았다.

모든 게 하늘이 정한 운명에 달려 있다고 믿는 당시의 세계관에 비추어 보면 엄청난 파격이 아닐 수 없었다.

그런데 정성기가 알아본 바에 의하면 그 파격이 도리어 제대로 된 순리였다. 운명이란 탄생과 죽음의 사이에서 벌어질 수 있는 일종의 가능성들을 연결한 궤적이었다. 말하자면 운명은 확정되어 있는 것이 아니고 스스로 만들어 나간다는 것이었다.

게다가 그 죽음만 피할 수 있다면 그 이후의 삶은 부와 명예 등, 모든 것이 원하는 대로 주어지는 삶을 사는 것을 보게 되었다. 마음먹은 대로 모든 일을 이룰 수 있는 꿈같은 삶이었다.

미래의 일에 개입하는 것은 천리를 거스르는 일이다.

하지만 몰랐다면 모르지만 자신이 안 이상 그렇게 죽어가게 둘 수 없었다. 천리를 지키느냐, 자신의 생명을 지키느냐를 놓고서 나름 엄청 고뇌했다. 그 결과, 정성기는 후자를 선택했다.

아전인수(我田引水)격의 해석인지 몰라도 자신의 죽음을 자신에게 알게 한 것은 뭔가 대비책을 세워 두라는 계시로만 여겨졌다. 그래서 자신의 환생에 나름 철저하게 준비를 해 두었다.

후손들에게 모년, 모월, 모시 경에 어느 곳에 가면 죽어가는 사람이 있을 것이니 살리라고 유훈을 남겼다.

진인사대천명이라고 일을 꾸민다고 모든 게 그대로 이루어지지 않겠지만 강권이 죽지 않을 수 있는 것도 어쩌면 그 준비 때문일지도 몰랐다.

"아하! 그렇다면 나를 살린 사람이 내 후손이었단 말인가?"

강권이 이렇게 외치면서 벌떡 일어나자 병실에 있던 노인이 깜짝 놀라면서 반긴다.

"젊은이, 열흘 만에 깨어났구먼. 앞길이 구만리 같은 젊은 사람이 망측하게 어째 죽을 생각을 했단 말인가?"

순간 강권의 뇌리가 번쩍이며 돌았다.

'이 노인은 분명 내 후손일 것이고 이름은 당시 내 이름과 같을 것이다.'

전생에서 본 것은 그랬다. 맞을지 그렇지 않을지는 모르겠지만 전생에서 본 것이 맞는다면 분명 그럴 것이다.

그렇게 볼 때, 이 노인은 자기에게 십 몇 대라는 까마득한 후손이다. 그래서 그런지 노인에게서 남 같지 않은 친밀함이 느껴졌다. 그렇지만 현실은 피 한 방울도 섞이지 않은 남남이었다.

그러니 그렇게 대해야 한다.

강권의 뇌리에서는 전생에 읽었던 일들이 소용돌이치고 있었다. 이 노인의 주위에서 벌어지고 있는 일들은 그대로 벌여 두면 정씨 가문에 큰 변고가 생길 것이다.

비록 지금은 남남이지만 후손이라면 후손이 아니겠는가? 강권은 기회를 보아 그 사실을 말해 주기로 했다.

하지만 시치미를 뚝 떼고 의뭉을 떨었다.

"예에? 그럼 저를 구해 주신 분이, 어르신이시군요."

죽으려 하기 전에는 이렇듯 의뭉을 떨지 않고 무조건 고맙다고 하거나 노인의 질책에 자신의 행동을 부끄러워했을 것이다.

그런데 전생을 읽고 난 후에는 능글맞게 모든 것을 알면서 모르는 척 행동했다. 전생을 읽는 능력이 생기면서 전생의 성품까지도 어느 정도 몸에 배인 모양이었다. 그걸 모르는 노인은 자신이 강권을 구해 준 티를 내는 듯 거드름을 피우며 말했다.

"그렇다네. 나는 진천에서 땅 파먹고 사는 무지렁이 노인이라네. 믿기지 않는 얘기겠지만 자네를 구한 것은 나와 같은 함자를 쓰시던 선조의 유훈 때문이라네."

강권은 자신이 전생에서 본 그대로이자 회심의 미소를 띠며 은근한 어조로 슬며시 떠보았다.

"아! 그러시군요. 그러시다면 혹시 어르신의 성함이 정 씨 성에 밝을 성(晟)자 훌륭할 기(琦) 자를 쓰시는 모양이지요?"

"허걱, 그걸 자네가 어떻게?"

깜짝 놀라는 노인 못지않게 강권 역시 의기양양한 가운데 은근 놀라고 있었다.

'세상에 전생을 읽을 수 있단 할아버지 말씀이 정말이었어. 그럼 그 무공들도……'

한참의 정적이 흐른 후에 강권은 겸연쩍게 웃으며 말했다.

"하하, 제 꿈속에 정씨 성에 성 자 기 자를 함자로 쓰시는 노인이 나타나셔서 그렇게 말씀해 주시더군요. 그리고 그분께서는 저를 위해 남겨 놓으신 게 있다고 하시던데……"

"그럼…… 정말?"

"그렇습니다. 전생에 제가 그분을 도와드린 적이 있었지요. 뭐, 그리 큰 도움은 아니지만 미력하나마 제 도움 덕분에 그분께서 목숨을 구하실 수가 있었지요. 그분께서는 은혜를 갚으러 금방 오시겠다고 하셨는데…… 그렇지만 똥간에 들어갈 때와 나갈 때 사람의 마음이 어디 같은가요? 그 이후로 한 번도 만나 뵌 적이 없었지요. 그런데 꿈속에 나타나셔서 저승에서도 은혜를 저버린 것이 무척이나 괴로웠다고 지금 생에서라도 은혜를 꼭 갚겠다고 하시더군요."

"저, 그것이……."

"그분께서는 도자기라고 하시는 것 같던데 노인장께선 지금 가지고 계시는지요?"

강권의 묻는 품이 모든 사실을 다 알고 있다는 것이 느껴지자 정 노인은 한숨을 내쉬며 자초지종을 털어놓았다.

정씨 가문에는 조상께서 꼭 지키라고 말씀하신 몇 가지의 유훈이 있다고 했다. 그런데 그 유훈 중에 모년 모월 모일 어디에 가면 젊은이가 철마가 다니는 길에 누워 있으니 그 젊은이를 구하라는 것도 그중 하나였단다. 그리고 그 젊은이가 하는 말을 무조건 따르라고도 했다는 것이었다. 만약 그 젊은이를 구하지 못하면 집안이 절손된다면서.

자식들은 미신이니까 지킬 필요가 없다고 했지만 정 노인은 달랐다. 나이를 먹고 죽을 날이 점점 가까워질수록 가문을 지키는 것이 선조에 대한 효도이고 도리가 아닌가 싶은 생각이 들었던 것이다.

"그런데 젊은이 그 도자기를 팔아 버렸다네. 그래 서……."

"으음, 그러셨군요. 그런데 꿈속의 노인장께선 후손들이 자기의 유훈만 충실하게 지켰으면 대대손손 갑부 소리를 들을 수 있었을 텐데, 겨우 한 가지 정도만 지킬 것이라고 하시더니…… 그것이 사실인 모양이군요. 40여 년 전에 진천 땅을 팔아서 *장자울에 있는 배 밭을 사 두라고 하셨는데 영감님께선 '**생거진천(生居鎭川) 사거용인(死居龍仁)'이라고 우기면서 듣지 않으셨을 테고. 나중에 금싸라기 땅이 되자 후회가 막급해서 저에게 전해 주라는 도자기를 팔아서 연기에 땅 좀 사두었을 것이라는 말씀을 하시더군요."

"허걱, 정말로 우리 조상님께서 자네의 꿈에 나타나셨는가? 정말로 자네가 우리 조상님의 목숨을 구해 주었는가?"

"하하, 그렇지 않으면 제가 어찌 그 내막을 알겠습니까? 꿈속의 노인장께선 도자기 판 돈을 모두 달라고 하라더군요. 한 10억쯤 된다고 하시던 것 같던데. 그렇지만 제 목숨도 구해 주셨는데 어떻게 전부를 바라겠습니까? 한 5백만 원 정도만 주십시오. 뭐, 주시기가 정 아까우면 안 주셔도 상관은 없고요."

말은 이렇게 했다. 그렇지만 눈앞의 이 노인은 자기 혈족에게는 얼마를 써도 아까워하지 않는데 남에게는 단 한 푼 쓰는 것도 아까워한다는 게 떠올랐다. 노인이 믿는 것은 오로지 피 내림뿐이다. 극히 이기적인 삶을 살았던 정성기의 후손다운 태도였다. 이런 생각이 떠오르자 강권은 큰 기대를 하지는 않았다.

'무진신공을 어느 정도 이루려면 전생에 안배해 둔 곳으로 가야 하는데…….'

정성기가 안배해 둔 곳은 가평에 있는 화악산이었다.

강권이 말한 5백만 원은 나름 계산한 여비와 1년 정도 수련하는 데 필요한 최소한의 경비였다.

옛날 생각을 하고서 화악산까지 걸어갈 수도 있지만, 편하게 갈 수 있는 길을 굳이 어렵게 가고 싶지 않았다.

'이 노인네가 믿는 것은 오로지 혈족뿐인데…….'

강권은 이런 생각을 하다 문득 좋은 생각이 떠올라 슬쩍 지나가는 말로 노인의 의중을 떠보았다.

"잘못하면 절손된다는 것 같던데……."

강권은 지나는 말처럼 슬쩍 말했지만 정 노인에게는 마치 주술처럼 들렸다. 절손이 될 것이라는 조상의 유훈이 있었으니 전혀 근거 없는 말도 아니었다.

주자니 아깝고 그렇다고 안 줄 수도 없었다.

정 노인은 한참 고민을 하는가 싶더니 슬그머니 밖으로 나갔다 들어와 강권의 손에 백만 원짜리 수표 다섯 장을 놓아 주었다.

강권은 생전 보지도 못했던 빳빳한 백만 원짜리 수표를 처음으로 만져 보자 기분이 묘했다. 강권은 자신의 손에 거금을 쥐어 주고 떫은 표정으로 있는 노인에게 말을 건넸다.

"하하하. 노인장, 복 받으실 겁니다. 그런데 저도 한 가지 해 드릴 말씀이 있는데 그 말에 따르려 하실지 모르겠습니다."

"무슨 말인데 그러나? 큼큼, 그런다고 해서 더 줄 돈은 없네."

노인은 귀신에 홀린 듯 5백만 원을 주었지만 속이 쓰린 모양인지 말투가 냉랭하기 그지없었다.

'허! 돈이 없긴? 기 백억을 가지고 있으면서.'

강권은 돈을 더 요구하나 싶어 벌벌 떠는 노인의 행동에 내심 웃음이 터져 나왔다. 그렇다고 웃을 수는 없어, 나오려는 웃음을 간신히 참고 당치 않다는 듯 정색을 하며 말했다.

"하하하. 노인장, 돈을 받자고 하는 일은 아닙니다. 그럼 복채를 미리 받았다고 치고 말씀을 드리지요."

강권은 이렇게 운을 떼고 노인에게 말했다.

"노인장은 을유생(乙酉生)이시죠?"

"아니, 그걸 어떻게?"

"그것뿐이 아니고 년, 월, 일, 시, 네 개의 기둥이 모두 을유니 이른바 을유 일기생성격(一氣生成格)의 상당히 좋은 사주를 타고 나셨군요. 노인장의 사주로는 몸이 좀 약하시다는 것을 빼고는 평생을 무탈하게 보내셨을 것 같습니다만."

"……."

노인은 강권이 자신의 사주를 맞추자 경악해서 입을 딱 벌리고 말을 잃어버렸다. 사실 자신이 을유생임을 아는 것이야 자신이 보증인으로 자처했으니 병원서류를 봤으면 알 수 있다.

그렇지만 백일을 세고 호적에 올렸으니 병원서류를 봐서는 실제 사주를 절대 알 수 없었다. 그런데 생전 초면인 자신의 사주를 어떻게 알 수 있냔 말이다. 강권은 경악한 나머지 절레절레 고개를 젓고 있는 노인의 얼굴을 빤히 바라보며 말을 이었다.

"또 골골백년이라고 앞으로도 40여 년은 거뜬하니 고손자 볼 때까지 사실 수 있을 것 같네요. 다만 요즈음 들어 아이들이 속을 부쩍 썩여서 제명에 못 살 것 같은 생각이 문득문득 드시지요?"

"아니 그걸 어떻게?"

뜬금없는 말이지만 틀린 말은 없었다. 아니, 너무 딱 들어맞았다. 너무 놀란 나머지 자기 자식들보다 나이가 훨씬 어린 강권이 그들에게 아이들이라고 말하는 것은 좀 어폐가 있다는 것을 인식하지도 못했다.

"장남은 임자생(壬子生)인데 병오일(丙午日)에 태어났으니 아직은 때를 만나지 못해 당분간은 돈 좀 깨먹어야 할 겁니다. 거기에다 삼재까지 끼여 있어서 손재수를 면할 수 없을 겁니다."

이제 노인은 너무 경악한 나머지 실성이라도 한 듯 입을 딱 벌렸다. 그도 그럴 것이 알려 준 적도 없는데 어떻게 자기 사주며, 장남의 사주를 알 수 있단 말인가? 강권의 경이로운 능력에 놀란 정 노인은 당장 말투부터 달라졌다. 말투만 달라진 것이 아니고 강권의 어떤 말에도 따를 기세였다.

"그, 그럼 어떻게 액땜을 할 방법이라도 없겠습니까?"

그런데 웃긴 것은 대답하는 강권의 말투까지 달라졌다는 것이다. 마치 웃어른이 아랫사람에게 대하듯 '하게' 투였다.

"하하, 액땜을 하기 위해서는 돈을 깨나 써야 할 거야. 기왕지사 그렇게 될 바에는 차라리 유학을 보내도록 하는 것이 어떨까? 큰 아들놈은 2014년부터 30년 대운이 시작될 것이야. 바라던 장손자도 그때 가서야 태어날 것이고, 그 장손자 녀석은 재복을 타고난 인물이어서 그 녀석 덕분에 이후의 일은 슬슬 풀려 나갈 것이야. 그러니 큰 녀석이 하고 싶다는 사업은 그때 시작하도록 하는 것이 좋겠어."

정 노인은 강권의 말이 허리가 자끈동 부러져서 반 토막이 된 것을 깨닫지 못하고 물음을 계속 이어 갔다. 하기야 알았다고 하더라도 점사(占事)를 보는 사람들 말투가 대부분 그러니 크게 개의치 않았을지도 모른다.

"둘째는 어떻겠습니까?"

"둘째는 자기가 하고 싶은 대로 놓아두는 것이 좋을 것이고, 또 셋째에게는 조만간 경사가 있을 것이야. 딸이라고 섭섭하다고 생각하지 말고 체조를 시키면 세상을 그놈 발아래 두겠어. 김연아 알지? 그 김연아처럼 돈과 명예가 함께 할 것이라는 말이지. 막내딸은 지금 오가는 혼담은 아예 없는 걸로 하고, 지금 사귀고 있는 사람과 혼인시키는 것이 좋을 것이야."

정 노인은 자신이 아무 말도 하지 않았는데 강권이 자신의 가려운 곳을 차례로 긁어 주자 당장 마음이 달라졌다.

하지만 지금 막내딸과 혼담이 오가는 상대는 사법 고시 합격자로 지금 연수원 2년차였다. 게다가 연수원 성적까지 좋아서 검사건 판사건 자기가 가고 싶은 대로 진로를 결정할 수 있다고 했다.

돈이 좀 있으면 권력을 잡고 싶다고 신도시 건설 덕에 수백억 원을 만지게 되자 딸이 싫다는 걸 억지로 붙이고 있던 차였다.

정 노인은 내심 지금껏 투자한 것이 아까운 생각이 들어 은근한 어조로 물었다.

"정말 그래야 되겠습니까?"

"영감, 무슨 얘기가 듣고 싶은데? 아깝겠지? 못해도 지검장까지는 해먹을 녀석인데 여북하겠어?"

"지, 지검장까지요?"

"허허, 관살이 있다고 다 좋은 것만은 아니야. 그 칼이 내 목을 칠 수도 있다는 것을 알아야지. 처가 재산을 가로채려고 법의 칼을 서슴없이 휘두를 녀석이라고. 우선 먹기가 달다고 자기의 체질은 생각지도 않고 곶감을 잔뜩 주워 먹으면 똥구멍이 막히는 법이야. 딱 그런 격이지. 억지로 결혼을 시키면 X 주고 뺨 맞는다는 말처럼, 득은 없고 실만 가득할 것이야."

"그, 그렇지만……."

정 노인은 못해도 지검장까지 해 먹을 수 있다는 말에 미련이 남는 모양이었다.

강권은 그런 정 노인에게 구미가 당기는 미끼를 던져 주었다.

"지금 막내와 사귀고 있는 아이는 앞으로 큰 아이에게 큰 도움을 줄 상대이니, 이 기회에 몽땅 유학을 보내 버려. 한 3년 투자한다고 생각하고 유학을 보내면 그 천 곱, 만 곱이 되어서 돌아올 거야."

"하면……?"

"하면은 개뿔이나 뭐가 하면이야? 장남 부부와 막내와

막내의 짝이 될 녀석을 한 2~3년간 멀리 서쪽으로 유학 보내 버리라고. 유럽도 좋고 미국도 좋아. 그 검사 녀석 욕심내면 절대 안 돼, 꿈 깨. 영감, 나이가 한두 개야? 액땜이라고 생각하고 기왕 준 것은 잊어버려. 끌끌, 벌써 이것 100배 정도는 들었겠구먼. 그렇지만 본전 생각이 난다고 뭉그적거리다가는 필경 재물은 재물대로 깨지고 사람은 사람대로 병신이 되고 말지. 아암, 기껏 죽 쒀서 개 아가리에 몽땅 털어 넣지 않으려면 때로는 포기할 필요도 있는 것이야."

정 노인은 봉투를 들어 보이며 '이것 100배 정도는 들였겠구먼.' 하는 말에 예비 사위에게 외제 승용차와 원룸을 사 준 것까지 아는 것 같다는 생각이 들어 가슴이 서늘해졌다.

'어, 어떻게 그 사실까지 알 수가 있지?'

그 사실을 아는 사람은 물건을 주고받은 당사자들뿐이었다. 마누라에게도 말하지 않았고 심지어는 딸도 이 사실을 모른다. 예비 사위에게는 중매쟁이에게조차 비밀로 하자고 했다. 그런데 그 사실을 어떻게 안단 말인가?

정 노인은 내색을 하지 않았지만 완전 뒤로 넘어가고 있었다.

'이 인간, 도대체 모르는 것이 무어야?'

아무리 생각을 하고 또 해 봐도 맞춰도 너무 잘 맞혔다.

죽겠다고 소주에다 수면제를 먹고 지하철 선로에 누워 있을 때는 비렁뱅이에 불과했는데, 이제 보니까 완전 도사다.

정 노인은 후손을 생각해서 이렇게 뛰어난 인물과 연계시켜 주신 조상님의 혜안에 다시 한 번 놀라지 않을 수 없었다.

강권의 신통함에 완전 매료된 노인은 병실에서 살 기세로 짐을 한 보따리 싸 들고 아예 진천에서 올라왔다. 시키지도 않았는데 자신의 처와 자식들까지 데려와서 강권에게 인사를 시켰다.

그리고 누가 보건 말건 강권을 대하기를 마치 다시 살아 돌아온 조상을 모시는 듯했다. 처와 자식들에게도 그렇게 하지 않으면 국물도 없다고 으름장을 놓았다.

그것을 보는 의사와 간호사들은 혀를 내두른다.

"이 선생, 저 노인과 최강권 환자와는 어떻게 되는 사이야? 친척이라도 되나?"

간호사인 이강미는 담당 의사인 손필도의 물음에 금시초문이라는 듯 대답했다.

"선생님, 제가 알기로는 아닌 것 같던데요? 119 구급대

원의 말도 두 사람이 전혀 인척 관계가 아니라고 했잖아
요?"

"그런데 죽은 조상이 살아 돌아오기라도 한 듯 끔찍하게
섬긴다는 거야? 나이나 많으면 그런다고나 하지만 새파랗
게 어린애한테 저러니, 도무지 헷갈려서 영문을 모르겠단
말이야."

"그나저나 선생님, 최강권 환자의 발목을 자르지 않아도
되겠습니까? 제가 볼 때는 괴사가 계속해서 진행되고 있는
것 같던데…… 조금 더 머뭇거리다가는 발목만 자를 것을
무릎까지 자르게 되는 것 아니에요?"

"그러게…… 나도 자르는 것이 좋을 것 같아서 보호자로
자칭하는 노인네에게 말해 보았는데, 얼마가 들어도 좋으니
자르지 말고 치료를 하라고 한사코 우기니, 어떻게 해야 좋
을지 모르겠어."

의사가 모르면 어쩌겠다는 말인가?

그런데 거기에는 다 그만한 이유가 있었다.

강권의 발목은 완전하게 염증을 가라앉히지 않고 치료를
그만둔 통에 서서히 악화되다 급기야 괴사가 시작되고 있었
다.

이 괴사라는 것은 썩은 부위를 도려내지 않으면 다른 부
위로 전이될 수도 있었다. 그래서 환부를 도려내는 것이 근
원적인 치료책이 되는 것이다. 이강미가 걱정하는 부분이었

다. 그런데 의사인 손필도가 보는 관점은 간호사인 이강미와는 조금 달랐다.

자세히 살피지 않으면 전혀 차도가 없는 것처럼 보일 정도였지만 괴사된 부분이 조금씩 살아나는 것 같았던 것이다.

희한한 일이었다. 의사인 손필도가 그 원인을 알면 희한하다는 말을 쓰지 않는다. 강권의 상세가 조금씩 호전의 기미를 보인 것은 환자가 제정신을 차리면서부터였다.

그것은 무진신공의 공능 때문이었지만 손필도로서는 도무지 그 원인을 알 수 없었다.

그렇지만 괴사된 세포가 다시 살아나는 기미는 너무나 미약해서 어떻게 보면 차도가 전혀 없는 것처럼 보인다. 그렇기에 손필도도 쓰다 달다 말을 하지 못하고 있었다.

그 말은 저렇게 잠시 호전되는 것처럼 보이다 갑작스럽게 괴사가 진행될 가능성도 배제하지 못한다는 의미를 내포하고 있다는 의미였다. 그렇게 되면 발목을 자를 것을 대퇴부까지 절단해야 하거나 심지어는 목숨까지 잃게 되는 불행한 사태에 직면하게 될 수도 있다. 실제로도 그럴 확률이 컸다.

주치의 손필도는 환자에게 현재 상태를 정확히 얘기해서 환자가 직접 가부간 결정하게 하는 것이 좋겠다는 생각을 했다.

그래서 정 노인이 없는 틈에 조용히 강권을 불러 현재 상태에 대해서 말하고는 결정을 내리라고 했다. 강권에게 결정을 내리라고는 했지만 사실상 자르겠다는 통보였다.

전생을 읽기 전이었다면 그런가 보다 하고 넘어가겠지만 지금은 머리가 깨어 담당 의사가 말하는 의도를 정확히 알 수 있었다.

'내 발을 자르겠다고?'

강권은 완전 어이가 없었다. 더 어이가 없는 것은 대부분의 의사들이 그렇듯이 마치 개나 돼지의 발목을 자르는 듯 대수롭지 않게 말한다는 거다. 자신의 발을 자르자는 말을 듣자 기분이 엄청 더러워서 강권은 따지듯 말했다.

"그러니까 의사 선생은 내 발을 자르겠다는 겁니까?"

"흠흠, 꼭 자르겠다는 말은 아닙니다. 그렇지만 자칫 잘못되면 환자분의 목숨까지 위태로울 수 있다는 것이지요. 또한 재활의학이 발달해서 발 하나가 없어도 일상생활에는 전혀 지장이 없습니다."

"의사 선생, 일상생활에 지장이 있고 없고는 당사자의 주관적인 판단 아닙니까? 또 원인은 알 수 없지만 더 이상 악화되지 않고 있다면서요?"

"예, 그렇습니다. 그러니까 더 위험할 수도 있다는 것이지요. 괴사에 대한 여러 임상 서적을 보더라도 이런 경우가 가장 위험하다고 했습니다. 제 경험에 비추어 봐도 그렇고요."

손필도의 사무적인 말투에 강권은 화를 벌컥 냈다. 그의 말이 기어이 자기의 발을 자르겠다는 의미로 들렸기 때문이었다.

"이런 돌팔이 같으니라고. 그러니까 괴사가 진행되고 있는 원인을 알지 못하니까 내 발을 자르시겠다. 웃기지 말라고. 장담을 하지만 내 수명은 당신 손자의 손자가 또 손자를 볼 때까지 살 수 있으니까 내 목숨은 걱정하지 말라고. 당장 퇴원을 하겠으니 그렇게 알아."

"허, 지금 퇴원하시면 생명을 보장할 수 없습니다. 꼭 그러시겠다면 할 수 없지만……."

"내가 죽든 살든, 발목을 자르건 말건 그것은 전적으로 내 자유니까 의사 선생은 간섭하지 마시오. 아시겠소?"

강권은 병원 측의 만류에도 불구하고 퇴원을 강행했다.

'100억 원이나 들이고도 발을 절단한다면 차라리 혀를 깨물고 죽는 게 낫지 않겠어?'

강권이 믿고 있는 것은 무진신공의 묘리 중에 인체의 자정 기능을 최적화시키는 법문이 있다는 것이었다. 그리고 과거 정성기였을 때 오늘날을 대비해서 만들어 놓은 안배였다.

그 두 가지 중에서 한 가지만이라도 효과가 있다면 적어도 병신은 되지 않을 것이란 믿음도 있었다.

❖ ❖ ❖

강권은 퇴원을 한 후에 한사코 따라오겠다는 정 노인과 헤어져서 가평에 있는 화악산으로 갔다. 화악산은 경기 오악 중에서도 으뜸으로 치는 만큼 계곡도 깊고 물도 맑다. 정성기였을 적에 이 화악산 자락의 토굴에서 도학(道學)을 공부한 적이 있었다.

정성기는 자신의 환생을 읽고 후생(後生)을 대비해 그 토굴에 대략 1년 정도 지낼 수 있는 벽곡단과 각종 약재들을 구해 감추어 두었었다.

토굴이 있는 곳은 특별히 경치가 아름다운 곳도 아니고, 그렇다고 해서 깊은 계곡이 있는 곳도 아니니 사람들이 찾지 않는다. 게다가 이 토굴은 지기(地氣)가 워낙 강해서 어지간한 사람들은 이곳에서 열흘을 버티지 못한다. 그렇기에 이 근처에 오면 보통 사람들은 모골이 송연하다는 느낌을 받아 오려 하지도 않는다.

지관들은 이런 땅을 천하의 흉지(凶地)라고 해서 멀리하겠지만, 무진신공을 익히는 강권에게는 천하에 둘도 없는 복지(福地)였다. 강권은 1년 정도 이곳에서 머물며 무진신공도 닦고 전생에서 얻은 지식들을 정리하겠다고 마음먹고 왔던 것이다.

그렇지만 근 600여 년 만에 토굴을 찾으려니 도무지 그 입구를 찾을 수 없었다. 토굴을 찾지 못하면 만사휴의(萬事休矣)란 생각이 들어 준비해 간 캠핑 장비를 펼쳐서 텐트를 쳤다.

그렇게 1박 2일 동안 캠핑을 하며 근처를 샅샅이 뒤진 끝에 겨우 토굴을 찾을 수 있었다. 야생 짐승의 보금자리처럼 은밀하게 입구가 감추어진 토굴에 들어서자 정성기로 살 때의 기억들이 새록새록 떠오르는 것 같았다.

"아마 저쪽을 파 보면……."

강권은 준비해 간 캠핑용 야전삽으로 조심스럽게 토굴 한쪽의 흙을 걷어내자 거기에는 대여섯 개의 크고 작은 단지들이 있었다. 강권은 그 단지들 속에 무엇이 들었는지 알고 있었다.

정성기가 안배해 둔 것 중에는 특히 500년 묵은 산삼으로 담근 산삼주가 단연 압권이었다.

그 외에도 1년 동안 지낼 수 있는 벽곡단과 내공을 높이기 위해서 중국 무당파의 영약인 소청단(小淸丹)을 어렵게 구해 놓았다.

후생에서 무공을 익히는 게 분명하다면 무문(武門)에서 비방으로 내려오는 영약이 나름 도움이 될 것이라는 생각에서였다.

강권은 그날부터 토굴 속에서 무진신공의 수련에 매진했다.

무진신공의 공능인지 소청단의 효과인지 몰라도 자르니, 마니 하던 발목도 완전 나았다.(산삼주는 너무나 독해서 한 번에 먹을 수는 없었고 매번 한두 모금 정도만 먹어서 그 효능이 어떤지는 느끼지 못했다.)

몸이 완전하게 낫자 강권은 본격적으로 무진신공을 수련하기 시작했다. 새벽에 일어나 가장 먼저 한 일은 물론 운기조식이었다. 무인으로 살아가려면 내공을 쌓는 것이야말로 가장 우선적으로 해야 할 일이었다.

강권은 무진신공의 법문뿐만 아니라 비전으로 내려오는 구결까지 알고 있어서 상당히 진척이 빠른 편이었다.

운기조식을 한 후에는 무극십팔기를 수련했다.

무극십팔기는 열여덟 가지 투로(套路)다. 그런데 이 투로들은 단순히 초식과는 전혀 다른 개념이었다.

이 투로들을 따라서 하면 인체의 모든 근육과 신경세포가 활성화된다는데 특징이 있었다. 말하자면 인체의 반응은 모두 외부의 자극을 감지하면서부터 시작되는데 무극십팔기를 부지런히 수련하면 빠르게 보고 느껴서 빠르게 대응할 수 있었다.

그러니까 무극십팔기가 진정으로 추구하는 것을 한마디로 말하면 스피드와 힘의 응집력이었다. 힘의 응집력을 다르게 표현하자면 파괴력이다.

무극십팔기의 장점은 맨손으로도 무기로도 모두 펼칠 수

있다는 것이다. 이는 무공 초식이 아니기에 가능한 것이다.

전생에서 강권이 쓰던 무기는 스님들이나 도사들이 사용하는 선장(禪杖: 지팡이)이었다.

하지만 강권은 선장 대신에 곤봉(棍棒)으로 수련하기로 결심했다. 곤봉은 ***무예육기(武藝六技)에 속하고 인류가 최초로 사용하는 무기로 추정되는 만큼 접하기도 그만큼 쉽다.

곤봉이라고 해서 별다른 것은 없다. 나뭇가지 하나를 뚝 분질러 사용하면 그것이 바로 곤봉이다. 강권은 곤봉으로만 수련하지 않고 맨손도 단련했다. 옛날 같지 않고 지금 세상에선 무기를 쓰는 것이 여러모로 불리할 수 있었기 때문이다.

운기조식과 무극십팔기를 수련하고 나면 오전은 후딱 지나갔다.

그 다음에는 전생을 읽으며 전생에 있던 능력들을 가다듬었다.

소청단의 공능 덕분인지 아니면 토굴을 관통하고 있는 빼어난 지기(地氣) 덕분인지는 몰라도 불과 세 달 만에 2성에 올랐다.

전생에서 무진신공의 2성에 오르기 위해 족히 10년은 수련했었던 것을 생각하면 정말이지 엄청 빠른 진경이었다.

그 세 달 동안 마신 산삼주의 효능 때문인지 환골탈태까지 경험했다. 환골탈태를 하고 난 후에 강권의 모습은 나름 준수해졌다.

키도 무려 22cm가 커서 163cm이던 키가 185cm가 되었다.

더욱 바람직한 것은 환골탈태를 하고 무진신공이 2성에 이르자 전생을 읽는 능력이 더 향상되었다는 것이다.

전생을 읽는 능력이 향상된 것은 무진신공의 경지가 높아지면서 그만큼 정신력도 강해져서 그런 효과가 있는 것 같았다.

그러던 어느 날 강권은 자신의 전생을 거슬러 올라가다 문득 전생의 사제였던 명학(冥鶴)이 뇌리에 스쳤다.

명학은 자신보다 훨씬 늦게 사문에 들어와 자신이 무공의 기초를 닦아 주었기 때문에 강권에게는 남다른 정이 있었다.

"할아버지의 말로는 내 전생 외에도 세 명의 전생을 읽을 수 있다고 했지?"

강권은 전생의 사제 명학에 대해서 너무 궁금해서 혹시나 하는 기대를 갖고 그의 전생을 읽을 수 있기를 원했다.

"할아버지께서 말씀하시기를 일단 정신을 한 곳에 모으고 일체 부정적인 생각일랑은 하지 말라고 했지."

강권은 일단 가부좌를 틀고 앉아 명학의 모습을 떠올리며 그의 모습을 그렸다. 강권은 전생에 도를 닦았기 때문에 전생을 읽고 난 후에 정신을 한 곳에 모으는 것은 그다지 어렵지 않았다.

명학의 전생을 읽겠다는 일념으로 정신을 모으자 어느 때부터인가 강권의 뇌리에 이상한 장면들이 스쳐 지나갔다.

"어!"

강권이 놀라는 이유는 명학의 전생을 읽겠다는 의도를 가지고 있었는데 느닷없이 십이지신상 같은 괴물들이 보였기 때문이다.

돼지머리를 한 오크와 개 대가리를 한 놀, 늑대로 변하는 라이칸 슬로프, 악어인간 등등이었다. 그뿐만이 아니라 미스코리아보다 예쁜 엘프나 천부의 광부인 드워프라는 종족도 보였다.

도저히 상식 밖의 상황들이 뇌리에 유입되고 있었던 것이다.

'지금 내가 명학의 전생을 읽고 있는 게 맞나?'

강권이 이런 의문을 갖고 있는 것은 먹고 사느라 바빠서 판타지를 한 번도 읽어 보지 못해서였다.

그래서 판타지의 기본 상식인 오크나 놀에 대해서는 전혀 알지 못하니 경악을 떠나서 허황되게만 느껴졌던 것이다.

그러자 그런 장면들이 흐릿하게 보이기 시작했다.

"아차! 할아버지께서 일체 부정적인 생각은 버리라고 하셨지."

강권은 다시 정신을 가다듬었다. 정신 통일이 되자 그런 장면들뿐만이 아니라 명학의 기억도 슬슬 읽혀지고 있는 것 같았다.

명학의 기억에 따르면 만 년을 산다는 드래곤이라는 괴물도 있었고, 마법사니 기사니 정령사니 하는 특별한 기예를 익힌 사람들도 있었다.

"세상에 만 년을 산다니…… 그 드래곤이라는 괴물을 잡아서 내단(內丹)을 꺼내 먹으면 무진신공에 대성할 수 있을지도 모르겠군."

만 년이라는 말에 낚여 마법사니 기사니 정령사니 하는 사람들에는 전혀 신경이 쓰이지 않는 강권이었다.

그런데 더 놀라운 것은 명학이 판타지 세상과 강권이 살고 있는 세상을 번갈아 왔다, 갔다 하고 있다는 것이었다.

"그렇다면 저런 세상이 정말로 있다는 것인데……."

그렇지만 다음에 알게 된 경이로움에 비하면 그 정도는 새 발의 피도 아니었다.

"세상에! 어떻게 명학이 천오백 살이 되도록 죽지 않고 살 수 있다는 것이지? 할아버지가 꿈에서 말한 사람이 어쩌면 명학이 저 녀석을 가리켰던 모양이로구나."

강권이 어렴풋이 느껴지는 것은 명학은 분명 전생의 자기 사제였던 명학이었고 아직도 죽지 않고 살아 있다는 것이었다. 게다가 이계를 왔다, 갔다 하면서 말이다.

"사문의 금지(禁地)인 마황곡(魔皇谷)이 이계로 갈 수 있는 통로였던 모양이군."

천살문의 조사는 디멘션 게이트를 넘어오는 드래곤과 일장 혈투를 벌인 끝에 겨우 물리치고 더 이상 넘어올 수 없도록 결계를 설치해서 막아 두었었다. 그런데 오랜 세월이 흐르자 결계가 느슨해졌고 명학이 그것을 발견할 수 있었던 것이다.

"그런데 이상하군. 저 녀석이 내 사제 명학이가 맞는다면 어떻게 머리가 금발일 수 있지? 명학이란 녀석이 서양인도 아니었는데 말이야."

그것뿐이 아니었다. 명학의 전생(?)을 조금 더 거슬러 올라가자 명학이 금발이었다, 빨간 머리였다가, 지구에서는 전혀 있을 것 같지 않은 녹색 머리카락을 가질 때도 있었다.

처음에 자신이 착각하고 있다고 여겼는데 자세히 생각하니 그게 아니었다.

"설마?"

강권의 설마는 애석하게도 들어맞았다. 명학은 무림의 금기인 이혼대법(移魂大法)을 사용해서 1,500여 년 동안 육체를 계속 바꿔치기하면서 삶을 이어 가고 있었던 것이다.

"이런 찢어죽일 놈, 죽는다고 그게 끝이 아니거늘 인간의 탈을 쓰고 어떻게 저런 천인공노할 짓거리를 서슴지 않고 행한단 말인가. 내가 전생을 읽을 수 있는 능력을 갖게 된 것은 아마도 명학이 재 때문인 것 같군."

자신과 명학과의 관계, 할아버지와 명학과의 관계 등을 연계해서 생각해 보니 자기의 이런 생각이 맞는 것 같았다.

죽음으로 중생을 제도한다고 믿는 천살문의 문도로 살았던 강권의 생각은 명학을 죽여야 한다는 것이었다.

"그런데 무공의 왕초보인 내가 과연 천오백 년씩이나 살면서 수련을 한 명학이란 놈을 죽일 수 있을까?"

천오백 년 동안 수련을 했다면 내공이 최소한 이십육 갑자다. 그럼 완전 신의 경지에 올랐을 것이다.

명학에 비하면 자신은 이제 겨우 무공에 입문한 상태니 어떻게 상대해야 좋을지 난감하기만 했다.

그런데 강권이 생각지 못하고 있는 것이 있었으니 새로운 육체를 차지하면 기존의 육체는 그대로 소멸이 된다는 것이다. 그러니까 새로운 육체를 얻는 시점에서 수련을 해서 다시 공력을 쌓아야 되니, 새로 수련해서 얻은 공력만을 쳐야 한다는 것이다.

그 사실을 미처 생각지 못한 강권의 걱정은 태산이었다.

"휴우, 어떻게 그 괴물을 이기지? 그 정도 괴물을 이기려면 최소한 조화경(造化境) 내지는 무상경(無上境)에는 올라야 될 것 같은데. 조화경이 되려고 한다고 해도 무진신공이 최소한 8~9성은 되어야 할 것 아냐?"

나오느니 한숨뿐이었다. 말이 8~9성이지 강권은 명철(冥徹)로 살았던 전생에서도 100여 년을 연마해서 겨우 무진신공의 6성에 그쳤다. 그러므로 강권에게 있어 무진신공의 8~9성의 경지는 미답의 경지였다. 사람이 많이 살아야 끽해야 백 년이다.

그러니 8~9성의 경지는 강권이 아무리 생각을 해도 불가능에 가까운 목표였다. 하지만 전생에서는 무공에 전적으로 매달리지 않았으니 죽자고 수련한다면 혹시 가능할지도 모른다.

이런 생각이 들자 강권은 최선을 다하자는 결심을 했다. 하지만 커다란 바위가 가슴을 짓누르는 듯 답답하기 그지없었다.

"젠장, 어쩐지 내 복에 쉽게 얻어진다 했어. 골백번은 죽어라고 연마를 해도 대성을 장담할 수 없는 무공이잖아. 어휴, 앞날이 끔찍하군."

강권이 이렇게 말하는 데는 다 그만한 이유가 있었다.

무진신공에는 정공(正功)이라 하여 다른 내공심법처럼 가부좌를 틀고 앉아 운기조식으로 내공을 쌓는 법이 있는 외에 다른 내공심법과는 상이한 편공(偏功)이라는 것이 있었다.

그런데 이 편공이라는 것이 상당히 골 때리는 연공 방법이었다. 인간의 신체는 엄청난 잠재력을 갖고 있고 한계를 넘을 때마다 잠재력은 증대된다. 편공연공 점을 이용해서 내공을 극대화시키는 방법이었다.

즉, 잠재력을 극대화시키고 이렇게 극대화된 잠재력과 외부에서 가해지는 일체의 충격을 내공으로 바꾸는 속성 연공이었다.

엄동설한에 얼음물에 들어가 수영하기, 높은 곳에서 떨어지기, 물속에서 숨 오래 참기, 불 위를 걸어 다니기, 맨주먹으로 바위치기 등등. 그래도 이 정도는 한참 얌전한 방법에 속했다.

조금 더 고난도의 수련 방법으로는 송곳 같은 뾰쪽한 것으로 찌르기, 칼로 베기, 독물 집어삼키기 등등이 있었다.

한마디로 완전 가학(苛虐)의 극치를 달리는 연공 방법이었다. 가학의 연공이란 말 그대로 몸을 학대해야 내공의 경지가 올라간다는 것이었다. 천살문이란 상궤를 벗어난 문파의 무공다웠다.

"이건 차력을 하자는 것도 아니고 무슨 내공심법이 이러느냐고? 제길, 이것은 무공을 익히는 것이 아니라 완전 변태 지랄 옆차기하는 거잖아."

그런데 강권에게 갈등을 주는 것은 비록 꿈속이지만 이런 미친 행동을 할 때마다 내공이 팍팍 늘어났다는 것이었다.

"제기랄, 내가 무공을 익혀서 무슨 부귀영화를 누리겠다고 이런 미친 짓까지 꼭 해야 하나?"

편공에서의 편이란 좌도방문에 치우쳤다고 해서 붙은 이름이다. 그래서 천살문에서는 이 편공을 무진신공의 대성을 이루기 위한 부가적인 연공으로 삼았다. 하지만 강권은 빠른 시일 안에 무진신공의 대성을 이루고 싶었기 때문에 이 편공을 주공으로 삼았다.

강권이라고 해서 적당히 연공하고 싶지 않은 것은 아니었다. 실제로 적당히 익힐까 하다 이 무공을 얻으려고 무려 100억이란 거금이 들었다는 생각이 들자 무공의 끝을 보기로 했다.

또한 최강권의 천성이 외유내강(外柔內剛)이어서 한 번 마음먹은 것은 끝장을 봐야 직성이 풀리는 것도 나름 영향을 주었다.

그날부터 강권의 가학은 시작되고 있었다.

사실 강권이 믿고 있는 것은 무진신공에는 철포삼이나 금종조라는 전설상의 외공에 뒤지지 않는 보신비결(保身秘訣)을 포함하고 있기 때문에 목숨이 위태롭거나 하지는 않다는 것이었다.

그렇지 않더라도 이미 어느 정도의 경지에 올랐던 전생의 경험이 있어 편공의 부작용을 피할 수 있는 자신이 있었다.

강권이 목숨을 담보로 하는 위험한 모험을 여러 번에 걸쳐 했지만 3성을 기점으로 무진신공의 수위는 전혀 높아질 기미조차 보이지 않았다. 소성을 이루었으니 대성의 경지를 위해서는 거기에 맞는 심신을 가다듬어야 할 시기인 것이다.

*장자울: 지금 압구정동

**생거진천(生居鎭川) 사거용인(死居龍仁): 살아서는 진천이 좋고 죽어서는 용인이 좋다는 의미 임.

***무예육기: 조선시대 무관들이 배우는 장창(長槍), 당파(鐺鈀), 낭선(狼筅), 쌍수도(雙手刀), 곤봉(棍棒), 등패(藤牌)의 6가지 무기를 사용하는 여러 가지 기술.

제3장

마법? 그거 도술 같은 거야?

한동안 느껴지지 않던 명학이 다시 느껴지기 시작했다.

그 말을 달리 표현하자면 그동안 명학에 대해서 신경을 쓰지 않고 열라 무진신공을 익히던 강권이 벽에 이르자 다시 명학을 생각했다는 말이었다.

그런데 불과 몇 개월 전만 해도 과거 사부의 경지 못지않게 느껴지던 명학의 경지가 갑자기 자신보다 훨씬 못하게 느껴지는 것은 어인 일일까?

강권은 고개를 절로 갸웃거리지 않을 수 없었다.

"내가 무진신공에 소성했다고 해서 이렇게까지 격차가 좁혀지지는 못할 텐데…… 저 녀석이 갑자기 저렇게 된 이유가 뭘까? 설마 주화입마라도 당했나?"

하지만 주화입마라면 무공을 전혀 하지 못할 텐데 명학은 분명 마법이라는 상궤를 벗어난 무공을 연마하고 있었다.

"주화입마를 당했다면 무공을 익히지 못해야 정상이 아닌가?"

강권은 머리를 싸매고 생각했지만 도무지 그 이유를 알 수 없었다. 이런 강권의 의문을 잠재워 준 것은 바로 명학이었다. 아니, 명학이 익히고 있는 이계의 무공(?)인 마법에 강권이 완전 매료되어 의문을 품을 생각조차 하지 못했다.

"아니, 어떻게 한 사람이 불과 얼음을 만들 수 있지?"

가장 기초적인 마법인 [파이어 볼]과 [아이스 볼트]라는 걸 알지 못하는 강권은 자신이 환각에 빠졌다는 생각에 허벅지를 꼬집어 보았다.

"아얏!"

엄청 아팠다. 그렇다면 분명 환각에 빠진 것은 아니었다.

"그런데 어떻게 저럴 수 있지?"

강권이 알고 있는 무공 상식이라면 인간의 몸으로는 음공이나 양공 둘 중에 하나를 택해서 연마를 해야 한다. 그렇지 않고 음공과 양공을 동시에 익힌다면 자칫 주화입마에 빠질 수 있었다.

그런데 명학은 운기조식도 명상도 아닌 이상한 방법으로

내공을 쌓으면서 아무렇지도 않게 무공을 펼치고 있었다.

"하! 그것 참, 신기하군."

강권은 명학이 익히고 있는 저쪽 세상의 무공에 완전 매료되었다. 그렇지만 명학을 따라 익히기보다는 일단 뇌리에 스쳐 가는 생각들을 무조건 머릿속에 쑤셔 박았다. 주화입마에 빠질지도 모른다는 우려 때문이었다. 지금 강권은 명학의 전생에 살았은 기억과 경험만 보여지고 있는 것이 아니라 명학이 지금 갖고 있는 생각들까지도 머릿속에 떠오르고 있다는 것은 미처 생각지 못했다. 그러니 할아버생에 복권이 되고 손자를 위해서 특별히 힘을 써 주어서 그렇다는 것은 전혀 생각지 못하고 있는 것이다.

강권은 무려 일주일 동안 고생한 끝에 명학의 기억 속에 있는 마법의 법문을 전부 기억할 수 있었다. 명학은 수차례 남의 몸을 차지하고서 마법에 매진한 끝에 8클래스 마법까지 체득하고 있었던 것이다. 물론 알고는 있지만 서클을 만들지 못해서 펼치지는 못했지만 말이다.

마법에 대해서 어느 정도 알게 되자 이계의 무공으로 알았던 것이 실상은 다른 것이라는 걸 알 수 있었다.

"아하! 그게 이계 무공이 아니고 마법이라는 거였구나?"

그리고 이계에서도 검술이 존재했는데 자신이 알고 있는 검술과 비교하면 엄청 조잡했다.

"아! 그래서 마법이란 것을 고안했나 보구나?"

하지만 이내 그것이 전부는 아니란 것을 깨달을 수 있었다.

조잡한 검술을 연마해서도 검기도 뿜어내고 검강도 생성시킬 수 있는 사람들이 있었던 것이다.

"검기를 펼칠 수 있으면 익스퍼트라고 하고, 검강을 만들 수 있으면 소드 마스터라고 하는구나."

강권은 지금 자신의 실력이면 검기는 만들 수 있으니 익스퍼트 정도라는 것을 알 수 있었다.

"그럼 소드 마스터에 오르려면 도대체 얼마나 연마를 해야 한다는 거야?"

강권이 이렇게 생각하는 것은 과거 무진신공이 6성에 오르고서 비로소 검강을 펼칠 수 있었는데, 무진신공을 6성에 오른 것은 무공을 연마한 지 무려 40년이 지나서였기 때문이다.

"소드 마스터에 올라야, 명학 그 녀석의 기억에 따르면 녀석과 어느 정도 상대할 수 있는데…… 젠장, 어느 세월에 소드 마스터에 오르나?"

아무리 생각을 해도 답이 나오지 않았다. 한동안 명학에게서 받아들였던 지식들에 대해서 숙고하다 문득 명학이 뭣하고 있는지 궁금했다. 그래서 명학의 동태를 살피자 명학은 마법을 연마하면서 운기조식으로 내공의 고리를 만들고 있었다.

"불과 1주일 만에 벌써 서클이라는 내공의 고리를 세 개나 만들었어? 저 녀석이 저렇게 자질이 뛰어나지 않았는데……."

명학의 기억 속에서 안 사실은 인간의 능력으로는 서클을 아홉 개 이상은 만들 수 없다는 것이었다. 그런데 불과 1주일 만에 서클을 세 개나 만들었다면 아홉 개를 만드는데 도대체 얼마나 걸린다는 말인가? 강권은 명학이 마법을 익히는데 아무 부작용이 없는 것을 보고 자신도 마법을 익히기로 결정했다.

마법의 특이한 점은 심장 근처에 내공의 고리가 몇 개냐에 따라서 펼칠 수 있는 무공이 다르다는 것이었다.

그리고 골치 아픈 것은 펼치는 무공마다 법문이 다르다는 거다.

그나마 다행인 것은 강권이 전생의 기억을 자신의 것으로 만든 다음부터 일람불망(一覽不忘)의 기억력을 갖게 되었다는 거다.

그렇지 않았다면 마법이 아무리 기상천외한 것이었다고 하더라도 익힐 엄두를 내지는 못했을 것이다.

명학이 쓰는 방법대로 단전에 있는 내공을 심장으로 전환하자 강권의 심장에도 세 개의 내공의 고리가 생겼다.

"무진신공의 1성당 서클이 하나인가? 그러면 명학, 저 녀석의 기억에 따르면 나는 3서클 마법사인가?"

강권은 3서클이 의미하는 게 얼마나 크다는 것을 알지 못했다.

그도 그럴 것이 서클이 하나도 없던 명학이도 불과 일주일 동안 운공조식을 하더니 세 개의 서클을 만들었기 때문에 3서클 정도는 개나 소나 다 만드는 것으로 알고 있었다.

그런데 명학이가 운공조식하는 방법은 엄청 특이했다. 마나석이라는 보석처럼 반짝이는 돌들을 여기저기에 놓고 이상한 형태의 진을 만든 다음에 그 중앙에 앉아서 운공조식을 하고 있었다.

명학의 기억에는 그것을 마나집적진이라고 했다.

"마나? 마나라는 것이 기(氣)와 같은 건가?"

강권은 이런 의문을 가졌지만 자신의 느낌으로는 기와 마나는 설명하기 곤란할 정도로 미묘한 차이가 있었다.

명학은 3개월 정도 마법을 죽어라고 연마하는 것 같더니 5서클 마스터가 됐다면서 더 이상 마법을 연마하지 않았다.

5서클 이상을 만들 정도의 마나량을 늘리려면 마나집적진만으로는 한계가 있었기 때문이다.

명학은 마법 수련을 마치고는 정령을 소환해서 계약을 맺었다.

"정령?"

명학이 소환해서 계약한 정령은 살라만다라는 도마뱀처럼 생긴 불귀신이었다. 강권 또한 명철로 살 때 부렸던 지박령(地縛靈)과 비슷해 보였는데 지박령과는 느낌이 또 달랐다.

지박령은 그 자체가 이승에 한이 있어서 저승으로 떠나지 못한 사람의 영혼이어서 음의 성질을 가졌고 다루기가 어려웠다.

반면에 정령은 영혼과는 별개라는 인상이 강했는데 양의 성질을 띤 것 같으면서도 중성적이었고 명령에 절대 복종했다.

또한 정령이라는 것이 지박령보다는 훨씬 다양한 용도로 부릴 수 있었고, 장소에 얽매이지도 않았다. 강권의 소견으로는 정령이 지박령보다는 훨씬 매력적이 아닐 수 없었다.

이 정령이라는 것은 땅의 정령, 물의 정령, 바람의 정령, 불의 정령이 있는 것 같았다.

"전생에 명학은 불의 성질을 갖는 병오신공(丙午神功)을 익혀서 불의 정령을 소환할 수 있다면 나는 땅의 성질을 갖는 무진신공을 익혔으니 땅의 정령을 소환할 수 있겠네. 그럼 나도 정령이라는 것을 소환해서 계약을 해 볼까?"

이것은 명학이 했으니 자신도 할 수 있으리라는 생각에서 너무 앞질러 생각한 것이었는데 다행스럽게도 맞아떨어졌다.

완전 소경 문고리 잡는 식이었다. 강권은 명학이 한 대로 정령을 소환하자 노옴이라는 정령이 나타났다.

[나는 노움이다. 그대가 나를 소환했나? 나와 계약하겠는가?]

강권은 나타난 정령을 보고 은근 실망을 했다.

볼이 잔뜩 부은 것이 마치 심술이 닥지닥지 붙어 있는 것 같은 심술영감이 나타났던 것이다. 그나마 그것뿐이면 다행인데 말하는 것부터가 짜증이 풀풀 풍겨 났다.

'흐미, 나는 왜 명학이 저 녀석처럼 좀 쌈빡한 정령이 나타나지 않는 거지? 명학이 저 녀석이 하는 것처럼 불타는 것 같은 붉은 도마뱀을 어깨에 얹고 다니면 얼마나 폼이 나겠어?'

강권은 구시렁거렸지만 자신에게는 땅의 속성만 있으니 어쩔 수 없는 노릇이었다.

그렇다고 나타난 정령과 계약을 하지 않으면 다시는 정령과 계약을 하지 못한다는 생각이 들자 어쩔 수 없이 계약을 맺었다.

뚝배기보다 장맛이라고 그나마 위안이 되는 것은 노움은 땅의 정령답게 땅속에 있는 것들을 기가 막히게 찾는다는 것이었다.

노움은 도라지며 더덕, 심지어는 산삼까지도 찾아내서 캐 오기까지 했다. 더욱 좋은 점은 노움을 소환하면서 내공을 소진하면 소진할수록 내공이 폭발적으로 증가한다는 것이었다.

게다가 무진신공의 성취에도 상당히 도움이 되는 것 같았다.

"내가 심마니였다면 죽였겠는데……."

강권은 각종 약초와 버섯을 캐는 것으로 정령 마법을 익혀 갔다.

정령 마법을 익히게 되자 강권은 마법에 더욱 심취했다. 마법이란 것이 무공보다도 훨씬 다양한 용도로 쓸 수 있는 것이 마음에 쏙 들었다.

마법이 어느 정도 익숙해지자 강권의 생활은 훨씬 더 윤택해졌다. 마법을 쓰기 전에는 오로지 벽곡단과 생식만으로 버텨야 했지만 파이어 마법으로 약초며 짐승 등을 구워 먹을 수 있었던 것이다. 한 가지 불만은 명학과는 달리 마법의 진척이 엄청 더디다는 것이었다.

"젠장, 내가 저 녀석보다 그렇게 멍청한 건가? 명학 저 녀석은 불과 3개월 만에 5서클 마스터가 되었는데 나는 어째서 3개월 내내 죽어라고 연마를 했어도 계속 3서클에 머무르는 것이지? 게다가 나는 처음부터 세 개의 서클을 만들어서 시작했는데 말이야?"

강권은 명학이가 마나집적마법진을 사용해서 특별하게 방법을 써서 마법을 익혔다는 것은 생각지 않고 구시렁거렸다.

그러다 문득 명학이 했던 방법이 떠올랐다.

"마나집적마법진? 나도 명학이 녀석처럼 한 번 해 볼까?"

명학이가 펼친 마나집적진은 강권의 머릿속에 있었기 때문에 마나집적마법진을 만드는 것은 그다지 어려운 일은 아니었다.

물론 마나석이 없는 상태에서 만든 마나집적진이어서 큰 효과를 보지 못한 것은 당연했다.

"에이! 별로 쓸모없잖아."

강권은 투덜대다 명학은 마나석이라는 보석 같은 돌을 사용해서 마법진을 만들었다는 게 떠올랐다.

"마나석? 돌 속에 마나가 들었다는 건가?"

이계에는 마나석 외에도 그와 비슷한 마정석, 정령석 등이 있었다. 그런데 문득 마정석이 내단 비슷한 것에 착안을 해서 이쪽 세상에서도 마나석이 있지 않을까 하는 생각이 들었다.

"노옴, 반짝이는 돌 알지? 땅속에 한 번 반짝이는 돌을 찾아올래?"

[알았다.]

노옴은 특유의 퉁명스런 말투로 대답을 하고는 땅속으로 들어갔다. 강권이 말한 반짝이는 돌이란 마나석을 가리킨 것이었지만 노옴은 보석을 말하는 것으로 알아들었다.

강권은 노옴이 마나석을 찾아올 것이라고 크게 기대는

하지 않았지만 혹시 보석을 찾아올지도 모른다는 생각을 가졌다.

그런데 노옴은 몇 시간이 지나도 돌아오지 않았다.

"얘, 어디로 사라져 버린 것 아냐?"

정령은 마나만 계속 제공한다면 계약자의 말을 거역하지 않는다는 것을 알고 있지만 3시간이 지나면서부터 강권은 내공이 달려서 하는 소리였다. 강권의 내공이 꾸준히 소모되는 걸로 봐서는 여전히 반짝이는 돌을 찾고 있을 것이다. 문제는 강권의 몸속에 있는 내공의 양이었다. 강권이 산삼과 소청단을 복용해서 나름 내공의 기초가 탄탄하다고는 하지만 무한정이지는 않아 이렇게 계속 소모하면 주화입마에 빠질 가능성도 있었다.

"에이! 후딱후딱 오지, 굼벵이처럼 뭘 그리 꾸물거리고 있지?"

노옴이 올 기미가 없자 강권은 별수 없이 가부좌를 틀고 앉아 무진신공을 운기조식을 계속할 수밖에 없었다.

강권이 죽기 살기로 운기조식을 만 하루를 하면서 거의 녹초가 다 되어서야 노옴이 돌아왔다.

"왜 그리 오래 걸린 거야?"

[반짝이는 돌, 깊은 곳에 있다. 노옴 쉬지 않고 깊은 곳까지 가서 반짝이는 돌들을 가져왔다. 노옴 힘들었다.]

강권은 노옴이 가져온 분홍 색깔의 돌들을 보자 정말 아름답다는 생각이 들었다. 하지만 마나석이라고 부를 만큼 그렇게 마나가 많이 든 것 같지 않아 내심 실망을 했다.

"노옴, 수고했다. 그런데 이 돌들은 무슨 돌들이야?"

[반짝이는 돌, 인간들 좋아한다. 반짝이는 돌, 단단하다. 반짝이는 돌, 비싸다.]

강권은 노옴이 반짝이고 비싸다고 하자 그저 보석의 일종이라는 생각만 했다. 강권은 *다이아몬드를 한 번도 본 적이 없어서 그것이 진짜 다이아몬드라는 것은 꿈에도 생각지 못했다. 게다가 우리나라에는 다이아몬드가 나지도 않으니 다이아몬드 원석이라는 것은 전혀 생각조차 할 수 없었다.

노옴이 가져온 다이아몬드들 중에는 큰 것은 어린아이 주먹만큼 큰 것도 있었고, 작은 것들도 콩알 만했다.

전부 따지면 수백억 원의 가치가 있는데도 정작 주인인 강권은 전혀 알지 못하고 있는 것이 아이러니가 아닐 수 없었다.

명학이 홀연히 사라지고 난 다음부터 강권은 자신의 뇌리에 새겨진 8클래스까지의 법문들을 혼자의 힘으로 이해해야 했다.

명학이 수련하면서 곁다리로 익힐 때와 혼자의 힘으로 익히는 것과는 천지 차이였다. 아직도 마법을 무공의 일종으로 생각하고 있는 강권에게 마법이란 여전히 뜬구름 잡는 얘기였다.

결국 진도는 나가지 못하고 각 클래스마다 어떤 마법이 있다는 것을 확인하는 정도에 그칠 수밖에 없었다.

그렇지만 그것 자체도 강권의 흥미를 끌기에 충분했다.

"와아, 어떻게 백 리도 넘는 곳을 단숨에 가고 조그만 가방 속에 그 많은 물건들이 들어갈 수 있는 거지? 백 리도 넘는 곳을 단숨에 가려면 내공의 고리가 일곱 개는 되어야 하고, 많은 물건을 담을 가방을 만들려면 고리가 여덟 개는 되어야 하는구나. 쩝, 나는 이제 겨우 내공의 고리가 세 개니, 언제 저런 것들을 할 수 있을까?"

강권은 내심 탄식을 하다 문득 스승 무무상인에게 고대에는 그런 도술이 있었다고 들었던 적이 있었다는 것이 생각났다.

"축지법과 **화수분을 만들 수 있는 것으로 보아 마법이라는 이계의 무공은 도술의 일종인 모양이지?"

강권은 3클래스까지의 마법을 쓸 수는 있지만 전반적으로 마법에 대한 기초지식이 없어서 텔레포트와 인피니트 백을 도술의 일종으로 이해했다.

"그런데 [파이어 볼]이라는 불을 만드는 무공과 [플라이]라는 날아다니는 무공은 꽤 괜찮은 무공이로군. 거기다 [큐어]라는 치료 무공은 또 어떻고. 정말 [큐어] 마법을 펼치면 상처를 치료할 수 있을까?"

강권은 의문이 있으면 몸으로 때워서라도 해결해야 직성이 풀리는 성격이다. 그래서 급기야 자해를 하여 [큐어] 마법의 효력을 확인하였다. 자해라야 주먹으로 바위나 나무를 내지르는 것이니 편공의 수련이요, 정권 단련이니 전혀 주저할 이유도 없었다.

인사동에 등산을 하고 온 것처럼 보이는 청년이 나타났다.

바로 최강권이었다. 강권은 마법이나 무공에서 더 이상의 진경이 없어 더 있어 봐야 시간 낭비라는 생각에 하산을 했다.

그가 인사동에 나타난 것은 도자기를 팔아 여유 자금을 마련하기 위한 것이었다. 정 노인에게 받은 돈이 얼마 남아 있기는 했지만 혈혈단신으로 세상에 의지할 데가 한 곳도 없으니 돈이라도 넉넉히 있어야 할 것 아니겠는가. 강권이 팔려는 도자기는 산삼주가 담겨져 있던 것으로 관요(官窯)에서 나온 도자기였다.

당근 비싸다는 말이었다. 조선 초기에는 관요에서 나오는 자기들은 궁중에만 진상되었다.

그런데 정성기는 도화서(圖畵署) 소속의 화공들을 알고 있었기 때문에 이 도자기들을 얻을 수 있었다.

예나 지금이나 인간들은 자신의 운명을 알기를 원했고, 정성기는 그걸 알려 줄 수 있으니 그들에게 도자기를 얻는 것 정도는 크게 어려운 일이 아니었다.

관요에서 나온 도자기들은 대부분 억대를 호가한다. 특히 산삼주가 담겨져 있던 도자기는 정 노인이 10억을 받았던 것보다 나으면 나았지 못하지 않는 것이었다.

'최소한 10억 이상은 받을 수 있으니 가장 큰 곳으로 가는 게 좋을 거야.'

강권은 내심 이런 생각을 하며 가장 그럴듯해 보이는 고옥당(古鈺堂)이라는 고미술상으로 들어갔다. 주인인 듯 보이는 초로의 중년인이 강권을 흘끔 보더니 사무적으로 맞이했다. 후줄근한 강권의 차림이 돈이 되지 않을 것이란 느낌을 주는 모양이었다.

"어서 오십시오. 어떻게 오셨습니까?"

"아! 예, 도자기 한 점 팔려고 왔는데요."

고옥당의 주인인 조성후는 다시 한 번 강권의 차림새를 훑어보고는 시큰둥하게 물었다.

"그래요? 어떤 도자기인지 좀 볼 수 있을까요?"

강권은 노상 이런 대접을 받았기 때문에 별 거부감 없이 배낭에서 도자기를 꺼내 놓았다.

"청화백자용호문호군요. 그런데 너무 깨끗한 것이……."

"별로 사용하지 않았으니 깨끗하기는 할 겁니다."

관요에서 금방 나온 따끈따끈한 신상에 산삼주를 담가서 토굴에 묻어 두었으니 깨끗하지 않으면 오히려 그게 더 이상할 것이다.

조성후는 강권의 심드렁한 대꾸에 오히려 흥미가 동했다.

"그래요? 한 번 보죠."

인사동에서 잔뼈가 굵은 조성후는 감정인이나 마찬가지다.

도자기를 자세히 훑어보자 조선 초기 관요에서 나온 것이라는 확신이 들었다.

'사대부 가문의 부장품이었는가 보네. 관요에서 나온 것을 묻을 정도라면…….'

조성후의 눈에는 강권이 도굴꾼 내지는 우연히 도자기를 주은 녀석이 분명해 보였다.

전자는 불법을 저지른 자고 후자 또한 점유이탈물횡령죄를 저지른 자이니 뒤가 구릴 것은 빤한 이치다.

그렇지 않다면 인맥을 통하거나 경매를 통하는 정상적인 방법으로 도자기를 팔려고 했을 것이기 때문이다.

일반적으로 골동품은 단가가 워낙 고가이기 때문에 이런 녀석을 잘만 만나면 평생 벌 돈을 한 몫에 잡을 수 있었다.

그런 일이 드물기는 하지만 인사동에선 몇 년에 한 차례

씩은 꼭 있는 일이기도 했다.

'이거 완전 봉이로군, 어젯밤 꿈이 좋더라니. 그런데 어떻게 후려쳐야 잘 후려쳤다고 소문나지?'

조성후 어떻게 하면 이 도자기를 꿀꺽할 수 있을 것인가 잔대가리를 굴렸다. 사실 골동품 감정이란 게 짜고 치는 고스톱이나 다름이 없는 것이어서 진품도 모조품이 될 수 있고 모조품도 진품으로 둔갑을 시킬 수 있다. 하지만 그러면 감정인과 이득을 공유해야 한다. 조성후는 그게 아까웠다. 그래서 한참을 궁리하던 끝에 이렇게 말했다.

"이런 말씀 드리기 죄송한데, 이거 모조품 같군요. 자기의 형태나 색깔을 보면 분명 조선 전기 관요에서 나온 것 같아 보이지만 당시의 청화백자는 궁중에서만 사용하였거든요. 그러다 보니 생산량도 거의 없었고요. 지금 시중에 있는 청화백자는 코발트 안료가 흔해진 조선 후기 작품이 대부분이고 초기 관요에서 나온 청화백자는 거의 없습니다."

조성후의 말은 어느 정도 타당한 면이 있었다.

청화백자의 안료인 코발트는 조선 전기에는 전량 중국을 통해서 아랍산을 수입해서 쓴 까닭에 너무 비싸서 국법으로 왕실에서만 사용할 수 있도록 했었다. 강권 역시 그런 사실을 알고 있었다.

하지만 이 도자기는 화공들과 함께 광주 도요에 가서 직접 들고 온 까닭에 때려 죽여도 모조품일 리 없다.

강권은 주인의 말에 콧방귀를 뀌고 도자기를 집어 들었다.

강권이 도자기를 다시 배낭에 집어넣으려 하자 조성후는 강권의 얼른 행동을 제지하며 값을 후하게 쳐 주겠단다.

"그래요? 얼마 줄 수 있는데요?"

"1,000만 원 어떻습니까? 어디에 가서도 이 정도의 가격을 받지는 못할 것입니다."

강권이 정 노인이 이 같은 도자기를 10억을 받았다는 것을 몰랐다면 그 정도에도 감지덕지 했을 것이다. 그렇지만 그런 사실을 알고 있는 강권은 조성후가 뭘 하려는지 빤히 알았다.

'이 자식, 이거 순 날강도 아냐?'

강권은 이런 욕이 금방이라도 나오려는 것을 가까스로 참고 주인의 손에서 도자기를 채트려 배낭에 다시 집어넣으며 말했다.

"없던 일로 하지요."

"그럼 얼마를 받으려고 하십니까?"

"아니요. 팔지 않겠습니다."

강권은 딱 잘라 거절했다.

주인을 믿지 못했기 때문에 거래를 하고 싶지 않았던 것이다.

강권이 나가는 것을 보고 조성후는 즉시 어디론가 전화했다.

"강 사장, 큰 거 한 장, 이십 대 초중반, 붉은색 배낭, 방금 나갔어."

조성후는 급했던지 옆에서 도자기를 구경하고 있던 아가씨들을 생각지도 않고 인사동과 낙원동 일대를 장악하고 있는 쌈지파에 붉은 색 배낭을 가로채라는 의뢰를 했다.

조성후가 말하는 큰 거 한 장은 1억이라는 말이었다.

고가구를 사러 왔다 우연히 이 일을 목격한 아가씨들은 조성후가 하는 짓거리를 보고 강권에게 주의를 주려고 밖으로 나갔다. 하지만 이미 늦은 것 같았다.

어느 샌가 우락부락하게 보이는 자들이 방금 고옥당을 나간 청년 주위를 둘러싸고 있었던 것이다.

"세나야, 이 일을 어떡하면 좋니? 저분은 저치들이 자신의 도자기를 노리는 걸 전혀 모르고 있는 것 같아."

"경옥아, 일단은 휴대폰으로 동영상을 찍어 두자. 그리고 난 다음에 그 다음 일은 상황을 봐 가면서 결정하는 게 좋겠어."

"저치들 조폭인 것 같은데 그러다 저치들에게 걸리면?"

"그것도 그러네. 경옥아, 내가 차를 가져올 테니까 너는 동영상을 찍고 있어. 여차하면 차를 몰고 도망치면 되잖아."

"알았어. 세나야, 빨리 와야 돼."

세나와 경옥이라는 두 아가씨는 자신이 무슨 일을 당하는지 알지 못하는 강권에게 연민의 정을 느꼈던 것이다.

강권은 고미술상을 나온 후 도자기를 살 만한 다른 고미술상을 찾고 있었다. 그런데 자기보다 훨씬 큰 덩치들이 자기의 주위를 에워싸자 순간적으로 녀석들의 기파(氣波)를 읽었다.

적의가 엿보인다. 생판 보지도 못한 자들이 자기에게 적의가 있다면 이유는 한 가지다. 강권은 이 녀석들이 고미술상 주인의 사주를 받은 자들이 분명하다는 생각이 들었다.

'호, 요 자식들 보게. 잠자는 호랑이의 코털을 뽑아도 유분수지, 감히 누구 것을 강취하려고.'

강권은 아버지가 사업에 실패했던 초등학교 5학년 이후로 숱하게 싸웠다. 매일같이 싸우는 것도 모자라 어떤 날은 하루에 세 번도 싸웠다. 중학교를 중퇴하게 된 것도 따지고 보면 싸움 때문이었다. 싸움도 할수록 는다고 만 3년 동안 1,000번을 넘게 싸워 온 강권은 싸움이라면 자신이 있었다.

거기에 무술도 익히고 이계의 무공인 마법까지 익히고 있으니 어지간한 건달들은 몇 백 명이 덤벼도 전혀 두렵지 않았다.

강권은 기감을 퍼트려 자기에게 적의를 갖고 있는 자들을 살폈다. 그들은 대부분 엄청난 덩치에 트레이닝복 차림이었다.

어느 도장에서 함께 운동을 하는 자들인 모양이었다.

그때 185cm인 강권보다 더 크고 100kg가 훨씬 더 나갈 것 같은 덩치들 세 명이 마치 보디체크를 하려는 것처럼 부딪혀 왔다.

이미 덩치들에게 공간을 장악당해 피할 곳이 없다. 강권은 피할 곳이 마땅치 않자 무진신공을 전신에 유포하며 녀석들의 공격을 기다렸다. 강권은 녀석들과 막 부딪히려는 찰라 부딪혀 오는 녀석들의 몸을 지지대삼아 가볍게 녀석들을 타고 넘었다.

두 아가씨들은 드디어 시비가 벌어졌구나 하고 안타까워했다. 그런데 아가씨들은 도저히 믿어지지 않는 광경을 보고 그녀들도 모르게 탄성을 질렀다.

"앗!"

"와!"

강권이 별로 힘들이지 않고 2m에 가깝게 떠오르며 덩치들의 뒤에 착지해 버린 것이다. 적어도 그녀들의 눈에는 그렇게 보였다.

덩치들은 강권이 갑자기 그들의 시야에서 사라지자 어리둥절해하다 강권이 그들 뒤에 있자 깜짝 놀라 서로 눈치를 보았다.

원래 그들의 속셈은 시비가 붙어 기회를 보아 강권이 메고 있는 가방을 낚아채겠다는 의도였다. 그런데 사태가 이렇게 되자 그들의 의도는 물 건너 간 것 같았다. 게다가 엎어지면 코 닿을 거리에 종로경찰서가 있으니 더 이상 시비를 하는 것도 여의치 않았다. 덩치들이 망설였지만 무슨 일이 있어도 배낭을 뺏어 오라는 명령은 그들로 하여금 포기할 수 없게 만들었다.

받으면 몇 배로 받아 내겠다는 것이 강권의 일관된 의지였다. 시비를 걸면 박살을 내 주겠다는 것이 강권의 생각인 것이다.

'이 자식들 어디 당해 봐라.'

이런 마음으로 강권이 막 덩치들에게 손을 쓰려는데 갑자기 자신의 옆으로 외제차 한 대가 끽 소리를 내며 멈추는 게 아닌가?

"아저씨, 어서 타세요."

조수석의 창문이 열리며 엄청 예쁜 아가씨가 소리쳤다.

'저 아가씨를 어디서 봤지?'

예쁜 아가씨가 자기에게 말했다는 것을 느낀 강권은 순간적으로 가슴이 쿵쾅거리며 이 아가씨를 어디서 봤는가 하는 생각에 머뭇거렸다. 명철로 삶을 살 때나, 정성기의 삶을 살 때나 강권의 곁에는 여자가 있었다. 특히 정성기로 살 때는 팔도 내로라하는 기생들에게 족집게로 통했고 인기가 짱이었다. 전생의 삶은 후생에 영향을 미친다. 전생에서 나름 호색했던 강권은 현생에서도 호색했다. 그동안 외모도 따라주지 않고 가진 것도 없으니 여자가 따르지 않았고 그럴 능력도 없었지만 여자가 관심을 가져 주는 것을 마다할 강권이 아니었다.

그 짧은 순간 강권의 방심을 틈타 녀석들이 배낭을 움켜쥐었다. 엄청난 덩치에 걸맞게 녀석들의 힘은 무지막지했다. 하마터면 강권은 배낭을 맨 채로 들릴 뻔했다.

'좋아, 한 번 들어 봐라.'

강권은 천근추 수법을 써서 들리려는 몸을 고정시켰다.

찌지직.

맞서는 두 힘에 못 이긴 배낭끈이 떨어져 나가려 하자 강권은 안 되겠다 싶은 생각이 들어 번개처럼 배낭을 벗으며 배낭끈을 잡고 있는 녀석의 정강이를 걷어찼다.

퍽.

"윽."

녀석이 배낭끈을 놓고 비명을 지르며 주저앉았다.

그 순간 강권은 배낭을 낚아채며 공중으로 뛰어올라 순식간에 세 녀석의 턱을 걷어찼다. 녀석들은 쿵 소리를 내며 그대로 땅바닥에 나뒹굴었다. 더 볼 것도 없이 기절해 버린 것이다.

"와!"

아가씨들의 입에서 탄성이 터져 나왔다.

강권은 탄성을 지르는 아가씨들에게 여유 있게 윙크를 하며 나머지 녀석들을 처리하려 했다.

"아저씨, 그 사람들 조폭이에요. 공연히 시비를 해 봐야 이로울 게 전혀 없어요. 어서 빨리 차에 타세요."

강권은 탤런트 뺨치게 생긴 예쁜 아가씨가 거듭 재촉을 하자 녀석들에게 본때를 보여 주겠다는 생각을 일단 접었다.

녀석들을 혼내 주는 거야 누워 떡 먹기지만, 이 동네 조폭이니 언제든 다시 와서 혼내 줄 수 있다는 생각이 들었기 때문이다.

게다가 지금 중요한 것은 녀석들을 혼내 주는 게 아니고 자기에게 호감을 표시하는 눈알이 튀어나올 만큼 아름다운 아가씨들이 먼저였다. 도자기를 팔아서 자금을 만들어야 하지 않겠냐는 생각도 강권의 뇌리에서 사라진 지 오래였다.

'내 주제에 저런 예쁜 아가씨와 언제 알고 지내겠어.'

그렇지만 이 나쁜 녀석들을 용서할 수는 없었다. 또, 이런 때에 안성맞춤인 무공도 있었다.

바로 마킹 마법이었다. 마킹 마법은 3일 동안 강권의 마나가 녀석들의 주위에 머물러 있기 때문에 3일이라는 기간

동안에는 언제든지 녀석들을 찾을 수 있다. 이런 생각으로 강권은 마법을 사용해서 녀석들에게 마킹을 해 두고 차에 올랐다.

*우리나라에는 다이아몬드가 나지 않은 것으로 알려져 있지만 다이아몬드가 날 개연성은 충분히 있다. 다이아몬드가 생성되기 위해서는 고온, 고압의 조건이 필요하다. 따라서 다이아몬드는 주로 대륙의 두 판이 충돌하는 곳에서 발견된다. 우리나라 근처에서 그러한 조건을 갖춘 곳은 중국 대륙의 탄루 단층대가 있고 여기에서 다이아몬드와 코어사이트 등이 발견되고 있다.

그런데 학자들은 우리나라의 임진강 단층대와 옥천 단층대를 그 탄루 단층대의 연장선상에 있는 곳으로 보고 있다.

그러므로 임진강 단층대와 옥천 단층대에서도 다이아몬드가 날 수 있는 가능성은 충분하다.

실제로 1935년 2월, 지질학자 박동길 교수가 사금과 석류석을 감정하는 도중에 0.1캐럿의 다이아몬드를 발견했다. 그리고 이 다이아몬드는 현재 서울대학교에서 소장하고 있다고 한다.

**화수분 : 중국 진시황 때에 있었다는 하수분(河水盆)에서 비롯한 말이라고 한다. 진시황이 만리장성을 쌓을 때 군사 십만 명을 시켜 황하수(黃河水)를 길어다 큰 구리로 만든 동이를 채우게 했다. 그런데 그

물동이가 얼마나 컸던지 한 번 채우면 아무리 써도 없어지지 않다고 한다. 황하수 물을 채운 동이라는 뜻으로 '하수분' 이라고 하던 것이 나중에 그 안에 온갖 물건을 넣어 두면 새끼를 쳐서 끝없이 나온다는 보배의 그릇을 뜻하게 되었다.

제4장

인연과 악연

"큼큼, 고맙습니다. 신세를 지게 됐습니다."

강권은 차에 타면서 공연스레 겸연쩍어 헛기침을 한바탕 하고는 아가씨들에게 말을 건넸다. 일단 말은 건넸지만 강권은 차 안의 향기에 취해 얼굴이 벌게졌다. 향수라고는 싸구려 *오데 코롱만을 써 본 강권으로서는 고급 향수 냄새에 가벼운 거부감이 들어 인상을 약간 찡그렸다. 그런 강권의 모습을 본 아가씨들도 그제야 생면부지의 사내를 자신들의 차에 태웠다는 생각이 든 듯 떨리는 목소리로 대꾸를 했다.

"호호, 별말씀을요. 옆에서 보니까 저희들의 도움이 없었더라도 거뜬히 헤쳐 나갔을 것 같은데요 뭘."

"하하하, 그렇기야 하지만, 쓸데없는 싸움으로 모양새를 구기는 것보다 이렇게라도 싸움을 피하는 게 훨씬 낫지 않겠습니까?"

"그야 그렇지만요. 그런데 어떻게 그렇게 싸움을 잘하죠? 운동을 많이 하셨나 봐요?"

"하하, 운동이랄 것도 없습니다. 어디서 얻어맞고 다니지 않을 정도는 됩니다."

세나는 룸미러를 통해서 뒷좌석에 앉은 강권을 훔쳐보았다.

일장의 박투를 보니 고미술상에서 볼 때와는 다르게 남자답다는 생각이 들었다.

'수염만 덥수룩 할뿐 야리야리하게 봤는데 그게 아니네. 이래서 진인(眞人)은 저잣거리에 있다는 말이 나왔나? 완전 죽이는데.'

판타지 작가인 세나는 꽃미남보다는 사내답게 생긴 타입을 선호하여서 강권이 마음에 쏙 들었다. 아까 싸우는 모습은 판타지나 무협지에서 나오는 기사들이나 무사들에 못지않다는 생각마저 들었다. 그래서 대뜸 강권의 이름부터 물었다. 남자 알기를 우습게 아는 세나로서는 정말 뜻밖이었다.

"저, 성함이 어떻게 되세요?"

"예에?"

"이름말이에요. 이름."

"아! 저는 최강권이라고 합니다."

"호호, 그러시군요. 저는 이세나고요. 이 지지배는 노경옥이에요. 참, 아까 그 도자기 진품이 맞지요?"

강권은 무슨 의도로 그런 질문을 하는지 몰라 대답을 하지 못하자 세나가 배시시 웃으며 말했다.

"그거 진품이 맞으면 제가 팔아 드리려고요."

강권은 뜻밖의 제안에 어리둥절하지 않을 수 없었다. 그런데 아가씨들이 운전하는 차가 고급 외제차라는 것이 떠오르자 어쩌면 이 아가씨들의 말이 농담이 아닐 것이라는 생각이 들었다.

"예에? 제가 알기로는 10억이 넘어갈 텐데 그래도 가능하겠습니까?"

"호호호, 진품이라면 당연히 10억이 넘어가겠지요. 저희들도 그 정도는 알고 있답니다."

"큼큼, 그러시다면야. 예, 진품이 맞습니다."

이렇게 대화를 하는 사이에 차는 한성대입구역 교차로를 지나고 있었다. 옆에서 듣고 있던 경옥이 세나에게 물었다.

"세나야, 명희에게 말하게?"

"으응, 명희나 아니면 민지한테 사라고 그러지 뭐. 경옥아, 너는 명희 개 집에 있나 전화나 해 봐라. 없으면 민지보고 우리 집으로 오라고 그래."

돈 많은 사람들은 희귀한 골동품이나 그림이라면 돈이 얼마가 들던지 거리낌이 없다는 것을 모를 세나나 경옥이가 아니었다. 세나나 경옥이도 나름 그 돈 많은 사람들 축에 낄 수 있었고 또 골동품에도 관심이 있었기 때문이다. 하지만 10억이 넘어간다면 그녀들로서는 약간 무리여서 딴 친구에게 양보하려는 것이다.

"알았어."

세나의 말에 경옥이가 명희와 민지에게 전화를 걸어 집에 있는지 알아보고는 말했다.

"세나야, 명희는 집에 있더라. 근데 민지는 회사에서 일 좀 보고 온다고 조금 늦겠다고 하던데."

"민지는 구멍가게 하나 차려 놓고서 뭐가 그리 바쁜지 모르겠어? 만날 회사에 일이 있대. 경옥아, 그렇지 않아?"

"얘 세나야, 그런 소리 하지 마라. 내가 알기로는 미림(美林)의 매출이 꽤 되는 것 같던데?"

"매출이 많아야 얼마나 되겠어? 우리나라 IT기업은 아직 구멍가게 수준을 벗어나지 못했다고. 안 그래?"

"그래도 그게 어디냐? 차린 지가 불과 4~5년밖에 안 됐지만 기술로는 세계적으로 알아준다고 하던데."

"그거야 민지 그 계집애가 듣기 좋으라고 하는 말이고…… 그 정도 돈이야 나도 벌고 있다고."

세나의 말은 과장이 약간 섞여 있기는 했지만 전혀 없는 말은 아니었다. 그녀가 쓴 판타지가 연달아 히트를 쳤고 특히 일본에서 100만 권이 넘게 팔려 나간 덕분에 수십억이 넘는 돈을 벌었다. 또 그녀의 작사, 작곡 실력이 엄청 좋아서 20여 곡이 넘는 히트곡을 만들어 저작권료도 짭짤하게 들어오고 있었다.

세나와 경옥이가 둘이 민지를 놓고 서로 티격태격하고 있을 때 차는 어마어마한 저택으로 들어갔다. 아마도 명희네 집에 다 온 모양이었다.

하지만 강권은 그녀들의 이야기는 전혀 귀에 들어오지 않았다.

'정말 이 아가씨들 사람들이 맞아?'

그녀들의 미모는 정말이지 TV에서나 보는 그런 것이고 풍기는 냄새 또한 처음 맡아 보는 것이어서 꼭 귀신에 홀린 기분이었다. 물론 강권은 전생에 경국지색들을 많이 보았었지만 지금 화장술이 워낙 발달했기 때문에 차이가 날 수밖에 없었던 것이다. 게다가 그렇게 어리벙벙한 상태에서 본 저택의 규모는 강권의 상상을 완전 벗어나는 것이었다.

대지가 3,000평은 족히 될 것 같았고 건평이 100평이 훨씬 넘을 것 같은 주택이 2채가 있었다. 한 채는 대문에 붙어 있고, 다른 한 채는 잘 꾸며진 정원 너머 중앙에 있었다.

심산유곡에서나 볼 수 있는 기이한 모습을 한 소나무하며, 온갖 형상의 수석들이 조화를 이루어 악산(嶽山)의 면모를 자랑했다.

그것뿐이 아니었다. 그 악산의 중앙에는 호수를 연상케 하는 연못이 자리하고 있었고 연못의 주위에는 온갖 종류의 과실수들이 잘 익은 열매를 주렁주렁 매달고 있었다.

'와! 이게 집이야, 대궐이야? 이런 곳에서 산다면 무슨 근심이 있겠어? 그나저나 내가 지금 여우들에게 홀린 건가?'

강권은 이 아가씨들과 저택의 아름다움에 놀라 입이 다물어지지 않았다. 하지만 세나와 경옥은 이곳에 여러 번 온 듯 거침이 없었다. 강권은 정원을 좀 더 구경하고 싶었지만 아쉽게도 그녀들이 향하는 곳은 대문 옆에 있는 집, 사랑채였다.

사랑채 2층에 있는 응접실에서 차를 마시고 있을 때 아름다운 아가씨가 올라왔다. 강권은 순간 이 아가씨가 이 저택의 주인임을 직감했다. 그녀에게서 풍겨지는 아우라와 포스가 장난이 아니었다. 아니나 다를까 강권에게 자신의 신분을 알려 주기라도 하는 것처럼 그녀는 세나와 경옥에게 농담을 했다.

"세나야, 경옥아, 니들이 무슨 바람이 불어서 예까지 다 온 거냐?"

"명희야, 우리가 니네 집에 한 번도 오지 않은 것처럼 말하네. 얼마 전에도 왔었잖아."

"호호, 그래. 이 지지배야 농담이다. 농담."

세 여자가 한바탕 시시덕거리는 것을 듣고 있던 강권은

양해를 구하고 화장실로 들어갔다. 명희는 강권이 화장실 가기를 기다리기라도 했다는 듯 은근한 어조로 물었다.

"그나저나 저치는 누구냐? 니들하고 어떻게 된 사이고?"

이 물음의 답에 향후 최강권에 대한 대우가 결정이 될 것이다. 세나는 그걸 인식한 듯 진지하게 대답했다.

"최강권이라고 마이 달링이다."

전혀 뜻하지 못한 세나의 말에 명희와 경옥이가 벙 져 있자 세나는 급급히 말을 바꿨다.

"얘들 좀 봐. 뭘 그렇게 심각해져? 나는 농담도 못하니?"

"이 지지배야, 농담도 할 게 있고 하지 못할 게 있는 거야. 어떻게 그런 농담을 할 수 있냐?"

"그게 어때서? 나는 저분이 마이 달링이면 소원이 없겠는데."

"뭐야?"

세나의 말이 결코 장난만은 아님을 느낀 명희는 강권이란 사내가 나오면 다시 자세히 훑어보려는 생각을 가졌다.

그걸 알지 못하는 강권은 화장실에서 세수를 하다 거울에 비친 자신의 꼴이 말이 아님을 느꼈다. 간간이 개울물에 빨기는 했지만 근 1년 동안 입어서 후줄근해진 옷하며 덥수룩한 수염, 허리께까지 늘어진 머리가 걸개신공의 경지가 상당함을 증명하는 듯했다.

'이거 거지도 완전 상거지군. 덥수룩한 수염이야 사내니

그렇다 치더라도 이 헝클어진 머리는 또 뭐고.'

강권은 전생에 상당히 수양을 했었고, 그 영향으로 현생에서도 나름 침착한 편이었다.

하지만 완전 미스코리아 뺨치는 아가씨들에, 대궐 같은 저택에 절로 작아지는 기분이 드는 것은 어쩔 수 없었다.

'당장 머리부터 정리해야겠어.'

강권은 이런 생각을 하며 겉옷을 벗어 들고 지난 2년간 길러서 치렁치렁해진 머리를 가지런히 묶었다. 머리를 묶고서 다시 거울을 보니 조금 나아 보인다.

강권이 밖으로 나가자 세 여자들은 뭐가 그리 좋은지 시시덕거리면서 수다를 늘어놓고 있었다.

강권은 막상 도자기를 팔아 돈을 만들겠다는 일념에 이곳으로 따라오기는 했지만 이곳 분위기가 묘함을 느꼈다. 10억이 넘어가는 고가의 물건을 사려는 분위기가 아니었다. 마치 재미있는 장난감을 사려고 구경하려는 것 같은 분위기였다.

무엇보다 세 여자들이 자기를 바라보는 눈빛이 심상치 않았다. 여자들에게 한 번도 주목을 받지 못했던 강권으로서는 세 명의 선녀 같은 아가씨들에게 둘러싸여 있자 여간 부담스러운 게 아니었다. 명철로 살 때나, 정성기로 살 때 아름다운 여자들과 관계를 했었던 적은 있었지만 지금 강권은 완전 숫총각이어서 그 당시의 경험은 크게 도움이 못되었다.

강권은 더 이상 시간을 끄는 게 부담스러워서 배낭에서 도자기를 꺼내려다 경악성을 토해 냈다.

"앗!"

강권의 비명에 세 여자들의 시선이 강권의 얼굴로 향했다.

강권의 얼굴이 창백해진 것을 본 세나가 그 연유를 물었다.

"강권 씨, 왜 그러세요?"

"아! 아닙니다. 잠깐 일이 있어서 그만……."

강권은 잠깐 가방을 맡아 달라는 말을 남기고 무언가에 쫓기는 듯 대답도 듣지 않고 허둥지둥 밖으로 나가 버렸다.

세 아가씨들은 강권의 느닷없는 행동에 벙 져 있다가 왜 그런지 궁금해졌다.

"저치, 배낭 안을 본 후에 안색이 흙빛이 되어서 나가는 것 맞지?"

"으응, 그런 것 같아."

"도대체 배낭 안에 뭐가 들었기에 그런 쪼잔한 행동을 했을까?"

명희가 이렇게 중얼거리며 배낭 안을 슬쩍 엿보았다.

배낭 안에는 주둥이가 깨진 도자기와 십여 개의 보석처럼 반짝이는 돌들이 들어 있었다.

"쯧쯧, 저치가 이래서 그랬구나. 그렇지만 자고로 사내 대장부는 하늘이 무너져도 진중해야 하거늘, 겨우 도자기가 깨졌다고 천하의 사내대장부가 되어서 저렇게 사색이 저렇게 허둥대서야 어디다 쓸꼬?"

명희가 혀를 끌끌 차면서 한 소리를 했다.

최소한 10억이 넘어가는 도자기가 깨진 것을 보고도 그런 소리를 하는 당치않은 소리였다. 100억이 넘는 로또 용지를 강탈당했고 이번에는 돈이 될 거라 생각했던 강권의 입장을 모르니 하는 소리였다. 하기야 몇 조의 재산을 갖고 있는 명희로서는 10억이 우스울 수도 있을 것이지만 세나나 경옥이로서는 그런 명희가 은근 반감이 드는 것은 어쩔 수 없었다.

"얘, 어떻게 된 거야?"

명희는 이번에는 세나에게 짜증이 물씬 풍기는 어투로 물었다.

자칫했으면 몇 백도 받을 수 없는 것을 십 몇 억을 주고 살 뻔했으니 명희의 물음은 추궁이나 마찬가지였다.

돈이야 그녀들 사이에서는 그다지 큰 문제는 아니었지만 명희의 물음에 세나나 경옥이는 대답할 말이 없었다.

골동품 상점에서 도자기가 멀쩡했었다는 것을 목격했었던 그녀들로서도 귀신이 곡할 노릇이 아닐 수 없었던 것이다.

세나와 경옥이는 할 말을 잃고 한참이나 서로를 바라보았다.

그렇지만 명희의 집요한 추궁이 이어지자 세나가 한숨을

쉬며 대답을 했다.

"휴우, 믿을지 모르겠는데 우리가 인사동 고미술상에서 볼 때만 해도 그 도자기는 멀쩡했어. 그런데 고미술상 주인이 그 도자기를 탐내서 강 사장이란 사람에게 큰 것 한 장을 준다고 도자기를 뺏으라고 했어. 그리고 조폭들이 그 도자기가 담긴 배낭을 뺏으려고 했고. 그 사람이 그 조폭들을 혼내 줬어. 그러고 나서 도자기가 이 모양이 된 거야."

"세나 말이 맞아. 고미술상 사장이 강 사장이란 사람에게 전화하는 것을 들었걸랑. 참, 동영상을 찍어 둔 게 있으니까 확인을 해 보면 어떻게 된 일인지 알 수 있을지도 모르겠다."

"동영상을 찍어 놓은 게 있다고?"

"그래, 컴퓨터 좀 가져 오라고 해 봐."

명희가 비서들에게 지시하자 금방 노트북을 가져왔다. 경옥은 자신이 찍은 동영상을 컴퓨터 모니터에 연결해 인사동에서 벌어졌던 한판의 드잡이를 재생했다.

그렇지만 동영상 속의 강권의 움직임이 너무나 빨라서 순식간에 덩치들의 뒤에 착지한 것만 보였고 그 다음에 이어지는 장면들은 싸구려 액션 영화의 한 장면일 뿐이었다.

이 동영상으로 봐서는 도자기가 깨진 원인이 짐작만 갈 뿐, 자세한 것은 알 수가 없었다. 아마 강권의 동작이 너무 빨라서 그럴 것이다. 명희가 그 점을 지적했다.

"얘, 동영상으로는 너무 빨라서 전혀 모르겠는데?"

"경옥아, 좀 천천히 돌려 봐."

"세나야, 알았어."

경옥이가 컴퓨터를 조작해서 동영상을 천천히 돌아가게 만들었다. 그러자 그냥 뛰어넘은 것으로 보였던 강권의 움직임은 선 자세에서 뒤로 점프를 해서 부딪혀 오는 덩치들의 몸을 감싸는 듯 돌면서 한 바퀴를 타고 넘는 것이었다. 도저히 인간의 몸으로 할 수 있는 동작이 아니었다.

하지만 그 다음 동작들은 그보다 더 경이로움을 주었다. 내려찍듯 배낭끈을 잡고 있는 덩치의 정강이를 발로 차고 걷어찬 탄력으로 허공에 몸을 띄워 360도를 회전하면서 세 덩치의 턱을 걷어차고 있었다. 완전 일 타 삼피가 아닐 수 없었다.

더 놀라운 것은 10배 감속해서 슬로우 비디오로 보고 있었지만 보통 사람들보다 훨씬 빠른 것 같다는 거다.

"앗! 어떻게 저런 동작이 정말 가능할까?"

"그러게……."

"와! 너무 아름답다. 체조 선수라도 저렇게 하는 것은 힘들 것 같은데, 어떻게 인간이 저렇게 할 수가 있지?"

"그것뿐이면 말도 안 해. 저 발차기는 완전 무림의 고수야. 고수."

판타지 작가인 세나는 직업성 발언을 했다.

이렇듯 세 아가씨들은 도자기가 어떻게 깨졌는가 하는 것보다 강권이 어떻게 저런 동작을 할 수 있는 것에 더 관심을 가졌다.

아무것도 부족함이 없이 자라온 아가씨들다운 호기심이었다.

한참 감탄을 하던 명희가 세나에게 물었다.

"세나야, 저 사람 연락처를 알고 있어?"

"연락처?"

"으응."

"모르는데……."

"뭐야? 이 지지배는 잘 알지도 못하는 사람을 어떻게 우리 집으로 데리고 올 수 있어?"

"그러니까 그것이……."

궁지에 몰린 세나와 경옥이를 궁지에서 꺼내 준 사람은 명희네 집에서 집안일을 보는 비서였다.

"아가씨, 감정인들이 도착했는데, 이리로 모실까요?"

"예, 어서 모셔 오세요."

잠시 후에 세 사람의 감정인들이 안으로 들어오면서 명희에게 인사를 했다. 본래 도자기 감정인과 서화 감정인 이렇게 두 사람만 불렀는데 한 사람은 태한 그룹 오너 집에 간다니까 곁다리로 따라온 모양이었다. 그 역시 오명희를 아는지 명희에게 인사를 했다.

"명희 아가씨, 오늘은 무슨 물건을 입수하셨는데 저를 그렇게 급하게 부르셨습니까?"

"저도 명희 아가씨가 오라고 해서 선약을 뒤로 물리고 급하게 달려왔습니다."

"하하, 명희 아가씨, 요새는 왜 저를 불러 주시지 않습니까? 저도 먹고 살게 불러 주십시오."

"호호. 선생님들, 고맙습니다. 어서들 오세요."

태한 그룹의 오너 집인 만큼 감정인들은 TV에도 출연하는 이름 있는 사람들이었다.

"선생님들, 그런데 감정하려는 도자기가 이 모양인데 어쩌죠?"

감정인들은 오명희의 말에 도자기를 조심스럽게 살피더니 연신 찬탄을 금치 못했다.

"아! 조선 전기에 관요에서 나온 청화백자는 매우 드문데, 이렇게 깨끗하게 보존되었다니 정말 놀랍습니다. 하기야 여기나 오니까 이런 물건을 볼 수 있겠지만 말입니다. 명희 아가씨, 이보다 약간 후대의 도자기가 뉴욕 크리스티 경매에서 동양 도자기로는 최고가에 거래되었던 것은 익히 알고 계실 것입니다. 그런데 이 도자기는 그보다 더 상품으로 칠 수 있는 것입니다. 게다가 용의 발톱 또한 다섯 개이니 깨지지만 않았으면 최소한 30억 이상은 받을 수 있을 것으로 보입니다. 물론 크리스티 경매장에 보냈다면 경매가가 천만 불도 넘게 책정될 수 있을 것입니다. 그런데 아깝게 깨져서 본래 가치의 1/5~1/10이라고 보시면 될 것입니다."

"선생님, 이 도자기가 그렇게나 좋은 것이에요?"

"예. 명희 아가씨, 두말하면 잔소리죠."

이요상 감정위원은 목이 마른지 잠깐 목을 축인 후에 이 도자기에 대한 여담을 곁들였다.

"조선시대의 도자기에 용이 그려진 것을 보면 대부분 발톱이 세 개입니다. 그 이유는 발톱이 다섯 개인 용은 황제를 상징하기 때문이지요. 사대주의(事大主義)가 국가의 근본 정책인 조선에서는 황제에 대한 것은 금기나 다름없었지요. 그런데 조선에 대한 자부심이 강한 사람들은 그것을 인정치 않았습니다. 또 그들에 동조하는 화공들이 그려진 용의 발톱은 당연 다섯 개였습니다. 그런 까닭에 발톱이 세 개인 것보다 그 수효가 훨씬 적어서 그 결과 당연히 가격이 더 비쌀 수밖에 없습니다."

이요상 감정위원의 말이 끝나자 지금까지 도자기의 그림을 보며 잠자코 있던 김상문 감정위원이 자신의 견해를 말했다. 김상문은 서화의 전문가답게 도자기에 그려진 서화를 본 소견을 말했다.

"이 선생께서 이 도자기는 관요에서 나온 것이라는 말씀을 하셨는데 저는 이 도자기가 뛰어난 점을 도자기에 그려진 그림에서 찾고 싶습니다. 무엇보다도 이 도자기의 그림에 공우(公祐)와 학포(學圃)라는 낙관이 있다는 것이 이 도자기의 가치를 높여 주고 있습니다. 공우는 당대 최고 화가로 쳐주던 이상좌 선생의 자요, 학포는 선생의 호이니 그것으로 미루어 짐작컨대 이상좌 선생께서 그린 것이 확실할 것입니다."

"와! 그래요? 그럼 선생님들께서 감정서를 작성해 주실 수 있겠습니까?"

"그거야 전혀 어렵지 않지요. 그런데 이 상태로 그냥 감정하는 것보다는 깨진 것을 보수해서 감정하는 것이 훨씬 가치가 더할 것입니다. 보수하나마나 똑같은 물건이 아니겠느냐고 하실지 모르겠지만 잘 보수한 것과 그렇지 않는 것의 차이는 감정가가 최소한 10여 배 이상은 날 것입니다."

"그래요? 그렇다면 이 선생님께서 직접 보수해 주실 수 있겠습니까?"

"예, 그렇게 하겠습니다."

사실 도자기의 감정은 요지경 속이었다. 원래 도자기라는 것이 숫자가 한정되어 있다 보니 기계에서 찍어져 나오는 공산품처럼 일률적으로 가격이 매겨질 수 없다. 그러니 갖고 있는 사람의 지위나 신청인의 지위에 따라서 감정가는 천차만별로 나타난다. 그리고 감정료로 얼마를 찔러 주느냐에 따라서 감정가 또한 달라진다. 그렇게 볼 때 태한 그룹의 후계자인 오명희라는 이름이 감정가에 상당한 영향을 미쳤다고 볼 수 있었다. 물론 이 도자기가 그만한 가치가 충분히 있다는 것 또한 사실이었다.

하지만 최강권이 감정을 신청했다면 가격은 절대로 10억을 넘어갈 수 없을 것이다. 또한 주둥이가 깨지기까지 했으니 완전 똥값으로 가격을 매겨질 것이다. 그렇게 해서 헐값에 사들여서 보수를 한 다음에는 엄청난 가격으로 팔려 나간다.

사실 강권의 도자기가 비록 깨지기는 했지만 단면이 깨끗했기 때문에 잘 보수만 한다면 그렇게 큰 흠이 되지 않았다. 또한 골동품이란 것이 희소성에 의해서 가격이 결정이 된다. 그런데 도자기의 그림이 조선시대 내로라하는 화공인 이상좌의 작품이고 보니 주둥이가 깨진 흠은 흠이 되지 않을 수도 있는 것이다. 이렇게 해서 결정된 감정가는 6억 원이었다.

오명희는 세나와 경옥이에게 자기가 사겠다는 뜻을 밝히고 나중에 주인을 찾으면 6억 원을 지불하겠다고 했다.

이렇게 파장 분위기가 물씬 풍길 무렵 곁다리로 쫓아온 감정인이 엄청 대형사고(?)를 터트렸다.

"아니 명희 아가씨, 어떻게 된 게 이런 진품들을 두고서 저렇게 깨진 도자기나 감정하고 계십니까?"

"예? 전 선생님 지금 하신 말씀은 무슨 말씀이세요?"

"이것들 말입니다. 이것들······."

세 아가씨들은 전성호 감정인이 손에 쥐고 흔드는 핑크색 돌을 보고 영문을 모르겠다는 듯 고개를 갸웃거렸다.

핑크색의 보석에는 몰거나이트, 장미석 등이 있지만 감정인이 들고 있는 것이 그런 종류의 보석이라고 하더라도 완전한 형태의 도자기보다는 훨씬 가치가 떨어졌다. 그리고 그 정도의 보석이어도 전문 보석 감정인인 전성호가 입에 거품을 물 정도로 저렇게 흥분하지 않을 것이었기 때문이다.

전성호는 오명희 등이 여전히 자신이 들고 있는 보석을 알아보지 못하자 답답해서 큰 소리로 말했다.

"아니 정말 이게 다이아몬드 원석들이란 것을 모르십니까? 그것도 최고로 양질의 다이아몬드 원석들입니다."

"예? 그게 정말이에요?"

"하! 거 참, 생각해 보십시오. 전문 보석 감정인인 제가 이렇게 귀중한 보석을 두고 헛소리를 하겠습니까?"

"그럼 정말로 다이아몬드 원석들이란 말이죠?"

"이것들이 다이아몬드 원석들이 아니라면 내 손에 장을 지지겠습니다. 그나저나 이 다이아몬드 원석들을 어디에서 나셨습니까?"

핑크색 원석만 다이아몬드라도 엄청난데 다른 것들도 다이아몬드 원석이란다. 그것도 최고 양질로 자그마치 열 개였다.

세 아가씨들은 너무 놀라 할 말을 잃어버렸다.

'그 사람이 어떻게 다이아몬드 원석들을 갖고 있지? 혹시 밀수꾼?'

사람을 무시해서가 아니라 최강권은 아무리 잘 봐 줘도 시골뜨기 이상은 아니었다. 그런 사람이 다이아몬드 원석들을 갖고 있다니 의문을 갖지 않을 수 없었던 것이다.

상식적으로 따져 봐도 우리나라에는 다이아몬드가 나지 않으니 분명 외국에서 몰래 가져왔을 것이다.

그런데 설령 외국에서 가져왔더라도 좁쌀만큼 작은 것들도 아니고 어린아이 주먹만큼 큰 것을 포함해서 무려 열 개의 원석들을 세관을 속이고 들여오는 것은 엄청 힘들었다.

'설마……'

세나는 강권이 설마 밀수꾼은 아닐 거라고 생각하고 전성호에게 물었다.

"저, 선생님, 혹시 우리나라에서도 다이아몬드가 산출되나요?"

"아가씨 그건 단정을 지어서 말할 수 없습니다. 다이아몬드가 발견된 적은 있지만 0.1 캐럿짜리 작은 것 하나 발견된 정도니 딱히 다이아몬드가 산출된다고 할 수는 없지요. 그런데 중국의 다이아몬드 산지와 유사한 지형이 우리나라에도 있으니 다이아몬드가 산출되지 않는다고 말할 수 없다는 것입니다."

"그럼 이 다이아몬드 원석들이 우리나라에서 난 것일 수도 있겠네요?"

"그렇습니다. 만약 이것들이 우리나라에서 산출되었다면 엄청난 파장을 불러일으킬 수 있을 것입니다."

보석, 특히 다이아몬드가 여자들에게 주는 유혹은 엄청나다.

비록 세 아가씨들도 나름 산다하는 집안에서 자라 다이아몬드 반지 하나 정도는 있다고는 하지만 이렇게 큰 다이아몬드 원석을 본 적은 한 번도 없었다. 아니 세 아가씨들뿐만 아니라 전문 보석 감정인인 전성호도 이렇게 크고 투명하며, 아름다운 색깔을 가진 다이아몬드 원석을 본 적이 없었다. 그러니 다이아몬드 원석들을 보는 눈에 달뜬 열망이 가득한 것은 당연했다.

한참의 시간이 지나 어느 정도 흥분이 가셔지자 전성호가 명희에게 은근한 어조로 물었다.

"명희 아가씨, 이런 부탁을 드려도 좋을지 모르겠지만 세공비를 전혀 받지 않을 테니 이 원석들을 다듬을 수 있는 영광을 저에게 주시지 않겠습니까?"

전성호는 보석 감정인에 앞서 보석 세공인이었다. 그런데 그가 아무리 유명한 보석 세공인이라고 해도 족히 100억대가 넘어가는 다이아몬드 원석을 세공할 기회는 없을 것이다. 사실 이런 엄청난 다이아몬드 원석들을 만져 본다는 자체가 평생의 자랑거리일 텐데 거기에 더해 가공까지 한다면 얼마나 자랑스럽겠는가?

세 아가씨들은 전성호가 간절한 눈빛을 보았다.

하지만 그녀들은 다이아몬드 원석들의 주인이 아니었기 때문에 그의 소망을 들어줄 수 없는 노릇이었다. 보다 못한 명희가 나서서 전성호에게 말했다.

"이거 어쩌죠? 여기에 다이아몬드 원석들의 주인이 없어서 선생님의 부탁을 들어드릴 수 없거든요."

"예? 이 다이아몬드 원석들의 주인이 명희 아가씨가 아닙니까? 그럼 도대체 누가 이 다이아몬드 원석들의 주인입니까?"

"이것들의 주인은 지금 이곳에 없습니다. 실은 이 도자기의 주인이 바로 이 다이아몬드 원석들의 주인입니다. 우리를 믿고서 맡겨 놓은 것이지요. 그런데 어떻게 믿음을 저버리고 우리 멋대로 처리할 수는 없지 않겠습니까?"

말인즉, 틀린 것이 없다. 일반적으로 **사무관리라는 것이 인정이 된다. 그렇지만 그것은 어디까지나 물건의 주인인 최강권의 의사에 반하지 않아야 한다. 그런데 원석이란 것이 한 번 세공을 하게 되면 원형을 원상회복시킬 수 없다. 문제는 보석이란 것이 어떻게 세공을 했느냐에 따라서 가치가 엄청 달라진다는데 있었다. 사무관리가 될 수 없다는 말이었다. 전성호가 원석을 가공하게 하는 것은 원석의 주인인 최강권의 의사에 반할 수 있다는 것이다. 전성호도 그 정도는 알고 있기 때문에 풀죽은 음성으로 말했다.

"아! 그랬군요. 그럼 혹시 이 원석의 주인을 만나시거든 원석을 제가 무상으로 세공해 주겠다고 하더라고 꼭 말씀해 주십시오."

"호호호, 그거야 뭐 어려운 일이 아니죠. 그런데 여쭤볼 말이 있는데 가르침을 주실래요?"

"명희 아가씨 말씀이신데 여부가 있겠습니까? 제가 아는 한도 내에서 어떤 것이라도 말씀해 드리겠습니다."

"고마워요. 다름이 아니라 이 원석들의 가격이 얼마나 될까요?"

"큼큼, 쉽지 않은 질문이군요. 제가 이런 정도의 원석을 본적이 없어서 가격을 매기기가 무척 조심스럽습니다. 제 소견으로는 이 원석들은 색상이나 투명도를 따져 볼때 최상위 등급이라고 볼 수 있습니다. 따라서 이 큰 원석이 최소한 1,000만 달러, 나머지 원석들을 합쳐서 역시 1,000만 달러 이상 이렇게 최소 2,000만 달러 이상이 되지 않을까 싶습니다."

"어머, 정말로 그 정도나 나가요?"

"예, 아마 경매에 붙이면 제가 책정한 가격보다 2~3배도 더 받을 수 있을 것입니다."

1달러를 1,079.50원이니 1,000만 달러면 107억 9천

5백만 원이다. 이 정도의 돈이면 오명희가 아무리 재벌 2세라고 해도 가볍게 볼 수 없는 거액이었다. 그런데 그게 하한선이라고 했다. 따라서 이 원석들은 최소 215억 원이 넘고 경매에 붙이면 이 가격의 2~3배는 받을 수 있다고 하니 천문학적인 거액이었다. 그러니 오명희도 흥분하지 않을 수 없었던 것이다.

*오데 코롱: 향수는 퍼퓸(향수 원액이 약 15~20%), 오데 퍼퓸(10~15%), 오드 뚜왈렛(5~10%), 오데 코롱(3~8%), 샤워 코롱(1~5%) 등으로 분류된다. 당연히 향수 원액의 농도가 가장 짙은 퍼퓸이 향기가 가장 오래 지속되고(약 12시간), 농도가 가장 옅은 샤워 코롱이 금방 향기가 날라간다.

**사무관리(事務管理)는 법률상 또는 계약상 아무런 의무가 없는 관리자가 타인을 위하여 사무를 처리함으로써 관리자와 본인 사이에 생기는 법정 채권 관계로서, 법률요건의 하나이다.

본인(여기서는 다이아몬드 원석의 주인인 최강권)에게 불리하거나 본인의 의사에 반(反)하는 것이 명백하지 않아야 한다.

제5장
몇 배로 갚아 주마

"이런 개 같은 경우가……."

너무 허탈해지니까 아무런 생각도 나지 않는다.

156억짜리 로또가 눈앞에서 사라지더니 이번에는 10억이 넘어갈 게 분명한 도자기가 그대로 깨져 버린 것이다.

"다 그 새끼들 때문이야."

강권은 맹수가 으르렁거리듯 중얼거리며 밖으로 나와 무작정 버스를 탔다. 마킹한 녀석들을 추적하기 위해서다.

세금을 제하고도 100억이 넘는 로또를 도둑맞고 10억이 넘어가는 말짱한 도자기가 깨지는 것을 연달아 겪고 있는 강권의 속은 속이 아니었다.

그것 말고도 자기의 추정 재산이 무려 200억이 넘는다는 것을 알지 못하고 있는 강권은 자기의 재산들이 빤히 보고 있는 가운데 연달아 사라져 버리는 것이 전혀 이해가 되지 않았다.

지금 현재의 운세에는 자기에게 횡재수가 없기는 해도 자기가 묻어 놓은 도자기를 자기가 팔던 것이니 그건 횡재수와는 아무 상관도 없었다. 오죽했으면 버스 안에서 자기에게 정말로 재물 복이 있나 없나 손가락으로 간지를 따져 가며 곰곰이 살펴보았다. 그런데 전혀 그렇지 않았다. 오히려 재물 복이 차고 넘쳤다.

'삼재가 든 것도 아니고 지금은 충(沖), 파(破), 형(刑)이 있는 것도 아닌데 왜 거듭해서 이런 일이 일어나는 거지?'

강권은 자기가 천기를 거슬러서 부정을 탄 것이 아닌가 하는 생각이 들었지만 아무리 생각을 해도 그건 아닌 것 같았다.

'그렇다면 원인 제공을 한 녀석에게 따져야겠지.'

강권은 한 번은 참았지만 두 번은 참을 수 없었다.

원인 제공을 한 녀석들에게 본때를 보여 주자는 생각이 가슴속에서 샘이 솟듯 뭉클뭉클 올라오고 있었다.

'녀석들이 나를 습격한 것이 고옥당 사장 녀석이 시켜서 한 일이라면 가만 두지 않겠어. 고옥당을 깡그리 털어서라도 그들로 인해서 잃어버린 것들을 벌충하고 말겠다.'

생각은 이렇게 했지만 강권은 내심 고옥당 사장이 시킨 일이라고 단정을 내리고 있었다. 심지어 고옥당을 털 생각까지 하고 있었다.

'인비저빌리티 이계 무공을 쓸 수 있으면 좋은데. 인비저빌리티 무공은 내공의 고리가 4개는 되어야 펼칠 수 있는 무공이니 아직 펼칠 수 없고. 어쩐다?'

도둑질하는 것은 나쁜 일이지만 고옥당의 사장이 자신의 것을 뺏으려 했으니 그의 재물을 훔치는 것은 정당하다고 생각했다. 눈에는 눈이고, 이에는 이다. 이게 강권의 처세법이었다.

지금 자기에게 횡재수가 없었지만 재물을 훔치는 것은 어찌 됐건 자신의 손발을 놀려서 버는 재물이니 그것은 없어지지 않을 것이란 생각도 들었다.

그렇지만 강권은 천생이 재물을 노리는 도둑은 아니니 고옥당 사장이 자신을 습격하라고 한 증거를 확보하는 것이 우선이었다. 너무 막연하지만 나름 대책은 서 있었다.

강권은 자신이 마킹해 둔 녀석들은 분명 인사동 일대를 구역으로 하는 조폭들일 것이라는 확신을 갖고 있었다.

'그 녀석들을 족치면 뭔가 나오겠지. 설사 그렇더라도 모범 시민인 내가 백주 대낮에 조폭들과 싸움질 하고 있을 수야 없지.'

사실 조폭들과 싸우는 것이 두렵지는 않았다. 그렇지만

이처럼 이른 시간에 조폭들과 싸움이 붙으면 경찰들이 올 것이다.

그것이 싫었다. 최강권 정도의 능력이면 경찰을 전혀 두려워하지 않아도 될 것인데 이상하게 공권력에는 알레르기 반응을 보이고 있었다. 어린 시절의 트라우마가 법이나 공권력에 관계되는 것에는 과민한 반응을 보이게 만들고 있었던 것이다.

강권은 고민 끝에 인사동으로 바로 가지 않고 어두워질 때까지 시간을 끌기로 했다.

이런 생각이 들자 동대문에서 버스를 내렸다.

시간을 빨리 보내겠다는 생각을 해서 그런지 일대를 돌아다니면서 윈도쇼핑을 하며 시간을 죽였지만 아직도 이른 시간이었다.

신당동까지 가서 그 유명하다는 신당동 떡볶이도 먹었지만 그런데도 여전히 이른 감이 있었다.

"에효, 시간 때우는 것도 보통 일이 아니로군."

그때 강권의 눈에 들어온 것은 삼색으로 뱅글뱅글 돌아가는 이발소 표지(標識)였다. 이발소 표지를 보자 오명희네 저택의 화장실에서 보았던 자신의 덥수룩한 수염이 떠올랐다.

'그 녀석들과 한판 벌이자면 최대한 눈에 띄지 말아야겠지?'

눈에 띄지 않는 방법은 평범한 사람이 되는 것이다.

강권은 이발소로 들어가서 면도를 하려 했다. 그런데 강권히 전혀 알지 못한 것이 있었다. 이발소 표지가 뱅글뱅글 돌아가는 대부분의 이발소는 아가씨들을 면도사로 둔 퇴폐업소라는 것이 그것이다.

이발소에 들어가자 아줌마 같은 아가씨는 칸막이가 되어 있는 밀실로 안내했다. 밀실이라고 해 봐야 달랑 간이침대가 하나 놓일 공간이었다. 딱 자기가 살았던 고시원 정도의 크기였다.

아가씨는 안내를 하고는 침대 시트를 걷으면서 누우라더니 옷을 벗으란다.

"아저씨, 겉옷을 벗고 이 가운으로 갈아입으세요."

"예에?"

"아저씨, 왜 이래? 당연히 편안 옷으로 갈아입어야지."

"아! 예."

강권이 옷을 벗어 아가씨에게 건네주자 아가씨는 고개를 갸웃거리더니 강권의 팬티까지 벗기려 했다.

"허걱, 뭐, 하는 겁니까? 면도하는데 왜 팬티를 벗기려 듭니까?"

"정말 면도만 하겠다는 겁니까? 그래도 값은 같으니 그렇게 하든가 맘대로 하세요. 나는 분명 말했습니다."

"아, 알았습니다."

아가씨는 강권의 대답에 입맛을 다시더니 면도를 해 주었다.

"어머! 면도를 하고 나니 엄청 미남이시네요."

아닌 게 아니라 노숙 생활 1년, 수련 생활 1년 이렇게 2년을 기른 덥수룩한 수염을 밀자 꽃미남이 따로 없었다.

500년 묵은 산삼으로 담근 산삼주를 먹고 환골탈태한 뒤 강권의 모습은 엄청 청수해졌던 것이다. 강권은 안마를 해 준다는 것을 사양하고 룸에서 해가 질 때까지 운기조식으로 시간을 때웠다.

어둑어둑해지자 나가려고 계산을 하려다 눈알이 튀어나올 뻔했다. 면도만 했을 뿐인데 무려 12만 원이란다.

오뉴월 땡볕에 죽어라고 일해 봐야 손에 쥐는 돈이 6만 원도 안 되는데 그보다 배도 더 많다니 눈알이 튀어나오려했다.

"예에? 어, 얼마요?"

아가씨는 놀라는 강권을 보며 퉁명스럽게 말했다.

"아저씨, 그것도 모르고 들어온 거예요? 안마를 하건 하지 않건 일단 들어와서 면도를 하면 12만 원이에요. 내가 분명 말했잖아요. 그러게 안마를 하지 그랬어요? 아저씨 같은 꽃미남이면 잘해 주었을 건데."

'잘해 주다니 뭘?'

강권은 아가씨의 말에 문득 생각나는 것이 있어 얼굴을

붉혔다. 자신이 들어올 때는 손님이 없었는데 칸막이가 처진 룸 몇 곳에서는 절로 낯이 붉어지는 이상한 소리가 들렸던 거다.

한참을 망설이고 있는데 아가씨가 강권의 태도를 보고 어수룩하다고 판단을 내렸는지 빨리 돈을 주지 않으면 경찰에 신고하겠다고 으름장을 놓았다. 적반하장도 유분수였지만 그 말은 강권의 트라우마를 건드리다 못해 후벼 파는 소리였다.

강권은 더 이상 있어 봐야 뾰족한 수가 없을 것 같아 속이 쓰렸지만 피 같은 거금 12만 원을 주고 이발소를 나왔다.

이발소를 나와서 모퉁이 하나를 돌자 지구대가 보였다.

지구대에서 불과 100여 m도 떨어지지 않은 곳에 성매매까지 하는 퇴폐 이발소가 있다는 것은 뻔할 뻔자다. 경찰을 끼고 장사를 하지 않고는 그럴 수 없다.

'이런 개새끼들, 바로 옆에 있는 곳도 단속을 하지 않다니.'

강권은 속으로 개새끼, 소 새끼를 찾으며 인사동으로 향했다.

신고가 들어오거나 단속 기간이 아니면 버젓이 허가를 받고 영업을 하는 업소에 경찰이 함부로 단속하지 못한다는 것은 강권은 알지 못하는 것이다.

날씨가 갑자기 추워져서인지 거리에는 사람들의 발길이 뜸했다.

차가운 바람이 품속으로 파고들자 강권은 문득 작년 이 맘때의 일이 떠올랐다.

1년 전 이 무렵에 강권은 죽으려고 철길에 누웠었다. 당시에는 힘이 없어서 울화통을 삭였지만 지금은 자신의 힘으로 울화통을 충분히 풀 수 있다. 이런 생각하고 있자니 더 열불이 났다.

'이 자식들 감히 누구의 것을……'

강권이 내심 이를 갈며 세운상가 근처를 지나는데 어떤 빌딩에서 익숙한 기운이 느껴졌다.

마법으로 마킹해 놓은 자신의 마나였다.

'어? 이 자식들의 아지트가 이곳에 있나? 인사동과 세운상가는 상당히 떨어져 있는데 어떻게 그렇게 빨리 올 수 있었던 거지?'

자신이 고옥당을 나가자마자 녀석들이 시비를 붙으려고 했으니 고옥당과 한참 떨어져 있는 이곳에서 녀석들의 종적이 있다면 이치에 맞지 않았다.

'어? 그러면 이 녀석들이 나를 덮친 것은 고옥당의 사장 녀석과는 관계없는 일인가?'

강권은 이런 의구심을 가지고 자신의 마나를 쫓아갔다. 마나의 흔적은 인근 상가 빌딩 4층으로 이어지고 있었다.

마나가 느껴지는 곳은 뜻밖에도 격투기 체육관이었다. 안으로 들어가자 자신에게 보디체크를 가했던 녀석이 벤치프레스를 하고 있는 것이 눈에 들어왔다.

15kg짜리가 2개, 10kg짜리가 3개, 5kg짜리가 3개씩 양쪽에 각각 끼어져 있는 역기를 녀석은 가볍게 들어 올리고 있었다.

봉 무게가 보통 15kg임을 감안하면 녀석이 가볍게 들어 올리고 있는 무게는 자그마치 165kg이다.

그런 엄청난 무게를 쉽게 들어 올리고 있다는 것은 녀석이 단순한 물살은 아니라는 얘기였다. 아니, 저 정도의 무게를 가볍게 들어 올릴 정도라면 녀석은 상당히 오랫동안 운동을 했다는 증거였다.

'그래도 결과는 달라지지 않을 거다.'

강권은 내심 녀석의 운명을 결정지으며 체육관을 둘러보자 건장한 녀석들 20여 명이 운동을 하고 있었다. 서로 시시덕거리는 것을 보니 대부분 같은 패거리일 거라는 생각이 들었다.

'좋아, 한 녀석도 가만두지 않겠다.'

이렇게 결심을 굳힌 강권은 녀석들이 체육관 밖으로 나가지 못하게 문을 잠갔다. 그러고는 벤치프레스를 하고 있는 녀석에게 다가가 발로 바벨의 정중앙을 지그시 눌렀다.

바벨이 딱 녀석의 쇄골에 걸렸다.

조그만 더 위였다면 165kg의 역기가 목을 졸랐으리라는 생각이 들었는지 녀석은 소스라치게 놀라며 고함을 질러 댔다.

"으윽! 누, 누구냐?"

"네 녀석에게 빚을 받을 게 있는 사람."

강권의 차가운 목소리로 대답을 했다. 그제야 체육관 안에 있던 자들이 강권의 존재를 인식했는지 서로 눈치를 보더니 서서히 포위해 왔다. 강권은 녀석들이 그러든지 말든지 전혀 신경 쓰지 않고 발로 바벨을 누르며 녀석에게 물었다.

"이름?"

"으윽."

"이름?"

"크으윽."

"대답을 하고 싶지 않으면 하지 않아도 돼. 하지만 그만한 각오는 해야 할 거야."

강권은 이렇게 내뱉고는 혈도를 짚어서 녀석의 움직임에 제약을 가했다. 165kg짜리 바벨이 녀석의 빗장뼈를 누르고 있는 모습은 위태롭기 짝이 없었다. 조그만 더 목으로 구른다면 끔찍한 사태가 발생할 수도 있을 것이다.

그것을 본 녀석들의 일부는 강권을 공격하는 한편 일부는 벤치에 꼼짝 못하고 누워 있는 녀석을 구하려고 했다.

100kg가 넘을 덩치들 20여 명이 에워싸면 누구나 위압을 당할 것이다.

하지만 강권은 위압을 당하기는커녕 하품이 나오려 했다. 이미 어느 정도의 경지에 올라 있는 강권의 동체 시력에 그들의 움직임은 하품이 나올 정도로 굼떠 보였기 때문이다.

'하! 이런 녀석들을 붙잡고 시간을 끌어 봐야 도리어 내가 창피할 노릇이로군.'

강권은 굳이 시간을 끌 필요가 없다는 판단이 들자 공격해 들어오는 녀석들의 공격을 피하며 한 녀석씩 혈도를 점해 갔다.

싸움 실력의 차이는 따지고 보면 동체 시력의 차이였다. 동체 시력이 뛰어나다는 것은 그만큼 순발력이 뛰어나다는 것이고 이게 승부를 결정짓는다.

옛날 주먹들 같지 않고 지금 어깨들은 덩치를 부풀려서 겉모습으로 상대를 위압하려 하지만 진짜 싸움꾼들은 대부분 호리호리하다. 호리호리하다는 것은 파괴력이 약할지 모르지만 순발력에 있어서는 쓸데없이 근육을 부풀리는 것보다 훨씬 낫다.

빠른 속도로 체육관을 한 바퀴 돌면서 녀석들의 눈 깜짝할 사이에 20여 명의 혈도를 짚은 강권은 차갑게 소리쳤다.

"대세를 알아야 준걸(俊傑)이란 말이 있다. 네 녀석들이 준걸이 될지 아니면 그냥 필부로 남을지 너희들의 판단에 맡기겠다."

'준걸이니 필부니, 저 자식 지가 무림인인 줄 아나?'

덩치들은 다들 이런 생각인지 서로를 쳐다보며 어리둥절해 있었다. 강권은 그런 녀석들에게 단도직입적으로 물었다.

"네 녀석들이 오늘 낮에 무슨 의도로, 누구의 사주를 받고 나를 습격했는지 묻겠다. 고분고분 대답을 하여 용서를 받던지 아니면 고문을 당하고 토설하던지, 그것은 전적으로 너희들의 선택 사항이다."

강권의 말을 들은 녀석들은 비로소 강권이 누구인지 알아차리고는 안색이 변했다. 낮에 보여 주었던 강권의 몸놀림과 자기들 20여 명을 순식간에 제압한 신위는, 마치 무협지에나 나오는 고수 같았기 때문이다. 게다가 혈도를 짚어 움직이지 못하게 만드는 것은 현세에서는 찾아볼 수 없는 무공이 아니겠는가?

강권은 녀석들의 기파가 불안정한 것을 감지하자 자기 협박이 제대로 먹혀들었다는 생각이 들었다.

"자! 네 녀석부터 말해 봐라."

강권이 지목한 녀석은 낮에 자신을 덮쳤던 녀석들 중에서 가장 기파가 강한 녀석이었다. 굳이 비교를 하자면 다른 녀석들이 하룻강아지 정도라면 녀석은 중개 정도였다. 강권의 판단에 녀석은 최소한 발경의 경지에 이른 고수였다.

사실 발경은 그리 간단한 경지가 아니었다. 발경이 가능하면 무림에서도 비로소 이류고수의 반열에 올랐다는 평가를 받을 정도였다. 이것을 알고 있는 강권은 녀석에 대해 흥미가 동했다.

'호, 이런 경지의 녀석이 조폭 집단의 행동 대원이나 하고 있다는 거야?'

다른 녀석들도 다 발경의 경지에 있었다면 조폭에 대한 강권의 생각이 바뀌었겠지만 유독 이 녀석만 도드라져 보였다.

아무리 생각해도 이런 녀석이 자신을 숨기고 이런 조폭 집단에 속해 있을 때는 뭔가 있어도 있다는 생각이 들었다.

'이 녀석의 배후에 틀림없이 뭔가 있을 거야, 녀석을 족치면 뭔가 나오겠지.'

그런데 녀석을 통해서 사건의 전말에 대해서 쉽게 들을 수 있을 것이라는 강권의 예상은 완전 빗나갔다. 강권에게 지목을 받은 녀석, 손정호는 잔혈이 짚이는 고통을 받으면서도 결코 입을 열려고 하지 않았던 것이다. 강권은 오기가 생겨 녀석에게 인간으로 차마 펼쳐서는 안 될 수법까지 동원하려 했다.

"좋아, 대답을 하지 않겠다면 네 녀석의 심지가 얼마나 굳은지 보겠다. 네 녀석이 분근착골(分筋搾骨)을 1분만 견려 내면 그 일에 대해서 더 이상 묻지도 따지지도 않겠다."

분근착골은 내가고수라야 가능한데 강권이 보여 준 무위
는 내가의 고수가 아니면 보일 수 없는 것이었다. 그렇다면
강권이 말한 분근착골의 수법이 단지 위협용이 아니란 것이
었다.

녀석은 강권이 말한 분근착골이 무엇이라는 것을 아는지
안색이 대번에 바뀌었다. 그런데도 녀석은 전혀 굴복하려
들지 않았다.

"호, 자네는 스스로 뼈대가 굵다고 생각하는 모양이지?"

말은 니 팔뚝 굵다고 빈정대고 있었지만 강권은 녀석의
태도에서 뭔가 이상한 것을 감지할 수 있었다. 이런 생각은
비단 그의 추측만은 아니었다. 강권은 문득 그걸 알아내야
겠다는 생각이 들었다. 그것은 호기심이라면 호기심이고 오
기라면 오기였다.

녀석이 굳건히 버틸 수 있도록 마음에 자리한 실체에 대
해서 가장 좋은 접근 방법은 심리전이었다. 거부할 수 없는
두려움을 안겨 준 후에 기파를 읽어 녀석의 심리 상태를 파
악하면 마음에 도사리고 있는 실체에 대해 어느 정도 파악
할 수 있으리라.

이런 판단이 서자 강권은 즉시 실천에 옮겼다. 먼저 말로
해서 안 들으면 진짜 분근착골의 혹형을 가할 작정이었다.

"참고로 말하는데 분근착골에서의 분근(分筋)은 근육을

찢어 버린다는 뜻이고 착골(搾骨)이라는 말은 골수를 쥐어 짠다는 뜻이다."

"……."

강권이 친절한 설명으로 으름장을 놓자 녀석의 안색은 더욱 창백해졌다. 분근착골을 무척 두려워한다는 의미였다.

그렇지만 녀석은 도무지 입을 열려 하지 않았다.

강권은 은근 오기가 생겨 어디까지 견디나 보자는 생각이 들어 분근착골에 해당하는 녀석의 요혈들을 짚어 나갔다. 아혈(啞穴)이 짚여서인지 녀석은 어떤 소리도 지르지 못했다.

무협지에서나 나오는 분근착골이 실제로 재현되고 있는 순간이었다. 녀석의 눈이 퉁방울만해지고 얼굴에 핏줄이 불거지는 것을 바라보는 동료들의 얼굴에는 은은한 공포가 어려 있었다.

하지만 그뿐이었다. 녀석이 보이는 기파(氣波)의 변화는 거의 없었고, 다른 녀석들은 공포심뿐이었다. 다른 녀석들은 떨거지들이고 이 녀석만 뭔가 숨기고 있는 녀석이라는 의미였다. 그러니 다른 녀석들은 더 이상 거들떠볼 필요도 없었다.

'무엇이 이 녀석으로 하여금 분근착골의 두려움을 이기게 해 준단 말인가?'

강권은 이 방법으로는 녀석의 마음속에 자리한 실체를

끄집어낼 수 없다는 판단을 내렸다.

'결론적으로 지금 당장에 취할 수 있는 수단이나 방법은 하나도 없는 셈이로군. 그렇다면 길게 보아야 하는가?'

이제 강권은 고옥당 사장이 녀석들을 사주했다는 증거를 찾는 것보다 이 녀석의 배후가 어떤 것인가에 더 흥미가 생겼다. 이것을 달리 말하면 고옥당 사장 녀석이 도자기를 강탈하라고 시키지 않았어도 강권은 일단 녀석의 재산을 홀랑 뺏겠다는 결심을 섰다는 의미였다. 고옥당 사장 녀석이 자기 도자기가 10억이 넘어간다는 것을 빤히 알고도 천만 원만 주겠다는 걸로, 녀석은 징계 받아도 마땅한 자였다. 만약 녀석이 시킨 것이 아니라면 자기 수고비만 챙기고 돌려주면 된다는 강권의 생각이었다.

녀석의 뒤에 버티고 있는 배경을 확인하는 방법에는 여러 가지가 있었다. 그중에서 지금 강권이 가장 효과적일 것이라고 생각하는 것은 조용하게 녀석의 뒤를 밟는 것이었다.

강권은 이런 생각을 갖자 조폭들의 몇몇 요혈을 짚어 당분간 큰 힘을 쓸 수 없게 만들어 놓고 혈도를 풀어 주며 말했다.

"네 녀석들의 요혈을 짚어 놓았으니 1년 동안 무리를 하면 종래 반신불수가 될 것이다. 운동도 근력 운동은 피하고 유산소운동만 해야 한다는 말이다. 자기들의 잘못을 깨닫고

1년간 근신하고 있으면 아무런 문제도 생기지 않을 것이다. 하지만 내 말을 허투루 듣고 지금처럼 남을 해치는 생활을 한다면 평생 병신으로 살아갈 것이다. 내 말이 정 믿어지지 않으면 시험해 봐도 좋다. 나는 분명 너희들에게 말했으니 그 뒤에 벌어지는 일에 대해서는 전혀 책임이 없다. 각자의 삶이니 각자 알아서 살아가도록."

강권은 이렇게 말하고 체육관을 나왔지만 그의 머릿속에는 녀석의 배후를 캐려는 생각으로 가득 차 있었다.

세운상가 주위를 배회하면서 얼마나 잠복했을까. 강권에게 분근착골의 고문을 당했던 녀석이 비틀거리며 나와서 주차장으로 가고 있었다.

'드디어 배후 세력에게 가려 하는구나.'

강권은 녀석의 뒤를 조용히 따랐다. 녀석은 어디로 가려는지 체육관에서 나와 차에 타는 것이 아닌가.

'아마 배후 세력에 보고하러 가는 것이겠지? 그런데 차를 타고 가면 쫓아가기가 힘이 드는데……'

헤이스트 마법이나 경신술을 쓰더라도 아직 강권의 경지로는 차를 따라갈 수 없었다. 강권은 급한 마음에 녀석의 차 지붕에 올라탔다.

강권의 예상대로 녀석은 배후 세력으로 가고 있었다. 그런데 녀석이 가는 곳은 정말 뜻밖에도 남산에 있는 중국 대사관 영사부였다. 녀석이 차를 멈추려 하자 강권은 재빨리 그늘로 숨어들어 녀석이 하는 양을 지켜보았다.

'어! 저 녀석이 중국 대사관으로 들어가네. 되놈들이 우리나라 조폭들과 무슨 관계가 있는 것이지?'

강권은 영사부를 대사관으로 착각하고 있었다. 그렇지만 조폭이 한밤중에 중국 대사관 건물로 들어가는 것은 완전 상식 밖의 일이었다. 그런데 어떻게 된 것이 녀석은 조금도 거리낌이 없이 영사부 안으로 들어가는 것이 아닌가. 더 이상한 것은 영사부의 무관으로 보이는 자가 녀석을 영접하는 것 같다는 것이다.

강권이 알고 있는 중국어는 오래 전 중국어여서 그들이 주고받는 말의 의미를 명확하게 파악하지는 못했다. 그렇지만 강권은 대충 녀석이 상당한 지위에 있다는 의미로 알아들었다.

'그렇다면 저 녀석은……'

보나마나 중국의 스파이일 것이다.

'스파이 녀석이 무슨 목적으로 조폭에 들어간 걸까?'

강권은 아무리 생각해도 감을 잡을 수 없었다. 그렇지만 손정호가 중국인이건 매국노이건 강권은 아무런 관심도 없었다. 그의 사전에 처음부터 애국심이라는 단어는 없었기 때문이다.

'내가 죽음을 눈앞에 두었을 때 국가가 나에게 해 준 게 무어야? 애국? 그딴 것은 개에게나 주라지.'

강권의 내심은 이랬다. 강권은 배부르고 등 따시면 그것으로 끝이었다. 명철(冥徹)로 살 때의 전생에는 승려의 신분으로 버젓이 결혼까지 했었다. 원래 천살문에는 색계가 없으니 그렇다고 하자. 그렇지만 정성기로 살 때는 남들은 예지능력으로 민족이 어떻고 겨레가 어떻고 할 때 강권은 자신의 후생을 위해서 여러 가지 준비까지 해 두었다.

그렇게 철저하게 이기적인 강권이니 녀석들 수작에 10억 원이 넘어가는 자기의 도자기가 박살 난 것을 참는다면 그것이 오히려 정상이 아닐 것이다.

'반드시 내 도자기를 깨뜨리는데 연루된 작자들을 전부 색출해서 그 작자들에게 이자까지 쳐서 받아 낼 거야. 그 작자들이 되놈들이라도 용서하지 못해.'

강권은 내심 이런 생각을 갖고 있었다.

중국 대사관은 중국 땅이나 마찬가지란 말을 들었던 기억이 언뜻 떠올랐지만 그렇다고 녀석을 빤히 보면서 놓칠 수는 없었다.

그래서 달이 구름 속으로 들어간 틈을 타서 강권은 녀석이 들어간 영사관 담을 넘었다. 들키지만 않는다면 무슨 일이야 있겠는가 하는 생각이 들었던 것이다.

강권은 영사관의 담을 넘고는 그늘에 서서 인기척을 탐지했다. 밤이 깊어서인지 별다른 인기척은 없었다. 강권은 그늘을 의지해서 걸음을 옮기며 손정호의 흔적을 쫓아갔다.

손정호의 흔적은 지하실로 이어지고 있었다.

강권이 지하실 문을 슬며시 열고 안으로 들어서려는데 안쪽에서 입구로 나오는 기척이 느껴졌다. 녀석에게 걸리면 곤란해진다는 생각이 들자 강권은 플라이 마법을 사용해서 천정에 붙었다.

파리가 달라붙듯 천정에 달라붙어 있는 강권의 모습은 완전 닌자가 따로 없었다. 그런데 입구에 나타난 녀석은 무언가 이상한 낌새가 느껴졌는지 주위를 두리번거렸다.

'짜식아, 빨리 꺼져.'

빨리 사라지기를 바랐지만 녀석은 강권의 바람에 기어이 초를 치고 나섰다. 무슨 낌새를 느꼈는지 녀석은 다른 곳으로 가지 않고 계속해서 두리번거리고 있었다. 강권은 안 되겠다 싶어 녀석을 제압하려고 슬며시 지풍(指風)을 날려 녀석의 요혈을 점하려 했다.

그런데 녀석은 뜻밖에도 강권의 지풍을 피해 내는 것이 아닌가. 비록 3성의 공력을 써서 지풍을 날렸지만 그 지풍을 피한다는 것은 상대가 나름 무공을 한다는 말이었다.

강권은 상대에게 나름 흥미가 동해 본격적으로 놀아 보기로 하고 암암리에 사일런스 마법을 펼쳤다. 아무래도 이곳이 중국 대사관이란 것이 껄끄러웠기 때문이었다. 사일런스 마법을 펼쳐 두었으니 폭탄이 터져도 밖에서는 아무 소리가 나지 않을 것이다. 그러니 굳이 소리를 내지 않으려고 조심할 필요가 없었다.

"어쭈, 이것도 한 번 피해 보시지."

강권은 버럭 소리를 지르며 이번에는 장풍을 날렸다. 무공과 마법을 동시에 펼쳐서 전력을 다했지만 5성 정도에 불과했다.

"허걱."

곤윤명은 무언가 이상한 기분이 들어 주변을 두리번거렸을 뿐인데 느닷없이 지풍과 장풍의 공격을 받자 대경실색하지 않을 수 없었다.

'누구야? 도대체 어디서 이런 괴물이 나타났지?'

곤윤명은 20대 초반의 나이임에도 소림사에서 무예를 익혀 발경(發勁)의 경지에 오른 고수였다. 하지만 발경을 할 수 있다는 것과 장풍을 발할 수 있는 것과는 천지차이였다.

천하 무공의 본산이라는 소림사에서도 장풍을 쓸 수 있는 고수는 한 명도 없었다. 조폭 조직인 삼합회에서 약물을 써서 그런 고수를 만들었다는 얘기는 있지만 그건 어디까지나 유언비어로 받아들여지고 있었다. 말하자면 장풍이나 지풍은 대국이라 자부하는 중국에서도 이미 사라진 기예였다.

그런데 일개 성(省)보다도 작은 조그만 나라인 한국에서 장풍과 지풍을 자유자재로 쓰는 고수가 있다니.

'예로부터 한국이란 나라는 이인이 많다더니…….'

곤윤명은 피하기에 급급하면서도 내심 이런 생각이 들었다. 이제 곤윤명이 기대할 것은 싸우는 소리를 듣고 동료들이 나오는 것이었다. 아무리 생각을 해도 침입자와 자기의 실력 차이는 너무나도 컸던 것이다.

하지만 강권이 사일런스 마법을 펼쳐 두었기 때문에 이곳에서 벽력이 떨어져도 밖으로는 아무 소리가 새 나가지 않는다는 것은 꿈에도 생각지 못하는 곤윤명이었다.

강권은 곤윤명이 자신의 장풍과 지풍을 연달아 피하자 오기가 발동해서 마법까지 써서 공격했다.

[홀드.]

강권의 생각은 그대로 들어맞았다. 홀드 마법이 곤윤명의 움직임을 둔화시켰고 그 순간 곤윤명의 마혈을 제압했다.

"그럼 그렇지. 네까짓 게."

하지만 강권의 호기로운 말은 더 이상 이어지지 못했다.

갑자기 등 뒤에서 '피잉' 하는 파공음과 함께 한 무더기의 수수전(袖手箭)이 강권에게 쏟아졌던 것이다. 강권이 너무 득의한 나머지 주위를 경계한다는 것을 깜빡한 것이다.

강권은 곤윤명의 완맥(腕脈)을 거머쥐려다 소스라치게 놀라며 피했다. 그렇지만 쏘아진 수수전이 바늘처럼 너무나 가늘어서 피한다고 피했지만 이미 몇 군데 맞은 것 같았다.

"으윽."

설상가상인 것은 수수전에는 극독이 묻어 있다는 것이었
다.

얼마나 지독한 독인지 수수전에 맞은 곳이 벌써 마비되
는 느낌이 들었다. 그렇지만 그 정도는 약과였다. 자신에게
제압당한 녀석은 이미 몸이 푸딩처럼 흐느적거리고 있었다.
독이 너무나도 지독한 것이어서 삽시간에 녀석의 뼈와 살을
녹여 버렸던 것이다.

"앗! 화골산(化骨散)이…… 이 지독한 되놈들."

화골산은 사람의 뼈와 살을 한 줌 물로 만들어 버린다는
전설상의 독이었다. 명철의 생을 살 때 스승인 무무상인에
게서 들은 적만 있었지 실제 본 적은 없었다. 그런 전설상
의 독을 사용하다니 녀석들의 실체가 과연 어떤 녀석들인지
궁금했다.

게다가 동료의 생사도 상관치 않고 그런 극악한 암기를
쏘아 낸 녀석들은 대체 어떤 종자들이란 말인가?

강권은 간담이 서늘해져서 황급히 [뉴트럴라이즈 포이즌]
마법을 썼다. 그럼에도 불구하고 강권의 몸은 정상이 아니
었다.

'도망가야 한다.'

강권은 정상이 아닌 상태에서 녀석들에게 붙잡히면 골로
가는 수밖에 없다는 생각이 들자 뒤쪽을 확인하지도 않고

무조건 [파이어 볼]을 날리고는 문을 박차고 나섰다.

삐이익.

갑자기 날카로운 호각 소리가 야공을 찢으며 퍼져 갔다.

그 소리가 퍼지고 얼마 지나지 않아서 건물 안에서 중국 공관원으로 보이는 자들이 쏟아져 나와 강권을 포위하려 했다.

순순히 잡혀 줄 수는 없었다. 강권은 온힘을 다해서 영사부 담장 밖으로 몸을 날려 뒤도 돌아보지 않고 숭의여대 뒤편의 남산으로 내뺐다.

강권이 너무나 빨리 도망쳤기 때문인지, 아니면 독을 믿은 것인지 녀석들은 전혀 쫓아오는 기미가 없었다. 그렇지만 강권의 마음은 급하기만 했다. 독이 움직임에 비례해서 그만큼 빠르게 퍼져 나가고 있었기 때문이다.

"으윽."

얼마나 뛰었을까? 강권은 머리가 어질어질해서 더 이상 버티기 힘들다는 생각이 들었다. 해독 마법을 쓰기는 했지만 녀석들이 사용한 독이 너무나 지독한 것이어서 완전하게 해독되지 못한 것이다. 더 이상은 버티기 힘들어서 강권은 나무 밑동에 기대고 앉아 숨을 헐떡였다. 다행스러운 것은 녀석들이 쫓아오지 않았다는 것이다. 그렇더라도 강권의 몸 상태는 최악이었다.

무진신공이 독에 대한 내성이 있었고 수수전에 맞은 즉

시 해독 마법을 펼치지 않았더라면 이미 한 줌 물이 되었을 것이다. 또한 이미 환골탈태를 겪지 않았더라도 여기까지 오지도 못했을 것이다. 죽지 못해서 겨우 살고 있는 만큼 고통은 그만큼 심했다.

강권은 가까스로 가부좌를 틀고 앉아서 운기조식을 해서 치료를 하려다가 문득 뇌리에 스쳐 가는 것이 있었다.

'지둔요상공(地窀療傷功).'

지둔요상공은 말 그대로 땅 속에 처박혀 지기를 이용해서 몸을 추스르는 공부였다. 무진신공이 땅의 기운을 내력으로 만드는 까닭에 가능한 요상대법이었다.

강권은 지체 없이 두툼한 낙엽을 헤집고 들어가 누웠다. 차가운 땅바닥에 누우니 이가 딱딱 부딪힐 정도로 추웠다. 강권은 금방이라도 혼절할 것 같았지만 이를 악물고 죽어라고 지둔요상공의 해독(解毒) 구결을 암송했다.

지둔요상공이 법문대로 한 번 돌아가자 독이 어느 정도 해소되는 기미가 느껴졌다. 이제 죽지는 않을 것이란 생각이 들었다.

그런 안도감이 들자 이번에는 엄청난 고통이 밀려와 강권은 그만 의식을 잃어버렸다. 강권이 비록 정신을 잃었지만 지둔요상공은 먹이를 발견한 맹수처럼 몸속에 들어온 독을 신나게 먹어치우고 있었다. 지둔요상공의 요체는 땅의 기운을 몸속으로 끌어들여 그 기운으로 몸속의 나쁜 기운을 제어하는 것이었다.

나쁜 기운을 몸 밖으로 배출하지 않고 제어만 하는 것에는 다 그만한 이유가 있었다. 나쁜 기운이라고 해서 항상 몸에 해로운 것만은 아니었기 때문이다.

사실 독의 대부분은 고단위의 에너지원이다. 그런데도 독이 될 수밖에 없는 이유는 그런 고단위의 에너지원을 인간이 소화시킬 수 없다는데 있었다. 인간이 소화를 시킬 수 없으니 독이 에너지원이 되지 않고 혈관을 막아서 피가 굳고 신경을 차단해서 몸이 마비된다.

그렇다면 독을 소화시키게 되면 어떤 결과가 나올까? 정답은 소화를 시킬 수만 있다면 독은 더할 수 없는 영약이 된다는 것이다.

지둔요상공은 놀라울 정도의 위력을 발휘했다. 뼈와 살을 태울 정도로 지독한 독이 기로 바뀌면서 환골탈태를 하고도 아직 몸속에 남아 있는 불순물을 태우고 있었던 것이다. 그렇다면 강권이 경험한 환골탈태는 완전한 것이 아니라는 의미였고 이제야 완전한 환골탈태라는 말이 된다.

강권으로서는 전화위복이었다.

그렇지만 지둔요상공으로 독을 해독하는 과정은 사람의 몸으로는 견디기 어려운 인내를 요구했다. 강권은 이미 정신을 잃어 그런 고통에 시달리지 않았다는 것은 그 자체로 행운일지도 몰랐다. 그런데 꼭 그렇지만은 않은 것이 정신을 잃지 않고 편공까지 운기를 했더라면 그만큼 고통은 더했겠지만 무공과 마법에서 더 높은 경지에 올랐을 것이라는 점이었다.

강권은 운기를 해서 몸의 상태를 알아보자 무진신공이 4성에 올랐다는 것을 느낄 수 있었다. 강권은 자신이 무려 3일 동안이나 기절해 있다는 것을 알지 못했지만 한참 시간이 흘렀다는 것은 확실한 것 같았다.

그러자 명희라는 아가씨 집에 놓고 온 배낭이 생각났다.

"이거 아가씨들이 많이 기다리겠는데……."

아가씨들의 면면을 떠올리다 문득 경옥이라는 아가씨가 엄청 친숙하게 다가왔다.

"혹시 그 아가씨가 전생에 나와 인연이 있었나?"

전생에 인연이 없다면 이처럼 가깝게 느껴지지 않는다는 것에 생각이 미치자 경옥의 전생을 읽으려 했다.

그러자 뇌리에 처음 보는 장면들이 파노라마처럼 돌아가고 있는 것에 화들짝 놀라 깨어났다.

"아! 경옥이라 했던가? 그 애가 전생에 내 딸 미리내였어."

미리내는 명철의 생을 살 당시에 구리(고구려의 다른 이름)의 공주와의 사이에서 태어난 강권의 딸이었다. 스님이 어떻게 딸을 하면서 놀랄 수도 있겠지만 천살문은 본래 색계가 없으니 하등 이상할 것이 없었다. 강권은 경옥과 전생

에서 부녀지간임을 알게 되자 경옥의 생에 대해서 관조를
했다.

자신 외에도 세 사람의 전생을 읽을 수 있다고 했는데 한
명은 명학이었고 이번이 두 번째인 셈이다. 그녀에 대한 전
생을 읽자 현생에서 그녀가 어떻게 살아왔는지 알고 싶었
다. 물론 이런 것은 강권의 할아버지가 복권이 되며 전생을
읽고 있는 자의 생각까지 읽을 수 있게 만들어 준 것 때문
에 가능한 일이었다.

약간의 시간이 흐르자 그녀가 살아온 현생까지도 자세히
알 수 있었다.

"이런 개자식이 감히…… 내 딸 미리내야. 이후부터는
내가 지켜 주기로 하마."

정 노인 또한 자신의 후손이라면 후손이었지만 노경옥은
그와는 전혀 다르게 느껴졌다.

강권은 문득 무진신공이 4성에 올랐으니 가슴에 서클이
하나 더 만들 수 있다는 생각이 들어 심법을 운용했다.

얼마 후 서클이 4개나 되자 강권은 심법의 운용을 멈췄
다.

편공까지 운기를 했었더라면 혹여 5서클에 올랐을지도
모를 일이었다. 그것은 운명의 장난이요 강권의 복일 따름
인 것이다.

"이제 4서클에 올랐는가?"

4서클에 오른 것은 무엇보다도 인비저빌리티 마법을 쓸 수 있어서 반가웠다. 투명인간이 되면 들키지 않고 할 수 있는 것이 그만큼 더 많아지기 때문이었다. 당장에 들키지 않고 고옥당을 털 수 있을 것이다. 사일런스 마법과 인비저빌리티 마법을 동시에 펼치면 어느 누가 강권의 존재를 눈치챌 수 있겠는가?

 물론 강권이 아무 집이나 터는 도둑은 아니었지만 고옥당 사장은 아무나가 아니었다. 한마디로 나쁜 놈이었다. 그런 놈은 좀 괴로움을 당해도 된다는 것이 강권의 생각이었다.

 일단 털고 나서 자신의 도자기가 깨진 것과 관련이 없다면 돌려주면 그뿐이었다. 물론 자기를 수고시킨 대가인 수수료조로 다소간 챙기고 난 나머지를 돌려주겠다는 말이었다.

제6장
청담동 칠 공주와 인연을 맺다

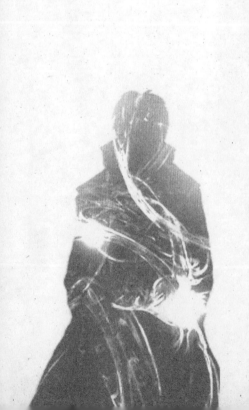

강권은 몸이 정상이 되자마자 문득 전생의 딸이었던 노경옥이 보고 싶어졌다. 물론 고옥당 사장 녀석과 되놈들에 대한 응징을 잊은 것은 아니었다. 하지만 군자의 복수는 10년 후라도 늦지 않다고 했으니 복수에 급급해할 필요는 없었다.

　그런데 지금 노경옥에게 전화를 하지 않으면 왠지 후회를 할 것 같다는 예감이 들었다. 이미 정성기의 전생을 읽은 강권은 이런 예감이 예사로운 것은 아니라는 판단이 들었다.

　경옥이의 연락처를 어떻게 하면 알 수 있을까 하는 생각을 떠올리자 머릿속에 스쳐 가는 전화번호가 있었다.

경옥의 전생을 읽으면서 자기도 모르게 알게 된 것이었다. 강권은 혹시나 하는 생각에 전화를 걸었다.

"실례하겠습니다. 노경옥 씨 핸드폰이죠?"

―예, 맞기는 하지만 누구신데 저에게 전화를 하신 거죠?

"아! 다행히 전화번호가 맞는군요. 저는 노경옥 씨를 잘 알고 있는 사람입니다. 기억하고 계실지 모르겠는데 며칠 전에 고옥당에 도자기를 팔러 갔다가……."

―아! 최강권 씨군요. 그런데 어떻게 제 전화번호를 알고…….

"저 그것이……."

강권은 말문이 막혀 얼버무릴 수밖에 없었다. 어떻게 내가 네 전생을 읽다 보니 자연스럽게 알게 되었다고 말할 수 있겠는가. 다행히 경옥이 더 이상 추궁을 하지 않아서 난처함을 모면할 수 있었다.

―그래요? 그렇지 않아도 아저씨에게 어떻게 연락하나 걱정했는데, 마침 잘 됐네요. 그런데 그날은 어떻게 된 일이예요?

"미안합니다. 갑자기 볼일이 생각나서 그만……."

―그럼 명희네 집에 가서 돈과 다이아몬드 원석들을 받으셨어요?

"예에? 다이아몬드 원석들이라니요?"

강권이 깜짝 놀란 듯 반문하자 경옥은 이상한 생각이 들어 되물었다.

　—갖고 오셨던 등산 배낭에 들어 있던 분홍색 보석들이요? 그게 다이아몬드 원석들이라던데 그걸 모르셨어요?

　강권은 경옥의 말에 노옴이 했던 단단하고 비싸다는 말이 생각났다. 보석이라는 생각은 했었지만 그것이 다이아몬드 원석들일 것이라는 생각은 전혀 해 보지 않았다. 우리나라에는 다이아몬드가 나지 않는다는 것이 상식이었기 때문일 것이다.

　또한 명학이 소환했던 살라만다에 비교하다 마음에 들지 않아 노옴의 말을 허투루 들은 감도 없지 않아 있었다. 게다가 강권의 뇌리에는 무공을 높이려는 생각이 워낙 커서 재산에 대해 큰 욕심이 없었기 때문이기도 했다. 강권은 그저 차 한 대 뽑아서 전국을 돌아다니면서 기가 충만한 곳에서 무공과 마법을 연마할 작정이었다. 산이나 들에는 먹을게 천지이니 무슨 돈이 얼마나 들 것인가?

　그래서 도자기를 팔아 10억 정도만 받으면 평생 사는 데지장이 없다는 생각을 가져 그 이상은 생각지 않았던 것이다.

　"아! 그 보석들 말이군요. 그게 다이아몬드 원석들이었군요."

　경옥은 강권의 대수롭지 않은 대답에 어이가 없었지만

강권이 가고 난 후에 벌어졌던 일을 말해 주었다.

경옥의 얘기로는 강권이 일언반구도 없이 뛰쳐나가고 얼마 후에 감정인이 와서 깨진 도자기의 감정가로 6억을 책정했다고 했다. 그래서 친구가 도자기를 사려고 6억 원을 준비해 두었다는 것이다. 강권으로서는 도자기가 깨져 완전 쓸모가 없다고 생각했었는데 6억이라니 뜻밖에 횡재를 한 기분이 들었다.

"예에? 6억이라고요?"

—예. 강권 씨와 함께 갔던 곳에 사는 친구 명희가 그 도자기를 사기로 했거든요. 자세한 얘기는 만나서 하기로 하죠.

"그래요. 저도 아가씨에게 드릴 말씀도 있으니, 일단 만나기로 하죠. 어디서 볼까요?"

경옥은 강권이 만나자는 말에 본능적으로 잠시 머뭇거렸다.

강권과는 이상한 인연으로 만나기는 했지만 따지고 보면 전혀 낯선 사람인 까닭이었다. 그렇지만 만나서 수백억에 달하는 다이아몬드 원석들을 찾아주어야 했다. 또 자기 전화번호를 어떻게 아는지도 궁금해서 역시 만나는 게 좋겠다는 결정을 내렸다.

이상한 것은 경옥도 그 사람이 보고 싶다는 생각이 들었다는 거다. 이때까지만 해도 경옥은 강권이란 그물에서 벗어날 수 없는 물고기 신세가 될지는 전연 알지 못했다.

　—지금 어디 계시는데요?

　"동대문에 있습니다."

　—음, 그럼 4호선을 타서서 혜화역으로 오세요. 제가 3번 출구에서 기다리고 있을게요.

　"예, 그럼 조금 있다 뵙죠."

　강권은 얼른 대답을 하고 4호선을 타고 혜화역으로 갔다.

　혜화역에 도착해서 3번 출구로 나오니 경옥이 이미 와서 기다리고 있었다. 서울대 의대를 다니고 있으니 그럴 것이라는 생각이 들자 강권이 얼른 경옥에게 다가가 인사를 했다. 경옥도 반갑게 맞는다.

　"그날 왜 아무 말씀도 없이 가 버리신 거예요?"

　"하하, 그날은 일이 그렇게 됐습니다. 그런데 돈을 받으려면 그 아가씨 집으로 가야 하는가요?"

　"아니요? 오늘 마침 청담동에서 정기적으로 모이는 날이거든요. 그래서 겸사겸사 청담동에 오면 주겠대요. 그리고 다이아몬드 원석들도 함께 가지고 나오겠대요."

　"그럼 함께 청담동으로 가야 하는가요?"

　"예, 여기에서 301번을 타면 약속 장소에 갈 수 있어요."

　경옥이 말하는 걸 물끄러미 지켜보고 있던 강권의 입에

서 전혀 뜻밖의 말이 튀어나왔다.

"미리내가 이리 예쁘게 컸다니 미리내를 키워 준 부모님들에게 감사드리고 싶군."

경옥의 말하는 모습이 너무 예뻐서 무심결에 튀어나온 말이었다.

"미리내요? 미리내가 누구예요?"

"하하, 내가 괜한 말을 꺼냈군."

강권은 겸연쩍은 듯 머리를 긁적이면서 말을 이었다.

"사실 믿어지지 않겠지만 그대가 미리내야. 그리고 미리내는 전생에 내 딸이었어."

"예에?"

'이런 말 같은 소리를 해야지?'

강권의 억지스런 말에 경옥은 이렇게 생각하며 정색을 했다. 그런데 이상한 것은 경옥의 원래 성격 같으면 자신을 희롱했다고 길길이 날뛰어야 함에도 입만 삐죽거렸을 뿐 크게 반발하지 않았다는 거다.

"예에? 그런 말이 어디 있어요? 나이도 나와 비슷한 것 같은데."

강권은 키가 크고 머리를 길러서 그런지 겉으로 보기에는 제 나이보다 더 들어 보였다. 반면에 키가 크고 호리호리한 경옥은 제 나이로 보였다. 이렇게 겉보기에는 비슷한 또래로 보였지만 사실은 경옥이 강권보다 2살이 많았다.

그런데도 강권은 손아래 사람 대하듯이 말했지만 전혀 어색하지 않는 것은 어인 일인가. 강권은 자연스럽게 반말을 하면서 대화를 이어 갔다.

"하하, 전생이 그렇단 얘기지요."

강권은 이렇게 운을 떼고는 지난날을 회상하는 듯 몽롱한 표정을 지으며 말을 이어 나갔다.

"그러니까 대략 1,400여 년 전에 내가 백두산에서 도를 닦고 있었는데 어느 날 네 엄마가 빈도가 수도하는 곳으로 피신을 왔었더랬지. 네 엄마는 구리의 공주였었지. 미리내는 구리하면 어느 나라인지 잘 모르겠지? 구리는 우리가 고구려로 알고 있는 나라야."

"피이, 말도 안 돼요."

경옥은 강권이 진지하게 말을 이어 나가자 일단 부정했지만 자신이 공주의 딸이었다는데 은근히 흥미가 동하는 모양이었다.

게다가 강권이 말하는 너무 얼토당토않다는 것이 경옥에게는 도리어 흥미를 끄는 것 같았다. 그런데 이어지는 강권의 이야기는 생생하게 묘사하는 것이 나름 사실 같게 느껴지기도 했다.

산중도인과 망국의 공주와의 로맨스. 그 흔치 않는 로맨스에서 경옥이 태어났다는 것이다.

마음에 들지 않았으면 꼴에 개지랄 떤다고 무시해 버리

면 그만이겠지만 마음에 쏙 드니 같잖은 말인데도 부정을 하지 못했다. 그뿐만 아니라 강권의 얘기가 그럴듯하게 들린 것은 어인 일인가. 심지어 이런 생각까지 했다.

'그래서 그랬나? 몇 년 전에 부모님과 백두산 관광을 갔을 때 백두산이 언젠가 살았던 것 같았다고 느껴졌었지. 하지만 어떻게 그런 일이 있을 수 있겠어?'

강권은 경옥의 마음속에 있는 한 오라기의 부정이라도 깡그리 없애기라도 하려는 듯 자기 주장을 굽히려 들지 않았다.

"말이 되고, 안 되고는 미리내의 마음에 달렸겠지."

강권은 도사 같은 말을 내뱉고는 한참 동안 경옥의 얼굴을 뚫어져라 바라본다.

'이 치가 왜 이래? 그렇게 안 봤는데…….'

뭘 어떻게 봤다는 말인가? 경옥은 보면 볼수록 강권이 키도 훤칠하고 무척 잘생겼다는 생각이 들었다. 게다가 수백억이 넘는 재산을 가진 엄청난 부자가 아닌가? 특히 경옥의 마음을 사정없이 잡아끄는 것은 보석처럼 반짝이는 눈동자였다.

'무슨 사람의 눈이 이렇게 맑고 반짝거리지?'

눈은 마음의 창이라고 했다. 그러므로 눈이 이처럼 맑고 반짝이는 사람은 성품 담백할 것이라는 생각이 경옥의 뇌리를 스쳤다.

사실 경옥은 몇 년 전에 외모만 보고 혹했다 당한 실연의 상처가 있었다. 하지만 눈을 보니 강권은 그럴 사람이 아니라는 생각이 들었다. 그래서 그런지 강권이 쳐다보는 것이 싫지만은 않았고 괜히 얼굴이 붉어지고 가슴이 콩콩 뛰었다. 자신을 걷어찬 장병호를 사랑한다고 생각했을 때 딱 이런 기분을 느꼈었다.

'내가 이 사람을 사랑하기라도 한다는 걸까?'

경옥은 이런 자기의 내심을 들키지 않으려는 듯 앙칼지게 소리쳤다.

"뭘 그리 엉큼하게 쳐다보는 거예요?"

"하하, 딸 얼굴 오랜만에 보는 거라서. 아마 족히 천사, 오백 년은 되지."

"뭐예요? 이이가 정말……."

경옥은 강권이 실없는 말로 자신을 희롱하고 있는지도 모른다는 생각이 들자 화를 벌컥 내려고 했다. 하지만 이어지는 강권의 한마디에 도저히 화를 낼 수 없었다.

"내 말을 듣고 나서 정 아니다 싶으면 화를 내도 그때 내라고."

강권은 이렇게 운을 떼고는 말을 이었다.

"미리내는 다섯 살에 초등학교에 입학했지?"

"예에? 그걸 어떻게……."

놀라운 일이었다. 경옥이 다섯 살에 학교에 들어갔다는

것을 아는 사람은 드물었다. 경옥의 아버지는 충남 예산에서 초등학교 교장으로 재직하고 계셨다. 그래서 관사에 사는 어린 경옥은 학교를 놀이터 삼아 놀다가 그녀의 재능을 알아본 선생들의 권유로 초등학교에 입학을 하게 되었다. 약간의 편법이 동원된 까닭에 교육자인 그녀의 아버지는 함구령을 내렸고 경옥은 입 밖에 내지 않았다. 그런데 그런 사실을 어떻게 알 수 있단 말인가?

강권이 그녀를 놀라게 하는 것은 거기서 그치지 않았다.

"미리내를 걷어찬 장병호라는 녀석은 제 복을 제 발로 걷어찬 거야."

"예에?"

"몇 년 전에 헤어졌잖아? 뭐, 사랑하기 때문에 어쩔 수 없이 헤어져야 한다면서 녀석은 약사에게 장가갔고. 지금 녀석은 셔터맨 생활을 하고 있을 걸? 그래서 미리내는 잘 다니던 법대를 때려 치고 의대에 들어간 거잖아. 아직까지 그 녀석을 못 잊어서 말이지. 그런데 이제 그만 녀석을 놓아 버려, 인연이 아니라고 생각하면 돼. 아암, 그리고 말이야…… 조건에 넘어가는 놈 따위는 생각해 줄 가치가 조금도 없어."

"……"

지금은 경옥이네가 100억대의 재산을 가진 거부가 되었지만 녀석과 헤어질 당시만 해도 그렇게까지 잘 살지는 못했다.

그런데 그런 것까지 알 정도라면 경옥의 어린 시절부터 옆에서 지켜봤어야 한다. 하지만 아무리 보아도 강권이 자신보다 나이가 그리 많아 보이지는 않았다.

경옥은 내심 이런 생각이 뇌리에 스치자 강권이 달리 보였다.

이런 경옥의 내심을 아는지 모르는지 강권의 말은 일정한 톤으로 이어지고 있었다.

"자고로 젊은 사람은 눈앞의 이익보다는 미래의 가능성을 택해야 하는 거야. 현찰을 챙기려는 짓은 자기 가능성을 포기하는 행위나 다름없어. 뭐랄까 인간임을 포기하고 배부른 돼지가 되기를 원한다고나 할까?"

그런데 경옥만 놀란 게 아니라 내심 강권의 놀라움도 극에 달해 있었다. 자기도 모르게 경옥의 신변잡기에 대해서 술술 나오니 기함할 지경이었는데, 경옥의 표정을 살피니 그 말들이 다 들어맞는 것 같았기 때문이다. 단지 경옥의 전생을 읽을 수 있기를 바랐을 뿐인데 이렇게까지 알 수 있으니 어찌 놀라지 않겠는가.

강권은 놀란 가슴을 가라앉히고 너무나 놀란 나머지 눈을 동그랗게 뜨고 있는 경옥에게 이번에는 심각한 어조로 말했다.

"그나저나 앞으로 몇 년 안에 미리내 집안에 큰 우환이 있겠어."

"큰 우환이라고요?"

경옥이 깜짝 놀라서 반문했지만 강권은 거기에 대해서는 가타부타 일언반구도 없이 자기 말만 이어 갔다. 그도 그럴 것이 네 아버지가 죽고 어머니는 반신불수가 된다는 말을 어떻게 할 수 있겠는가?

"미리내의 집안에 호적으로는 동생이지만 따지고 보면 조카가 되는 아이가 있을 거야. 미리내는 집안에 분란만 일으키는 언니가, 언니가 아니라 원수 같지? 미리내도 생각을 해 봐. 아무리 재물이 좋다고 버린 자식이지만 자기 배가 아파서 나온 자식이야. 아들을 보고도 아들이라 부르지 못하는 언니의 심정을 이해해야 할 거야. 모정(母情)이라는 것은 그렇게 간단한 것이 아니거든."

경옥은 소스라치게 놀랐다. 강권의 말대로 경옥에게는 두 살이 많은 미옥이라는 언니가 있는데 그 언니가 CC였던 남자와 불장난을 해서 덜컥 아이를 낳았다. 그것도 바로 얼마 전 일이다.

그런데 언니가 애인의 아이까지 낳았으면서도 애인이 ROTC 입영 훈련을 가 있는 사이에 미팅을 해서 준재벌을 만났다. 문제는 준재벌이 언니를 좋아한다고 쫓아다니자 언니는 그와 결혼을 하려고 자기가 낳은 아이를 업둥이로 속여 아버지의 호적에 올렸다. 부모님들은 아버지 근무지인 충남 예산에 있었고 자매들만 서울에 있는 집에 있었기에 그게 가능했다.

그런데 그 사실은 두 자매들만 알고 부모님들에게도 쉬쉬하는 비밀이었는데 생전 처음 보는 강권이 어떻게 알았단 말인가? 경옥의 놀라는 얼굴을 흘끔 보면서 강권의 말은 계속되고 있었다.

"그런데 그것은 언니와 부모님이 전생에서 맺은 업보를 해결하는 과정이야. 그러니 업장을 해소하는 것이라 생각하면 마음이 편해. 하지만 어디 범인(凡人)으로 그렇게 생각한다는 게 쉬운 일인가? 그리고 미안한 얘기지만 미리내 부모도 사실은 정당하게 맺어진 부부는 아닐 거야."

"어떻게 그 사실을……."

경옥은 너무나 놀란 나머지 혼자 북 치고 장구 치고 하는 강권의 말에 뭐라 대꾸할 정신도 없었다. 사실 경옥의 아버지에게는 안면도에 부모님들이 정해 준 미혼처가 있었다. 같이 살지는 않았지만 이미 쌀이 밥이 되었고 호적에도 올라 있는 상태였다.

그런데 임지가 예산인 까닭에 예산에서 자취를 하다 같은 학교에서 근무를 했던 선생과 눈이 맞았다. 경옥의 엄마가 아버지의 훤칠한 모습에 반하고 경옥의 아버지 또한 젊은 혈기에서 그만 사고를 치게 되었다. 아이가 생기자 둘은 결혼을 하게 되었고 아이가 없는 본 부인과는 헤어지게 되었던 것이다.

경옥의 부모들은 그 사실을 딸들에게 함구했다. 그래서 경옥이도 언니를 결혼시키려고 이것저것 알아보러 다니다 호적등본을 보고서야 그 사실을 알 수 있었다. 그런데 이 사람이 어떻게 그 사실을 알 수가 있다는 말인가?

패닉 상태에 빠져 있는 경옥을 보면서 강권은 빙그레 미소를 지으며 말을 이었다.

"그것은 어디까지나 언니나 부모님의 업보에 관계된 일이니 더 생각해 볼 것은 없겠고…… 그렇듯 언니가 골치깨나 아픈 인물이지만 다 제 복인 걸 어쩌겠어?"

경옥은 마치 도를 터득한 도사라도 되는 양 본 것처럼 말하자 혹시 그에게 해결 방법을 알 수 있을지 모른다는 생각이 들었다. 아니나 다를까 강권은 경옥에게 말했다.

"언니는 이미 정상적으로 살기 힘들어, 그 사람과 결혼을 해야 해. 형부라는 자가 자기만 아는 좀생이라, 사위면서도 사위가 아니고 형부면서도 형부가 아닌 것이 골치가 아프기는 하지만…… 언니로서는 어디서 또 그런 자를 만날 수 있겠어?"

"정말로 결혼을 해도 되겠어요?"

"하하, 이미 결정된 일 아냐? 꽃 피는 춘삼월에 결혼식 올리는 것 말이야. 그리고 그 결혼은 반드시 성사시켜야만 할 것이야. 그렇지 않으면 문제가 엄청 복잡해지기 때문이지."

"문제가 엄청 복잡해지다니요?"

"아무튼 그렇게만 알고 있어. 더 이상은 천기(天機)와 관련된 거라 말할 수 없으니까 말이야."

경옥이 부모의 사주로 볼 때 그녀의 아버지는 얼마 후에 순직할 것이고 어머니 또한 건강이 매우 나빠질 가능성이 컸다.

그런데 사주란 것이 100% 맞아떨어지는 것이 아닌데 어떻게 좋지도 않는 말을 꺼낼 수 있겠는가? 설혹 맞는다고 하더라도 어떻게 '니 아버지 얼마 후에 죽고, 니 엄마는 중병에 걸려.'라고 말할 수 있겠는가?

그래서 강권은 역술가들이 애매한 때에 전매특허처럼 내뱉는 천기라는 말로 얼버무렸던 것이다. 그런 사실을 알지 못하는 경옥은 언니가 결혼을 하면 잘 살지에 대해서 물었다.

"언니 사주로 볼 때 결혼 생활은 순탄치 못하겠지만……
솔직하게 말해 주는 게 좋겠지?"

"예, 사실대로 말씀해 주세요."

"사실 언니 사주로 볼 때 남편을 뜻하는 정관과 샛서방을 의미하는 편관이 동시에 있어. 그 말은 *도화살(桃花煞)이 두 개나 있는 언니가 바람을 피울 가능성이 크다고 볼 수 있다는 거야. 그렇지만 언니나 형부의 사주에 이별수가 없으니 이혼하지는 않을 거야. 또 형부 사주로 볼 때는 몇 년 안으로 수백억대에 이르는 재산을 모두 말아먹을 것이야. 그렇지만 말년에는 잘 풀린다고 볼 수 있으니 잘 산다면 잘 사는 걸 거야."

경옥은 강권이 자기 집안에서 벌어졌던 일들을 보는 것처럼 말하자 놀라지 않을 수 없었다. 그리고 어떻게 알려주지도 않은 부모님과 언니, 심지어는 형부의 사주까지 꿰고 있을 수 있을까?

이렇듯 자신과 처음 만난 사람이 자신에게 이렇게 빠삭하게 알고 있다는 것은 귀신이나 도사가 아니면 불가능할 것이라는 생각이 들자 섬뜩한 느낌마저 들었다.

경옥은 강권이 자신의 생각을 읽게 되어서 그렇게 본 듯이 아는 것이라고는 꿈에도 생각지 못했다. 사실 강권마저도 자신의 할아버지가 복권(復權)이 됨으로써 그녀의 전생뿐만 아니라 지금 그녀가 무슨 생각을 하고 있는가도 알게 되었다는 것은 미처 생각지 못했다.

강권은 세 사람에 관해서 전생을 읽을 수 있는 특권 중에서 이렇게 둘을 쓰게 되었고, 그녀의 마음을 사로잡을 수 있었다.

하지만 강권에게는 다소 꺼려지는 것이 있었다.

'젠장, 엄청 마음에 들었는데 하필이면 왜 딸이냐고?'

인간은 자신이 언제든 소유할 수 있으면 그 귀중함을 모른 것처럼 강권도 딴에는 경옥의 마음을 얻었다 싶으니 딴 생각이 드는 모양이었다.

❖　❖　❖

경옥은 강권과 함께 약속 장소인 청담동 카페 J에 약속 시간이 다 되어서 도착했다. 그런데 친구들인 속칭 청담동 칠 공주들이 아무도 없는 것이 아닌가.

'이게 어떻게 된 일이지?'

경옥은 이런 일이 한 번도 없어서 내심 황당해하다 리더 격인 오명희에게 전화를 했다.

"얘, 어떻게 된 거니? 오늘 우리가 모이는 날이잖아? 그런데 왜 아직 아무도 오지 않았지?"

―어! 태희가 너에게 연락하지 않았어? 오늘 자기 녹화 스케줄 때문에 한 시간을 늦추자고 말이야.

"아니, 그러면 아직 한 시간이나 남은 거네."

―그렇지. 그런데 그 치도 와 있는 거야?

"으응."

―알았어, 나도 금방 갈게.

경옥과 명희가 통화를 하고 있었지만 강권은 아무소리도 들리지 않았다. 카페에 들어선 순간부터 크리스털이 주렁주렁 매달린 대형 샹들리에와 신비로운 분위기를 연출하는 그리스 여신의 모습에 압도되어 넋이 나가 있었기 때문이다.

J카페는 스위스 명품 커피머신 J사에서 직접 운영하는 카페였다. 그런 만큼 인테리어 역시 상당히 품격이 있었던 것이다.

'와! 여기가 정말 커피 파는 카페 맞아?'

천장에 종 모양을 한 샹들리에를 보고 내심 이런 생각을 하고 있는 것이다. 대형 거울에 비친 블링블링한 샹들리에의 불빛 아래에 있는 자신의 모습은 마치 선경에 있는 신선 같아 보였다.

명희와 통화를 끝낸 경옥이 연신 주위를 둘러보고 있는 강권의 모습을 보고는 묘한 미소를 지었다. 며칠 전 일이 생각나서였다.

세나가 농담 반, 진담 반으로 강권을 가리켜 마이 달링이라고 했는데 강권이 도자기가 깨진 것을 보고 안색이 창백해져 밖으로 튀어 나가자 명희가 잔챙이라는 말을 했었다. 사내가 그깟 도자기 하나에 안색이 달라질 정도면 무슨 큰일을 하며 어디에 쓰냐는 거다. 세나는 아무 말도 하지 않아서 모르겠지만 경옥이 또한 강권에 대한 호감도가 급감했었다. 물론 그 이후 강권이 다이아몬드 원석들을 갖고 있다는 것이 밝혀졌지만 다들 돈에 연연하는 아가씨들이 아니니 크게 달라지지 않았었다.

만약 아까의 일이 아니었다면 경옥은 강권의 촌스러운

태도에 인상을 썼을지도 몰랐다. 그런데 지금 경옥의 마음에는 그런 강권의 모습이 엄청 순박한 것으로 비쳐졌다.

오늘 오후 4시부터 8시까지는 명희가 카페 전체를 임대했으니 다른 손님은 오지 않을 것이어서 좀 어리벙벙한 강권을 그대로 두고 싶었다. 여기에는 나름 강권을 독차지하려는 경옥의 꿍꿍이셈이 있었다.

'이러면 다른 애들이 거들떠보지 않을 거야.'

그런데 강권을 독점하려는 생각이 있었음에도 이율배반적으로 강권의 존재에 대해서 알리고도 싶었다. 내가 사랑하는 사람은 보통 이런 사람이라고 알리고 싶은 사랑에 빠진 여자가 가지는 일종의 허영인 셈이다.

'어떻게 한다? 아! 그러면 되겠다.'

경옥은 연신 두리번거리는 강권을 홀로 남겨 두고 화장실로 갔다. 그리고는 친구들에게 죄다 전화를 걸어 강권을 가리켜 족집게 도사라고 수다를 떨었다. 그렇지만 이미 명희에게서 강권의 말을 전해 들은 다른 육 공주들은 콧방귀를 뀌었다.

—너 그렇게 안 봤는데 되게 허풍이 세다. 경옥이 너 걔를 좋아하나 보지?

이렇게 말하는 세린의 어조에는 은근 비웃는 기색이 어려 있는 것 같았다. 마치 '네까짓 것이 하는 게 그렇지. 그런 시골뜨기를 좋아하다니 눈이 삐어도 단단히 삐었지.'

하는 것 같았다.

세린이 자기에게 라이벌 의식 비슷한 것이 있다는 걸 알고 있는 경옥 혼자만의 생각인지도 모른다. 국내 최연소 공학박사라는 타이틀을 갖고 있는 세린의 자부심은 IQ180이 넘는 경옥이에게는 내세울 수 없다는 생각 때문이었다.

같은 말이라도 '아' 다르고 '어' 다르다고 듣는 경옥은 은근 뽈이 나서 반박했다.

"그게 아니야. 그분에게 사주를 보면 너무 잘 맞는다고 깜짝 놀랄 걸."

—걔, 우리 또래라며? 나도 얘기 들었어. 그런 시골뜨기에다 나이가 어린 녀석이 사주를 잘 봐야 얼마나 잘 보겠어?

부러 약 올리려는 생각에 시골뜨기에 어린 녀석이라는 말까지 썼다. 세린의 생각대로 경옥은 여지없이 낚였다.

"뭐야? 세린, 그렇게 내 말이 믿기 어려우면 내기하도 좋아."

발끈하며 대거리하는 경옥을 보며 세린은 경옥의 콧대를 눌러 줄 좋은 기회라는 생각이 스쳤다. 그래서 좀 세게 나갔다.

—좋아, 그렇게 자신이 있으면 우리 내기하자. 내기하면 뭘 걸어야 하잖아? 뭘 걸까? 마세라티 스파이더 정도?

세린이 타고 다니는 마세라티 스파이더하면 차 값만 1억

이 넘어가는 외제 스포츠카였다. 경옥은 망설이지 않을 수
없었다.

　경옥이도 신도시 붐이 일어나는 통에 충청도 산골에 땅
좀 갖고 있어서 나름 부자가 되었다. 하지만 1억이 넘어가
면 좀 부담이 되는 것 또한 사실이었다. 그에 비해 부동산
재벌 집 딸이어서 강남에 자기 명의의 빌딩이 두 채나 있고
은행에 수십억이 넘는 예금이 있는 세린은 1억 정도는 껌
값 정도였다.

　경옥이 망설이는 걸 보고 세린이 이죽거렸다.

　—왜? 자신이 없는가 보지? 그럼 말고.

　경옥은 강권이 아까 자신에게 보여 준 능력이라면 내기
에 지지 않을 자신이 있어 내기를 받아들였다. 그렇지 않았
더라도 이미 사랑에 빠져 있는 경옥으로서는 내기를 받아들
였을 것이다.

　"좋아, 그렇게 하자."

　세린은 기회는 이때다 싶었는지 다른 친구들에게 죄다
전화를 걸어서 경옥이와의 내기를 알렸다.

　얼마 지나지 않아서 청담동 칠 공주들이 모두 모이자 그
녀들의 수다로 카페 화장실이 뒤집어졌다. 강권이 없으면
테이블에 앉아서 수다를 떨었겠지만 정작 수다의 당사자가
있으니 화장실로 우르르 몰려가 강권의 능력에 대해서 수다
를 떨고 있는 것이었다.

다른 친구들도 두 사람 사이에 내기가 걸려 있다고 하자 흥미가 동한지 자기들도 끼겠다고 난리였다. 1억이 넘는 내기를 마치 자장면 내기처럼 대수롭지 않게 생각하는 무서운 여자들이었다.

결국 모두 내기를 하기로 결정한 칠 공주들은 내기의 방식과 판돈 등 내기의 제반 사항에 관해서 논의를 했다.

경옥이와 세나만 강권이 족집게란 것에 걸고 나머지는 그 정도는 아니란 것에 걸었다. 세린은 경옥의 콧대를 눌러 줄 생각으로 다섯 명에 한 대씩 이렇게 판돈을 5억으로 하자고 했다.

경옥이 역시 발끈해서 찬성을 했지만 세나가 반대했다. 이쪽은 두 명이니 2억만 걸자고 하는 것이었다.

두 사람의 주장이 팽팽했다. 이럴 경우에는 늘 그렇듯이 리더 격인 명희가 나서서 결정한다. 명희는 친구끼리 장난 삼아 하는 내기니 2억이 적당하다는 결정을 했고 나머지들도 동의하며 그렇게 하기로 합의를 봤다.

"좋아, 판돈은 그걸로 됐고. 그런데 어떻게 족집게인지 알아보지?"

"경옥이 이 지지배는 이미 봤다니까 빼고, 나머지 6사람의 사주 중에서 둘만 골라서 보여 주자. 단둘이 서로 다른 사주로 자기 사주라고 말하는 거야. 그래서 걔가 제 사주를 찾아서 말하면 족집게고 그걸 모르고 곧이곧대로 사주 풀이를 하면 족집게가 아닌 걸로 말이야."

"그건 우리에게 너무 불리하잖아? 그걸 알 정도면 그게 신이지 인간이야?"

세나가 나서서 반대를 하자 옆에서 듣고 있던 경옥이가 나서서 세린의 말대로 하자고 했다. 세나는 어이가 없었지만 경옥이가 워낙 자신 있게 말하자 경옥이의 말에 따르기로 했다.

그렇게 내기 방식이 정해지고 두 사람을 뽑은 결과 홍태희와 김미진이 뽑혔다. 이번에는 세린이 심통이 나서 구시렁거렸다.

"에이! 우리가 불리하잖아. 사주에는 그 사람의 직업이나 성격이 다 나와 있다던데 설마 대한민국 남자라면 다 아는 홍태희 이 지지배를 모르겠어? 어느 정도만 볼 줄 알면 다 맞힐 수 있는 거잖아."

"꼭 그렇지도 않은 것 같아. 걔, 아까 보니까 전혀 홍태희를 모르는 것 같던데."

"설마? 대한민국 남자들치고 홍태희를 모르는 사람이 있겠어?"

"흥, 그분은 홍태희 정도는 눈에 차지도 않을 걸? 수백 억이나 되는 다이아몬드 원석들도 우습게 여기더라고."

"뭐야? 얘, 정말 우리가 알고 있는 그 얼음공주 맞아? 빠져도 단단히 빠졌네."

경옥의 말에 나머지 육 공주들은 다들 설마 하는 표정을 짓고 있었다. 몇 년 전 실연을 당한 뒤에 남자라면 백안시하던 경옥이 이처럼 남자를 싸고 돌 줄은 전혀 생각지 못했던 것이다.

그런데 경옥은 다른 친구들의 말에는 아무런 반박도 하지 않고 자기 생각을 말했다.

"태희가 여기 있어서 하는 얘기지만 너희들은 우리들 중에서 제일 예쁜 애가 태희라고 생각해? 우리들 중에서 제일 못생겼다고 공인받는 세나 얘도 쌩얼이어서 그렇지 좀 찍어 바르면 태희보다 나으면 나았지 못생기지 않았을걸?"

경옥의 말에 입을 삐쭉거리고 있는 홍태희를 제외하고는 다들 고개를 끄덕거렸다. 긍정한다는 의미였다.

사실 청담동 칠 공주들이 세간에 오르내리고 있는 것은 그 배경들이 거창한 때문만은 아니었다. 돈 없는 것은 용서할 수 있지만 못생긴 것은 용서할 수 없다는 말이 있는 것처럼 칠 공주들 모두가 빼어난 미모를 갖고 있어서 사람들의 입에 오르내리고 있었던 것이다.

"좋아, 그럼 태희의 사주를 미진이가 자기 사주라고 하고 미진이 사주는 태희가 자기 사주라고 하는 거야. 어때?"

"좋아, 나는 못 먹어도 고고 씽."

"미 투."

칠 공주들이 화장실로 몰려가서 이런 모의를 하는지도 모르고 있는 강권은 융프라우 쇼콜라(커피의 일종)를 홀짝거리면서 고개를 갸우뚱거리고 있었다.

'이렇게 손님이 없는데도 장사가 되나? 이 카페를 만들려고 엄청 돈을 들였을 것 같은데 말이야. 그러니 이렇게 커피 한 잔에 1만 3천 원씩이나 하지. 거기에 봉사료가 10% 추가되면…… 와! 이 커피 한 잔을 마시려면 1만 5천 원은 가져야 하네. 그렇더라도 도저히 계산이 안 나오는데?'

강권은 인력시장에서 인테리어를 하는 곳으로도 일하러가 보았기 때문에 인테리어 비용이 장난이 아니라는 걸 알 장난이 아니라이 정도 고급으로 인테리어를 하려면 최소한는 억은 들어야 할 것이다. 거기에 청담동의 임대료는 엄청비쌀 것이기 때문에 임대료가 아무리 적게 잡더라도 최소천만 원 이상은 갈 것이다.

그런데 손님이 이렇게 없으면 커피 한 잔에 1만 5천 원이 아니라 15만 원을 받는다 하더라도 도저히 수지타산을 맞출 수 없을 것 같았던 것이다.

하지만 강권이 알지 못하는 것이 있었다. 한 달 중에서 손님이 제일 적은 첫 번째 화요일 오후 4시부터 8시까지 청담동 칠 공주들이 시간당 백만 원에 임대를 하고 있었던 것이다. 그걸 모르니 의아해할 수밖에 없는 것이다.

강권이 고개를 갸웃거리고 있는데 화장실에서 일곱 명의 여자들이 깔깔거리며 우르르 몰려나왔다.

그걸 보고 있는 강권은 내심 중얼거렸다.

'송사리 떼도 아니고 여자들은 왜 화장실에 몰려갔다 몰려올까?'

이 점은 우리나라 여자들만의 행태라는 걸 강권은 알지 못했다.

---

*도화살: 사람이나 물건을 해치는 독하고 모진 기운을 살이라고 하는데 명리학에서는 음탕하고 끼가 있는 것을 가리킨다.

좋지 않은 사주를 가진 사람에게는 주색과 도박으로 인생을 탕진한다거나 배은망덕한 것으로 해석하지만 좋은 사주에는 용모가 아름답고 다정다감한 것으로 본다. 또한 현대적 해석으로는 연예인들의 사주에 반드시 있어야 할 것이라고까지 이야기한다.

제7장
제왕의 사주를 가진 사나이

일곱 명의 여자들이 우르르 몰려오더니 경옥이 강권의 눈앞에 두 장의 종이를 디밀고 사주를 봐 달라고 했다.

"강권 씨, 애들 사주 좀 봐 주세요."

'허! 내가 돈받으러 왔지 사주를 봐 주러 왔냐? 돈을 얼른 주고 보낼 것이지 뭘 사주를 봐 달라고 그래?'

강권은 내심 황당해서 구시렁거렸지만 전생의 딸인 경옥의 첫 부탁이니 만큼 딱 잘라 거절할 수 없었다.

"큼, 사주를 보는 것은 어렵지 않은데 복채가 작으면 잘 맞지 않을 텐데 그래도 보시겠습니까?"

"잘만 맞는다면야 큰 거 한 장 드리겠어요. 대신에 맞지 않으면 국물도 없어요. 아! 커피는 배 터지도록 마시게 해

드릴게요. 호호호. 여기는 무한 리필이거든요."

아가씨들이 생각하는 큰 거 한 장은 1억이었다. 반면에 강권이 생각하고 있는 단위는 그것 보다 10배는 작은 1,000만 원이었다.

정성기로 살 때 강권은 평양의 이름난 기생들의 사주를 봐 주고 1,000냥을 받은 적도 여러 번 있었다. 당시의 1냥을 지금 물가로 환산하면 대략 2만 원 정도니 어림하면 2,000만 원이다. 평양의 이름난 기생들이야 요새로 치면 수억을 버니 그 정도는 큰 무리가 아니었다. 그런데 이 아가씨들은 대부분 집에서 용돈을 타 쓸 것이니 좀 무리일 성도 싶었다. 강권은 나름 생각해서 천만 원 정도면 적당하다는 생각이 들었다.

"아! 천만 원 정도면 그렇게 하겠습니다."

"천만 원이요? 우린 1억을 말하는 건데요."

"예에?"

강권이 황당해하는 것을 본 한 아가씨가 약간 비웃는 것 같은 표정으로 한 장의 종이를 들면서 말했다.

"예, 1억이요. 경옥이 이 지지배가 하도 족집게라고 꼭 보라고 해서 보는 건데, 그런 것도 몰라요? 그건 그렇고 이게 제 사주인데 사주가 좋은가요?"

강권은 일곱 여자들에 둘러싸여 사주가 적혀진 종이를 보며 골치가 아팠다. 정성기로 살 때 자타가 공인하던 역술의 대가이니만큼 사주를 봐 주는 거야 그다지 어렵지 않았다. 하지만 일곱 여자들에게서 풍겨오는 진한 향기에 취해 제대로 숨을 쉴 수 없었다.

강권이 아무 말도 하지 않고 인상을 찌푸리고만 있자 일곱 여자들 표정에서 희비가 엇갈렸다. 경옥과 세나의 표정은 일그러진 반면 나머지 다섯 공주들은 의기양양한 표정을 지었다.

강권은 일곱 여자들 중에 제일 낯이 익은 두 여자의 표정만 일그러지자 제대로 사주를 봐 주기로 했다.

"좋습니다. 사주를 봐 드리죠. 여기 사주가 적혀 있는 두 분만 남고 나머지 분들은 자리를 피해 주시겠습니까?"

"꼭 그래야 돼요?"

"내가 원체 촌놈이 되어나서 여러분들의 진한 향수 냄새에 숨이 턱턱 막히는 것 같아서 그렇습니다."

강권이 이렇게까지 말하자 태희와 미진이만 남고 나머지 아가씨들은 옆 테이블로 옮겨 갔다. 옆 테이블에서 말하는 소리를 들으려고 귀를 쫑긋 세운 것은 물론이었다.

그런 것은 신경도 쓰지 않고 강권은 미진이가 준 종이를 보고는 사주를 풀기 시작했다.

사주를 볼 때는 가장 먼저 자신에 해당하는 일간(日干)을 보고 일간이 신왕(身旺)한가, 신약(身弱)한가를 따져야 한다. 이것을 따진 다음에 거기에 맞게 용신(用神)을 찾아야 한다.

용신이란 사주에 나타난 일생의 길흉화복을 판단하는 기준이니 만큼 제대로 된 용신을 찾아야 사주를 옳게 해석할 수 있다.

신왕한 사람은 백절불굴의 투지와 인내를 가진 사람이어서 어느 정도의 어려움은 능히 이길 수 있다. 반면에 신약한 사람은 전연 그렇지 못하다. 따라서 그걸 감안해서 용신을 찾아야 사주를 제대로 보는 것이라 할 수 있다.

강권이 나름 판단을 해 보니 보통 사주는 아니었다.

사람은 끼리끼리 논다고 보통이 아닌 경옥의 친구라면 보통일 리가 없는 것이 당연할지도 모른다.

"어때요?"

"음, 이 사주는 신왕 중에서도 극강(極强)의 사주니 비록 여자의 탈을 쓰고는 있지만 사내대장부보다 흉금이 넓겠습니다. 하지만 남편을 의미하는 정관은 없고, 샛서방을 의미하는 편관이 셋씩이나 암장되어 있는데다 도화살이 무려 세 개나 있으니 남자를 거느리려고 드는 것이 흠이라면 흠이겠지요. 게다가 인수가 일간을 받쳐 주니 엄청난 미인일 것이고 자연히 인기도 많아서 따르는 남자들도 엄청 많겠는 걸요."

"어머, 족집게다. 어쩜 그렇게 잘 맞춰요? 그럼 어때요. 잘은 살겠어요?"

사주의 주인인 홍태희가 끼어들었다.

강권은 사주를 말하는 도중에 끼어들어 말하자 기분이 좀 나빴지만 경옥의 친구라니 내색은 하지 않고 말을 이었다.

"일간(日干)이 미토(未土)에다 천간(天干)에 재성(財星)이 그득하니 이른바 잡기재성격(雜氣財星格)인데 신왕 중에서도 극강이니 내가 보았을 때는 영락없는 재벌 사주입니다. 다만 남자가 조금이라도 마음에 들었다 하면 재물 아까운 줄 모르고 갖다 바치니 어떻게 감당하겠습니까? 설령 그렇다고 하더라도 전체적인 면을 보건데 준재벌은 되겠습니다."

말은 이렇게 했지만 강권이 보기에 완전 기생 사주였다. 하지만 어떻게 당사자에게 대놓고 그렇다고 말할 수 있겠는가. 물론 세상이 바뀌어 옛날의 기생은 오늘날에는 연예인이라고 해서 스타가 되고 추앙도 받지만 듣는 사람이 어디 그런가.

강권은 문득 이 여자가 연예인이 아닌가 하는 생각이 들었다. 사주상으로는 분명 엄청 인기 있는 연예인일 것이다.

강권은 이 말을 하려다 이 사주를 내민 여자의 관상을 보았다. 그런데 턱이 각이 져 있고 광대뼈 부분이 돌출되어 있는 것이 아무리 눈을 씻고 봐도 저 관상은 기생 관상이 아니었다. 물론 예쁘지 않다는 것은 아니었지만 저런 얼굴이라면 탤런트보다는 사업가가 제격이었다.

반면 옆에서 끼어든 아가씨는 웃지도 않은데도 눈웃음을 살살치는 듯 보이는 것이 완전 기생 관상이었다.

관상감 정첨으로 있을 때 기생들 사주를 숱하게 보아 주며 공술을 얻어먹고 몸 공양까지 받으면서 터득한 관상 실력이니만큼 기생 관상을 모를 리 없었다.

"내 아무리 보아도 이 사주의 주인은 그대가 아니고 이 아가씨인 것 같은데 혹여 내가 잘못 본 것입니까?"

강권이 한참 동안 고개를 갸웃거리다가 이렇게 말하자 두 아가씨들은 서로 쳐다보면서 혀를 내두르다 이실직고 했다.

"예, 오빠 말씀이 맞아요. 경옥이 그 지지배가 하도 족집게라고 칭찬을 하기에 한 번 시험해 봤어요. 죄송합니다."

"혹시 이 사주의 주인인 홍태희 씨가 연예인이 아닙니까? 지금 대운을 맞고 있으니 연예인이라면 대한민국을 쩌렁쩌렁 울리는 스타일 것 같군요. 그리고 사주상으로는 홍태희 씨의 인기는 앞으로도 30년은 끄떡없겠습니다."

"어머, 어머, 어머. 이 오빠 너무 잘 맞춘다."

사주를 보는 사람치고 사주가 좋다는데 잘 맞추지 못한다고 생각하는 사람은 거의 없다. 아니나 다를까 강권의 말에 홍태희는 어머, 어머를 연발하며 뒤집어지고 있었다.

다른 점술가들도 대충 비슷하게 말들을 하기는 했다.

그렇지만 자신의 남성 편력에 관해 짚어 내는 사람은 단 한 사람도 없었다, 홍태희 옆에는 K1의 스타인 조용수가 버티고 있으니 어느 누구도 홍태희에게 수작을 부리지 못했다. 그리고 홍태희도 나름 조용수에게 만족하고 있으니 바람을 피우지 않은 까닭이었다. 또한 강권에게서 처음 앞으로 30년 이상 지금의 인기가 유지된다는 말은 들었다.

이런 생각을 갖고 있는 홍태희로서는 다른 사람들이 해 주지 않았던 말들을 한 강권이 인상적일 수밖에 없는 것이다.

홍태희는 혀를 내두르다 은근한 어조로 물었다.

"오빠, 저 결혼은 언제나 하겠습니까?"

강권은 홍태희의 물음에 한참 망설이다 대답을 했다.

"죄송스런 말씀입니다만 이 사주상으로 보면 태희 씨는 평생을 가야 결혼을 하기 힘들 것입니다. 그렇다고 남자가 없느냐 하면 그것은 아닙니다. 태희 씨 곁에는 항상 남자가 있지만 태희 씨가 운명적인 사람과 결혼을 하려고 하기 때문에 결혼을 하지 못하는 것입니다. 그런 사람은 아무리 눈을 씻고 찾아봐야 찾을 수 없기 때문입니다."

이 말을 끝으로 홍태희의 사주에 대해서 더 이상 말할 필요가 없었다. 홍태희도 만족하는지 더 이상 묻지도 않았다.

홍태희의 사주를 봐주고 난 후에 김미진의 사주가 적힌

종이를 들며 말했다.

"이 사주는 재벌 사주입니다. 일찍이 사업을 벌였을 것이고 지금 승승장구하고 있을 것입니다. 하지만 근래에, 아마 작년부터 중국과 마찰이 있을 것 같군요. 그렇지 않습니까?"

"어머, 오빠 그게 사주에 나와요?"

"예, 어떻게 해석하기 나름이지만 제가 보기에는 작년 찬바람이 나면서부터 중국 쪽과 엮이기 시작한 것 같군요."

"어! 오빠가 그걸 어떻게?"

작년에 태한 그룹으로부터 태한 비밀 연구소가 해킹을 당했으니 그것을 막아 달라는 의뢰가 들어왔었던 적이 있었다. 그것이 작년 10월이었으니 찬바람이 불기 시작한 때가 맞다. 그런데 이 사실은 일급비밀이어서 아는 사람이 거의 없는데 강권이 알고 있으니 어찌 놀라지 않을 수 있겠는가?

김미진은 원래 사주란 것에 대해서 허황된 것이라고 생각하고 백안시하던 터라 그 놀라움이 더 컸다. 하지만 놀라기에는 아직 일렀다.

"가는 게 있으면 오는 것도 있는 법, 작년에 중국에 한 방을 먹였는데 지금은 도리어 식솔을 잃는 참담함을 겪고 있는 것처럼 보여 집니다. 김미진 씨의 사주로는 놀라움은 있을지언정 좌절을 겪지는 않을 가능성이 큽니다. 다만 문제가 된 식솔의 사주를 봐야 확언을 할 수 있겠습니다."

사주상으로 미진이는 신금(辛金) 속했다. 명리학상으로 보면 신금은 보석이나 가공된 쇠에 속한다. 그런데 보석이나 가공된 쇠는 불을 두려워한다. 보석이나 이미 가공된 쇠는 불을 만나면 본질에 훼손을 입을 수 있기 때문이다.

문제는 중국이 병화(丙火)라는 데 있었다. 병화는 불도 큰불이다.

다행스럽게도 미진의 대운이 수운(水運)이어서 임시방편은 되었다. 거기에 임수(任水)에 해당하는 사주를 가진 자가 주위에서 보좌하고 있느니 놀라기는 하지만 크게 위험하지는 않을 운세였던 것이다.

김미진은 즉시 미림의 보안 담당 이사인 성병수에게 전화를 걸어 행방불명 된 장도진 연구원의 사주를 알아보게 했다.

—사주요?

성병수는 김미진이 뜬금없이 전화를 해서 실종자의 사주를 알아서 보고하라는 말에 어리둥절해서 물었다. 사주를 알면 실종자를 찾을 수 있다는 건가 하는 의구심이 든 까닭이었다.

"예, 사주요. 제가 알고 있는 분 중에 도력이 엄청 높으신 분이 계세요. 사주를 알면 그분의 생사라도 알 것 같아서 그래요."

—허! 알겠습니다. 그 연구원의 부모에게 물어봐서 즉각

보고드리도록 하겠습니다.

두 사람이 통화를 하는 동안 강권은 웨이트리스에게 필기도구를 해서 종이 위에 뭔가 알 수 없는 그림을 그리고 있었다.

김미진은 그 그림이 왠지 모르게 자기와 관계 있는 그림인 것 같다는 생각이 들자 물었다.

"오빠, 그게 무슨 그림이지요?"

"아! 예. 미진 씨의 선산 형상을 대충 그려 보았습니다만, 제 그림 실력이 형편없어서 알아보기 힘들지요?"

"예? 우리 선산이요? 사주에 그런 것도 나와요?"

미진은 물론이려니와 태희까지 경악을 금치 못했다. 아니, 사주를 보고 어떻게 선산을 본 듯이 그릴 수 있단 말인가? 두 사람은 도무지 이해가 되지 않아 눈이 동그랗게 변해 있었다.

강권은 겸연쩍은 미소를 지으며 그림에 대해서 설명을 했다.

"아마도 미진 씨네 선산은 본래 밭이던 곳을 미진 씨가 잉태하기 직전에 선산으로 조성하지 않았는가 싶습니다."

"어머머! 오빠, 맞아요. 정말 사주에 그런 것도 나와요?"

"꼭 사주에 나와 있다고 하기보다는 사주와 관상을 동시에 봐야 알 수가 있습니다. 제가 생각하기에는 아마 조부님

묘역을 지켜 주고 있던 당산나무 뿌리에 쥐가 집을 지은 것 같습니다. 그것은 미진 씨의 코 뿌리 부근에 나타나 있습니다. 그 부분을 관상학에서는 산근(山根)이라고 하는데 조상의 음덕과 관계있는 곳으로 봅니다. 최근 들어 산근 부근이 간질간질하고 뾰루지 같은 게 종종 돋아나곤 하지요? 그게 그것을 나타내는 징조라고 보면 됩니다."

"오빠, 그럼 그 쥐를 잡아야 하겠네요?"

"아무래도 그래야겠지요."

그때 성병수가 전화를 해서 장도진의 사주를 불러 주었다.

"오빠, 이게 장도진 연구원의 사주랍니다."

강권은 미진이 내미는 종이에 적혀진 사주를 보고 깜짝 놀랐다. 장도진의 사주는 이른바 삼붕격(三朋格)인데 일간이 강하고 관살이 일간을 돕는 형식을 가졌으니 최소한 장관급의 사주였다. 말하자면 제왕의 사주를 갖고 있는 것이다. 그리고 이런 사주라면 적어도 비명횡사하지는 않을 것이라는 생각도 들었다.

미진은 강권이 사주를 보고 깜짝 놀라자 다급한 생각에 장도진의 사주가 어떠냐고 물었다. 강권은 미진의 물음에 차분히 대답을 해 주었다.

"미진 씨, 이 사람의 사주는 좋습니다. 좋아도 엄청 좋아서 이런 사주로 연구원이 되었다는 게 이상할 정도입니다. 그렇다면 이 사건을 계기로 이 사람의 운명은 엄청 바뀔 수도 있겠다는 생각이 듭니다. 지금까지 연구실에 처박혀서 연구를 하는 운세였다면 이번 위기만 넘기면 정치가가 되어 나중에 대통령도 할 수 있을 겁니다. 물론 자기가 하기 나름이겠지만 말입니다."

"오빠, 정말이에요?"

"인간의 운명은 신이라도 어떻다고 장담할 수 없는 것입니다. 하물며 인간이 어떻게 단정을 내릴 수 있겠습니까? 사주란 것은 일종의 가능성을 예시해 주는 내비게이션 같은 것일 뿐입니다. 목표를 어떻게 정하고 그 목표에 따르겠다는 의지가 어떠냐에 따라서 미래는 완전 바뀔 수 있는 거란 말이지요. 내비게이션을 믿지 않고 갈림길에서 내비게이션과 다른 선택을 하면 도착하는 곳도 처음 생각했던 곳과는 전혀 다른 엉뚱한 곳이 될 수 있다는 것이지요."

강권은 우리나라 최초의 메이저리거 박찬호의 예를 들었다. 박찬호 선수는 청소년 세계 야구 대회에서 이름을 날리자 당시 국내 프로구단에서 계약을 하려고 했다. 그런데 박찬호 선수의 모친이 계약하지 말도록 했고 박찬호 선수는 그 구단과 계약하지 않았다. 그 후 미국 프로 구단과 계약을 했고 누적 연봉만 1,000억을 벌었다. 그런데 과연 국내 프로야구 구단과 계약을 했다면 어떻게 되었을 것인가?

미진은 강권의 얘기를 듣고 곰곰이 생각하더니 물었다.

"오빠, 그럼 여전히 장도진 씨의 생환을 장담할 수 없다는 말이네요?"

"그렇다고 봐야겠지요. 다만 생환할 확률은 굉장히 높은 편이라는 것은 확실합니다. 또 이 사람의 사주상으로 보면 귀인의 도움도 있을 것 같으니, 적어도 놀람은 있을지언정 죽거나 하지는 않을 것 같습니다."

미진은 강권의 말에 뭔가 생각을 하는 것 같더니 강권에게 간곡한 어조로 부탁을 했다.

"오빠, 우리가 장도진 연구원을 도와주면 안 되겠어요? 장도진 연구원의 사주에 나타난 귀인이 강권 씨일 수도 있잖아요? 오빠, 네에."

미진의 말에 강권은 이마를 찌푸렸다. 미진이 이 일에 개입하면 할수록 미진에 대한 위험이 더 커질 것 같다는 생각이 들었기 때문이다. 물론 어차피 이 모든 사단이 미진의 결정으로 인해서 벌어진 일이니 피한다고 능사는 아닐 것이다. 또 미진이가 위험하다고 해서 뒤로 물러나 잠자코 있을 여자가 아니었다. 그리고 결자해지라는 관점에서도 미진이가 적당한 선에서 개입은 해야 할 것이다.

게다가 쓸데없는 일에 개입을 하는 것 같아서 내심 시큰둥하게 생각했었지만 강권은 실종된 연구원의 사주를 떠올리고는 생각을 바꾸었다. 제왕의 사주가 자신의 눈에 띄지 않았다면 모르되 자신의 눈에 띈 이상은 그를 도와주어야 한다는 생각이 들었기 때문이다. 강권은 나직이 한숨을 내쉬며 말했다.

"좋습니다. 내 비록 힘은 없지만 한 번 나서 보겠습니다. 그렇지만 조건이 있습니다. 이 일에 나 혼자만 나서겠다는 것입니다. 다른 사람은 지켜보고 있으란 말이지요. 그렇게 해 주실 수 있겠습니까?"

"와! 당근이죠. 족집게 도사에다 무술에 능통하신 오빠가 나서시면 당연히 해결이 될 것인데 우리가 뭣하러 나서겠어요? 우리가 나선다고 도움이 될 것도 아니고, 안 그래요? 오빠."

미진이 이렇게까지 말하자 강권은 어깨가 무거워져 한숨이 절로 나왔다. 강권이 알고 있기로 사주로는 운명을 100% 알 수 없고 게다가 그 사람의 운명에서 사주나 관상 등이 차지하는 비중은 불과 10% 미만이었다. 나머지 90%는 전적으로 자기가 하기 나름이다. 그런데 사람들의 의지가 다 고만고만하기에 사주나 관상이 전부인 것처럼 보여지고 있는 것이다.

더 볼 필요도 없이 경옥과 세나의 압승이었다. 내기에 져서 4천만 원이란 큰돈이 나갔지만 세린만이 인상을 찌푸릴 뿐, 다른 아가씨들은 전혀 개의치 않았다. 김미진과 홍태희는 판돈 4천에 더해 1억이란 거금이 나갔지만 오히려 강권처럼 잘 맞추는 족집게 도사를 만난 것에 즐거워했다.

그런데 세린이 인상을 썼던 것도 돈이 아까워서가 아니라 사실은 앙숙인 경옥과의 내기에 졌다는 것 때문이었다. 다른 아가씨들도 자기 사주를 봐 달라고 난리가 아니었지만 강권은 크게 나쁜 것이 없으니 굳이 볼 필요도 없다는 말로 딱 잡아떼었다.

다른 능력은 쓰면 쓸수록 늘지만 예지능력만큼은 쓰면 쓸수록 기가 빠져서 몸에 좋지 못한 영향을 끼치기 때문이었다.

게다가 예지능력을 사사로이 쓰는 것은 엄청 조심해야 할 일이었다. 천기를 읽는다는 것은 몸을 정갈히 한 연후에 특별한 날을 기다려 행해야 한다. 그렇지 않으면 정반대의 결과가 나올 수 있었다. 하늘의 그물이 성긴 것 같아도 어느 것 하나 빠져나갈 수 없다는 말이 거기에서 나오는 것이다.

"그런데 중국과는 어떻게 알력이 생긴 것입니까? 그것을 알아야 올바른 대책을 세울 수가 있을 것 같습니다. 아무리 생각해도 장도진 연구원의 행방불명이 중국과 관계 있는 것 같은 기분이 들거든요?"

"그것은 우리 회사의 일급비밀인데……."

미진은 이렇게 말하며 머뭇거리다가 강권에게 말해 주는 것이 나을 것 같다는 생각이 들자 한숨을 쉬며 자초지종을 말했다.

"오빠도 아시다시피 작년에 명희네 회사인 태한 그룹 산하의 연구소를 어디선가 해킹을 한 적이 있었어요. 그래서 태한 그룹에서는 우리 미림에 누가 해킹을 했는지 의뢰를 했었지요. 우리 미림은 해킹한 곳을 추적하던 중에 가까스로 그들의 정체를 밝혀낼 수 있었어요. 그런데 알아보니 중국 첩보 기관인 MSS(중국 국가안전부) 부설 사이버 전략 연구소였어요. 그래서 우리 미림에서는 그곳에 역으로 해킹해서 그곳 컴퓨터에 있던 것들을 죄다 가져와 버리고 은밀하게 치우천황이라는 일종의 *백 오리피스(Back Orifice)를 심어 두었답니다. 그렇게 해서 알력이 생기게 된 것이지요."

"그럼 그들이 그 사실을 알고 보복하고 있단 말입니까?"

"오빠, 그것은 아닐 거예요. 치우천황은 여전히 잘 가동되고 있거든요. 아마 그것보다는 우리 미림에서 그들의 공작을 차단시켰다는 것을 알고 거기에 대한 보복 차원에서 우리 회사의 연구원을 납치했을 가능성이 커요."

미진의 말에 중국 영사부 건물에 잠입을 했을 때 만났던 자들이 생각나는 것은 어인 일인가. 강권은 자신이 갖고 있는 예지능력을 처음으로 사용해 보려는 의도로 전신에 무진신공을 유포시켰다. 땅은 본디 누르다. 강권이 무진신공을 유포시키자 강권의 몸은 은은하게 황금빛으로 빛나기 시작했다.

강권이 몸을 황금빛으로 물들이며 뭔가 골똘히 생각하고 있자 옆 테이블로 옮겨 갔던 다른 다섯 공주들이 이쪽으로 슬금슬금 옮겨 왔다. 두 사람의 사주를 다 보았다고 판단한 듯했다.

설사 그렇지 않다고 하더라도 은은하게 황금빛으로 빛나는 강권에게 엄청 호기심이 생겨서 강권의 옆으로 왔을 것이다.

그때 김미진이 사색에 잠겨 있는 강권을 꼭 끌어안았다. 그것을 본 다른 육 공주들이 분노에 찬 노성을 질렀다.

"이 지지배야, 우리 강권 씨에게서 안 떨어져?"

이렇게 말한 아가씨는 오늘 이전에는 강권과 일면식도 없던 박채연이었다. 언제 봤다고 우리 강권 씨인가? 그런데도 가관인 것은 미진이 콧방귀도 뀌지 않고 강권의 품에 안겨 눈을 지그시 감고 희열에 파르르 몸을 떨어 가면서 강권의 가슴을 더듬는다는 것이었다. 딱 사랑하는 애인을 애무하고 있는 여인의 손길이었다. 그런 미진의 모습이 보기가 눈꼴시었던지 이번에는 세린이 미진을 강권의 품에서 강제로 잡아뗐다.

자존심이 강한 미진이 가만히 있을 리 없다.

"이 지지배야, 왜 그러는데?"

"이 지지배야, 너 혼자 우리 오빠를 독차지하겠다는 거야?"

채연이 우리 강권 씨 하더니 세린 역시 우리 오빠였다. 세린은 나머지 오 공주들의 지원을 등에 업고 있다는 듯 의기양양하게 미진을 힐책했다. 그렇지만 미진은 전혀 개의치 않고 태연하게 대꾸했다.

"독차지하라면 못할 것도 없지. 근데 이 지지배야, 내가 왜 그러는지 이유를 알고나 그러는 거야?"

"그래, 그 어줍은 이유나 들어 보자. 도대체 네년이 바람난 유부녀가 샛서방 끌어안듯이 우리 오빠를 꼭 끌어안고 몸을 바르르 떠는 이유가 뭔데?"

미진은 처녀로서 차마 듣지 못할 말을 들었으면서도 배시시 웃으며 대답했다.

"세린, 이 지지배야, 너 질투하는구나? 나야, 우리 회사에 중요한 일을 맡으신 오빠의 사이즈를 알아서 보호복(保護服)을 만들어 드리려고 그런다. 총알에도 견디고 폭탄에도 끄떡없는 그런 보호복 말이야. 너는 우리 오빠, 우리 오빠 하면서도 그런 생각을 해 보기나 했어?"

세린은 미진의 말에 말문이 막혔다.

하지만 국내 최연소 공학박사라는 타이틀을 갖고 있는 자부심이 강한 세린이 미진의 말에 그대로 수긍할 리 없다.

"이 지지배야, 그게 말이나 돼? IT기업인 미림이 언제부터 첨단 소재로 방탄복을 만들었는데?"

"앞으로 만들 거다. 왜 떻어?"

"너네 미림은 IT기업 아니었어?"

미진은 어안이 벙벙해진 육 공주들을 바라보며 의기양양하게 말했다.

"이것은 우리 미림의 극비지만 니들이니까 말해 줄게. 비밀은 꼭 지켜야 해."

미진은 큰 선심을 쓰듯 다짐을 받고 말을 이어 나갔다.

"명희 이 기집애는 이미 아는 얘기지만 작년 가을에 태한 그룹 산하의 연구소를 어디선가 해킹을 한 적이 있었어. 우리 미림의 **방법이 정평이 나 있잖아. 그것을 모를 리 없는 태한에서는 당연히도 우리 미림에 해킹을 막아 달라는 요청을 해 왔어. 우리 역시 당연히 응했지. 그리고 지구를 아홉 바퀴나 돌고서 겨우 해킹한 자들을 찾을 수 있었어. 우리 미림에서는 그곳에 역으로 해킹해서 그곳 컴퓨터에 있던 것들을 죄다 가져와 버리고 은밀하게 치우천황이라는 일종의 백 오리피스(Back Orifice)를 심어 두었어. 그런데 그곳에서 빼내 온 자료를 분석하던 중에 앰비패러카본이라는 신물질의 제조법이 있는 것을 발견했어. 이상한 것은 그 앰비패러카본이 비슷하면서도 서로 다른 몇 개로 쪼개져서 있었다는 것이야. 심지어는 이름까지 다른 것도 있었다.

아마도 여러 곳에서 자료를 수집한 것이 아닌가 싶어."

"앰비패러카본?"

"너희들도 생각해 봐. 앰비는 둘을 나타내는 접두어 Ambi를, 패러는 이상향을 패러다이스를, 카본은 탄소를 의미한다는 것을 척 보면 알겠지? 그래서 그게 이상적인 탄소섬유의 제조법이라는 것을 짐작하고 임원진 회의를 열어서 비밀리에 앰비패러카본을 제조하기로 결의를 했고, 실제로 제조를 해 보았지."

"그래서?"

"앰비패러카본은 예상했던 대로 일종의 탄소섬유였어. 강도는 강철의 100배 이상, 원래 길이가 두 배는 늘어날 수 있는 정도로 유연성이 있고 무게도 엄청 가벼워. 게다가 경이로운 것은 본래는 부도체인데 특정한 성분을 첨가하면 구리의 수십 배에서 수백 배나 성능이 뛰어난 전도체가 된다는 거야."

"……"

"이 앰비패러카본은 항공기, 군함, 장갑차, 자동차 등의 외장에 쓰면 내구성은 물론이고 연료 효율이 엄청 좋아져. 그리고 방전복(放電服)이라든가 헬멧, 방탄복 등의 특수 용도의 옷은 물론이고 평상복을 만드는 것도 충분히 가능해. 생각해 봐, 옷을 만들면 두 배가 늘어날 수 있으니까 아들 옷을 아버지가 입어도 되고 아버지 옷을 아들이 입어

도 될 것 아니겠어? 아마 생활에 획기적인 변화를 가져올
거야."

"와! 엄청난 거네?"

세린이 감탄을 했다. 세린이 무기화학을 전공해서 박사
학위를 받은 만큼 탄소섬유에 대해서 잘 알고 있었다.

탄소섬유는 알루미늄보다 가볍고 강철에 비해서 탄성과
강도가 뛰어나다. 이런 특성으로 인해 각종 스포츠 용품,
항공우주산업, 자동차, 토목건축재, 전기전자, 등 각 분야
에 쓰이지 않는 곳이 없을 정도였다. 그런 만큼 어떻게 제
조하느냐에 따라 그 종류도 다양했고 부가가치도 엄청났다.

또한 미진의 말대로라면 기존에 나온 어떤 탄소섬유보다
경쟁력이 있었다. 우선 탄성과 강도가 뛰어나니 미진이 말
처럼 방탄복 제조에도 쓰일 수 있고 자동차나 항공기 동체
로도 쓰일 수 있다. 게다가 부도체와 전도체의 성질을 띠면
서 동시에 탄성력이 뛰어나다면 해저케이블에 유용하게 쓰
일 것이다.

이 앰비패러카본으로 전선을 만들어서 땅속에 깔면 전신
주나 송전탑이 필요 없을 것이고 어지간한 지진에도 안전할
것이다. 한마디로 말해서 엄청 돈이 되는 획기적인 소재가
아닐 수 없었다.

"그런데 그 해킹한 곳 말이야. 어디였어?"

"전 세계를 아홉 차례나 돌아서 확실한 것은 모르겠는데

아마도 중국이 아닌가 싶어. 우리도 확신하지는 못하는데, 아마도 베일에 싸여 있는 중국의 첩보 기관인 MSS(중국 국가안전부) 산하의 사이버 전략 연구소가 아닌가 싶어."

"중국의 첩보 기관 MSS?"

"그래, MSS. 근래에 중국이 갑자기 급부상하고 있잖아. 워낙에 인구가 많아서 나름 저력이 있는 것도 그 원인이 있지만 상당 부분은 산업스파이를 활용해서 세계 각국의 첨단 기술과 고급 경영 정보를 빼간 결과래. 우리나라에 대략 2,000여 명의 산업스파이가 암약을 하고 있는데 그중의 반 이상은 중국의 산업스파이라는 게 공공연한 비밀이래."

"뭐야? 그런 것들을 그냥 둔다는 말이야?"

"호호호, 내가 누구냐? 걔네들 전산망에 치우천황 님을 강림시켜 두었잖아. 앞으로 걔들이 모으는 자료들은 전부 우리 미림 전산망으로 들어오게 되어 있어. 재주는 뭐가 넘고 돈은 누가 챙긴다는 말을 요런 때 쓰나?"

강권은 명상을 하여 나름 미래에 대해서 알아보던 중에 자신에게 좋지 않은 일이 벌어질 것 같다는 불길한 예감만 얻고 명상에서 깨어나는 순간 미진이와 세린이 주고받는 말을 들었다.

그 말들의 대부분은 알아들을 수 없었지만 남산 중국 영사부에서 보았던 자들의 정체는 나름 알아낼 수 있었다.

'아! 그놈들이 MSS인가 하는, 거기 소속인 모양이구나. 산업스파이라…… 그럼 불길한 예감은 그놈들과 관계 있다는 것인가?'

사실 강권은 자신의 도자기가 깨진 것과 관계된 자들에 엄청 분개하고 있던 터라 그자들이 우리나라의 산업 기밀을 빼가는 스파이라는 것에 혼내 주겠다는 결심을 한층 더 굳혔다.

하지만 자신에게 좋지 않는 일이 벌어질 것이라는 예감을 들자 녀석들과 부딪힐 때 최대한 조심하기로 했다.

그런데 그 불길한 예감이 그들과는 상관이 없다는 것을 안 것은 얼마 지나지 않아서였다. 물론 그의 예지능력이 아직 궤도에 오르지 않았기 때문이다.

*백 오리피스: 원격 시스템 제어 기능을 하는 컴퓨터 바이러스의 일종으로 설치와 사용 방법이 매우 간단하지만 사용자는 그것이 설치되고 작동하고 있는지도 모른다.
**방법: 신어로 인터넷상에서, 호되게 꾸지람을 주거나 벌을 주는 일을 가리킴.

제8장
바람이 나무를 흔들다

강권이 아가씨들에 둘러싸여 한창 얘기를 하는 중에 홍태희가 사귀고 있는 조용수가 왔다. 평소 같으면 칠 공주들이 일제히 반겼을 것인데 어쩐지 오늘은 조용했다. 그리고 보니 평소 칠 공주들이 차지하고 있었을 테이블에 어떤 녀석과 김미진, 홍태희만 앉아 있고 나머지들은 옆 테이블에 있었다.

　처음 보는 녀석이었다. 조용수는 자기를 보았을 것인데도 전혀 아는 체를 하지 않는 칠 공주들에게 은근히 뿔이 났다.

　'이년들 봐라, 내가 누군데 그런 나를 감히 장기판의 졸 취급을 한다는 말이지?'

조용수는 K1에 등장하자마자 단 세 번 싸워 입지를 굳혔다. 그 후에 홍태희를 만나 K1보다는 연기 쪽에 주력하고 있지만 MMA(Mixed Martial Arts), 종합 격투, 어느 쪽에서도 강자로 대접받고 있는 스타였다. 자타가 공인하는 스타인만큼 스스로에 대한 자부심이 무척이나 강한 인물이었다. 그런 조용수가 자존심에 상처를 입고 그대로 지나칠 리 없다.

하지만 조용수가 아무리 스타라고 하지만 청담동 칠 공주들이 어떤 아가씨들이라는 것은 익히 알고 있었다. 그녀들과 자신은 비교조차 하지 못할 정도로 차원이 달라 그녀들에게 무작정 화를 낼 수 없었다. 지금 이곳에 들어올 수 있었던 것도 따져 보면 홍태희와 알고 지내는 사이였기 때문이다. 조용수의 일행은 이곳에 들어오지 못하고 근처 카페에서 조용수를 기다리고 있는 중이었다.

조용수의 치민 울화통을 달랠 만한 녀석이 하나 있기는 했다. 물론 최강권이었다.

'사내는 주먹으로 말하지, 맞장을 떠서 깨지게 되면 천하없어도 꼬리를 내리는 게 사내들이고. 그게 천고의 진리지.'

조용수는 내심 녀석을 박살을 내도 칠 공주들이 계속 녀석을 감싸고돌까 하는 생각을 갖자 은근 기분이 좋아졌다.

'그런데 녀석에게 어떻게 시비를 걸지?'

조용수는 칠 공주들의 관심을 한 몸에 받고 있는 강권을 어떻게 박살낼까 고심을 했다. 녀석은 자기가 노리고 있는 줄도 모르고 홍태희의 사주를 봐 주고 있었다. 녀석의 행동을 보면서 조용수는 생각나는 것이 있어 내심 가소로움을 느꼈다.

'푸웃, 꼴에 여자를 후리시겠다고?'

조용수에게 있어 최강권은 허여멀건 한 것이 아무리 봐도 딱 기생오라비 정도로 밖에로는 보이지 않는다. 언젠가 자칭 카사노바라는 그의 친구가 여자를 꼬드기려면 가장 먼저 여자의 방어 본능을 무너뜨려야 한다고 했다. 녀석의 말에 따르면 방어 본능을 무너뜨리는 첫걸음은 스킨십에서부터 시작한다는 것이었다. 그래서 여자들에게 수작을 부릴 때 보통 사주를 봐 주겠다느니, 관상을 봐 주겠다느니 하면서 스킨십을 시작한다는 거다. 실제 조용수도 첫사랑에게 수상을 봐 준다면서 손을 잡았고, 관상을 봐준다면서 키스에 성공한 적도 있었다. 벌써 십여 년 전의 일이다.

그런데 가관인 것은 나이도 어려 보이는 녀석에게 청담동 칠 공주들이 죄다 오빠라고 부른다는 것이었다. 대스타인 자기에게도 부르지 않은 호칭이었다. 그렇잖아도 자존심이 상해 있는 조용수는 그 꼴을 보고 눈에 불통이 튀었다. 그렇지만 지금은 묵묵히 참아야 할 때다.

'풋, 저런 돌팔이 새끼를 족집게라고? 족집게가 엊그제 추위에 다 얼어 죽었다지 아마?'

조용수가 강권을 돌팔이라고 단정하는 이유는 태희의 사주풀이를 듣고 난 후였다. 바로 얼마 전 태희가 자기한테 결혼하자고 했었는데 그런 태희에게 평생 가야 결혼을 하지 못한다니 그게 어디 말이 될 법한 소리인가. 그런데 이상한 것은 태희가 돌팔이의 말에 동조를 하는 것 같은 분위기였다.

'쟤는 또 왜 저러는데? 세 달도 아니고 불과 삼일 전에 나한테 결혼하자고 한 말은 또 뭐고?'

여자가 질투하면 오뉴월에 서리가 내린다 했다. 그렇지만 남자들의 질투는 전쟁을 일으키게 하고 애꿎은 피를 보게 만드는 게 천고의 진리인 법이다. 조용수가 강권에게 시비를 붙일 기회를 엿보고 있는데 나머지 다섯 공주들이 테이블에 합석을 해서 한참이나 떠들다 그제야 조용수를 발견했는지 인사를 했다.

"어! 용수 씨, 언제 왔어요?"

'이년들아, 내가 이곳에 온 지 벌써 한 시간은 됐을 거다.'

조용수는 이 말이 튀어나오려는 걸 가까스로 참고 억지웃음을 지으며 태연을 가장하고 대꾸했다. 이때가 강권이 무진신공을 돌리면서 불길한 예감을 느꼈던 바로 그 무렵이었다.

"온지 좀 됐습니다. 그런데 이 사람에게 사주를 본다면서 아무도 알아보지 못하더군요."

"아! 그랬구나. 용수 씨, 이분 너무 잘 맞추는 것 같으니 한 번 봐 봐. 중요한 시합이 얼마 남지 않았잖아."

'이년 보게, 항상 자기라고 했으면서 지금은 용수 씨라고? 이놈이 그렇게 맘에 든단 말이지?'

*의심암귀(疑心暗鬼)라고 일단 태희의 말에 불신을 갖자 사소한 말까지 의심을 품게 되었다. 그렇지만 태희에게 대놓고 막말을 할 수는 없었다. 태희는 지금 톱클래스 스타인데 비해 자신은 겨우 떠오르는 신성일 뿐이었다. 게다가 자신이 스타가 될 수 있었던 이면에는 홍태희의 도움이 컸다. 대한민국의 모든 영역에서 그렇듯 연예계도 학연, 지연, 인맥의 영향이 컸던 것이다.

"그래? 그럼 한 번 봐 볼까?"

조용수는 그렇잖아도 강권에게 시비를 걸 건수를 찾고 있었기 때문에 이렇게 심드렁하게 대꾸하고는 강권에게 말했다.

"이봐, 형씨. 들었지? 나 사주 좀 봐 주게."

강권은 조용수의 삐딱한 말이 귀에 거슬렸다. 그럼에도 불구하고 강권은 싫은 내색을 하지 않고 부드럽게 대답했다. 불과 1년 전만 해도 조용수의 광팬이었기 때문이다.

"저는 그저 취미로 명리학(命理學)을 익혀서 남의 사주를 봐 줄 정도는 아닙니다. 이해해 주십시오."

"하! 이 친구 보게, 여자들은 봐 주고 남자인 나는 거절한다라. 형씨, 이거 같은 사내의 입장에서 너무한다고 생각지 않는가? 게다가 나보다 나이도 훨씬 어린 것 같은데 이 형님을 그렇게 차별하면 안 되지. 이 형님은 자네가 생각하고 있는 것처럼 그렇게 간단한 인물이 아니거든. 자네는 이 점을 어떻게 생각하나."

말이 짧다. 조용수의 말투에 적의가 배어 있었다. 시비를 거는 것이리라. 외유내강한 강권은 먼저 시비를 걸지는 않았지만 걸어 오는 시비를 한 번도 거절해 본 적이 없었다.

'이거 웃기는 놈이군. 자기가 나보다 몇 살이나 많다고 함부로 말을 놓으려고 들어?'

한때는 자신이 조용수의 팬이었다고 하더라도 자신은 그 때의 최강권이 아니었다. 작고 약했던 예전의 강권에게는 조용수가 우상이었을지 모르지만 누구보다 강해진 지금의 강권에게 있어 조용수는 그저 그런 정도에 지나지 않았다. 조용수 정도가 백 명이 덤벼도 눈 하나 깜짝하지 않을 최강권인 것이다. 특히 역술가의 입장에서 조용수의 상을 볼 때 한순간 반짝 잘나가고 있는 그렇고 그런 중생에 불과할 따름이었다.

강권은 이런 성격을 가진 녀석들을 상대한 전생의 경험도 많아 녀석을 어떻게 상대하면 어르고 뺨칠 수 있는지 또한 알고 있었다.

'스스로 족함을 알고 물러서면 본전은 건질 수 있겠지만 끝까지 자존망대해서 분수를 모르고 덤비겠다면 갖고 있는

것을 깡그리 털어 주겠다. 조용수 너는 어떤 결정을 내릴래?'

강권은 내심 이런 결정을 내리고는 미소 띤 얼굴로 차분하게 대꾸했다.

"본인이 스스로를 그렇게 대단한 인물이라고 생각하고 있다면 사주를 한 번 보고 싶은 생각도 드는군요. 그럼 사주를 불러 주시겠습니까?"

강권이 사주를 봐 준다고 사주를 불러 달라고 하자 정작 조용수는 망설이지 않을 수 없었다. 홍태희가 자기보다 두 살이나 나이가 많아서 무려 세 살이나 속였기 때문이다. 연상이 유행하고 있는 세태라 사실 여자가 한두 살 나이가 많은 것은 아무런 흉도 아니었다. 그런데 조용수는 자기와 혈연관계가 없는 또래의 여자들에게 누나라고 부르는 것을 싫어해서 그렇게 했다. 그러니 홍태희가 듣고 있는 곳에서 본래의 사주를 불러 줄 수 없었다. 나름 순진한 구석이 있다는 증거였다. 조용수는 약간 고민을 하다 본래 나이보다 세 살 많게 불러 주었다.

사주(四柱)는 태어난 년, 월, 일, 시를 각각 년주(年柱), 월주(月柱), 일주(日柱), 시주(時柱)로 잡아 구성된다. 각 주는 천간(天干)과 지지(地支) 두 개로 구성되어 있어 팔자가 되는 것이다.

그래서 년주가 잘못되면 팔자 중 두 개가 틀어져 결과가 전혀 틀리게 된다.

아니나 다를까 강권은 조용수가 사주를 불러 주자마자 들은 대로 백지에 적더니 고개를 갸웃거리면서 물었다.

"이게 정말 본래 사주가 맞습니까?"

"그럼 본래 사주지, 아닐까 봐?"

강권은 사주를 들여다보며 무언가 한참 따지더니 단정하듯 말했다.

"불러 주신 사주는 이미 죽었어야 할 사람의 사주군요. 그래서 가만히 생각해 보니 계유(癸酉)생이 아니고 병자(丙子)생이라야 모든 게 딱 맞아 떨어지겠군요. 병자생으로 해서 봐 줄까요?"

'이 자식 이거 정말 족집게 아냐?'

조용수는 내심 섬뜩했지만 홍태희가 옆에 듣고 있었기 때문에 본래 사주로는 도저히 볼 수 없었다. 아무것도 아닌 일이지만 그 아무것도 아닌 일이 남녀 사이에서 큰 역할을 할 수도 있다는 것쯤은 조용수도 나름 알고 있었기 때문이다.

궁지에 몰리면 일단 신경질부터 부리는 것이 단순한 남자들의 행태다. 조용수도 거기에서 크게 벗어나지 않아 벌컥 화부터 냈다.

"이 자식 지금 뭔 말을 하고 있어? 그러니까 내가 지금 나이를 속이고 있다는 거야 뭐야?"

"도둑이 제 발 저리다는 말이 있습니다. 조용수 씨, 그러신가요?"

"뭐야? 이 자식이, 보자보자 하니까 내가 보자기로 보이냐? 지금 나랑 해 보자는 거야, 뭐야?"

"하시든지 말시든지 그것은 추호도 상관이 없습니다. 그렇지만 지금 불러 준 사주는 이미 죽은 사람의 사주니까 나는 더 이상 할 말이 없습니다. 그리고 내가 구차하게 굳이 이런 말을 하는 이유는 병자생으로 보면 국회의원이나 장관이 될 정도의 귀한 사주이기 때문입니다. 그런데 주먹질이나 하고 배우가 되려고 하면 자기 복을 다 찾아 먹지 못할 가능성이 매우 큽니다. 어떻게 하시겠습니까? 죽은 사람으로 남겠습니까? 아니면 본래의 사주로 보시겠습니까? 알아서 하십시오."

강권은 천하의 조용수 앞에서 당당했다.

그런 강권이 묘하게 자신을 도발하고 있다는 느낌이 드는 것은 왜 일까?

'이 녀석이 정말 죽고 싶어서 환장했나?'

조용수는 자기 사주가 좋다고 하니까 기분이 다소 풀리기는 했지만 그렇다고 강권에 대한 유감이 완전히 해소된 것은 아니었다. 기분이 나쁜 것은 기생오라비처럼 호리호리한 녀석이 세계 격투기계에서도 알아주는 자기에게 전혀 겁먹지 않는다는 것이었다.

'한주먹감도 되지 않는 이 녀석을 패? 마라?'

조용수는 내심 고심을 하다 녀석의 도발에 응해서 본때를 보여 주기로 했다. 그렇게 결정을 한 조용수는 자리에서 일어나며 강권에게 말했다.

"정말 하든지 말든지 상관이 없다는 거냐? 그럼 사내답게 한 번 맞장을 떠 보자. 이리 나와."

강권은 조용수의 뭣 때문에 이런 행동을 하고 있는지를 깨닫고 자기도 모르는 사이에 실소가 나왔다. 강권이 비웃는 듯 비릿한 미소를 짓는 것을 본 칠 공주들은 안색이 달라졌다. 강권의 그런 행동은 그녀들이 보기에도 도발을 하는 것처럼 비쳐졌기 때문이다.

'하룻강아지 범 무서운 줄 모른다더니 이이가 정말 정신이 있는 거야 없는 거야?'

강권에게 나름 강권에게 친밀감을 갖고 있는 노경옥은 정말 싸움이라도 벌어질까 봐 다급하게 소리쳤다.

"조용수 씨, 그게 무슨 말이에요? 프로가 어떻게 일반인하고 싸움을 하자고 할 수 있단 말이죠?"

"경옥 씨, 그럼 일반인 녀석이 겁도 없이 프로에게 저런 식으로 도발을 하는 것은 괜찮다는 거요? 그리고 말이 나왔으니 말이지만 저딴 녀석이 나와 싸움을 할 수 있는 주제나 된다고 보시오?"

"그야 그렇지만, 그래도……."

그런데 정작 겁을 먹고 꼬리를 말고 있어야 할 강권은 아무렇지도 않다는 듯 태연하게 말했다.

"미리내야, 걱정하지 마라. 나는 네가 생각하고 있는 것처럼 그렇게 허약하지 않아. 인사동에서 너도 봤잖아? 다만 나는 저 친구가 괜히 나에게 얻어맞고 인생무상 삶의 회의를 느껴 자칫 자살이라도 할까 봐, 오히려 그게 걱정이로구나. 하지만 저 친구를 위해서도 적당한 좌절이 필요할 거야."

강권의 말은 격투기계의 강자에게 자기가 이긴다고 공언하는 것이었다. 그것은 누가 보아도 명백한 도발이었다.

그런데 강권의 도발에 길길이 날뛰어야 할 조용수는 조금도 화를 내지 않았다. 너무 같잖고 가소로우면 어처구니없어서 도리어 화를 내지 않는 법이다. 조용수는 강권의 도발에 차분한 어조로 대꾸했다.

"친구, 왜 지금 이 순간에 내 뇌리에 **선자불래(善者不來) 내자불선(來者不善)이라는 말이 스쳐 지나가는지 모르겠네. 그런데 과연 자네가 관을 보지 않으면 눈물을 흘리지 않는다는 말의 의미를 알고 있는지 모르겠네."

"친구라? 그거 좋지. 그런데 과연 자네가 내 친구가 될 자격이 있는지 모르겠네. 그리고 또 말이 나왔으니 말이네만 나는 과연 자네가 우물 안 개구리가 무슨 의미인지 알고나 있는지 모르겠네."

조용수가 중국 속담을 말하자 이에 녀석이 우리나라 속담으로 응수하는 것에 더 화가 났다. 심사가 뒤틀린 조용수의 귀에는 자기는 신토불이의 실천자고 너는 줏대도 없는 녀석이라고 하는 것처럼 들렸다.

'아니, 이자식이 정말.'

그것을 떠나서 이런 식으로 대꾸하는 것은 누가 보아도 막가자는 것이 아닐 수 없었다. 조용수는 더 이상 참을 수 없어 이 애송이에게 본때를 보여 주기로 결심했다.

"야, 주둥아리만 놀리지 말고 사내답게 주먹으로 대화를 하는 게 어떻겠냐?"

"나야 좋지. 그런데 자네는 대화가 뭔지 알고 있겠지? 똘마니들처럼 싸울 게 아니라 한 대씩 주고받는 게 어때? 겁이 나면 그만두어도 좋고."

'뭐? 똘마니들.'

옆에서 들으면 아무것도 아닌 말이 희한하게 조용수의 심사를 긁고 있었다. 조용수는 울화가 치밀어 버럭 소리를 질렀다.

"이 자식 정말 미친 놈 아냐? 너 정말 내가 누군지 모르고 있는 거야?"

"K1에서 13전 13승 13KO. 그런 전적을 믿고 자존망 대하고 있는 우물 안 개구리겠지? 왜? 내가 그 정도로 우쭐하는 자네의 그릇을 잘 모르고 있는 것 같은가? 그래서 내가 자네를 우물 안 개구리라고 말한 거야. 정작 진인은 저자거리에 있다는 진리를 자네는 모르고 있겠지."

촌철살인이라 했던가. 녀석은 정말 사람의 화를 돋우는 데 천부적인 소질을 갖고 있는 것 같았다.

조용수는 아무리 생각해도 자기가 누구라는 것을 알고도 감히 도발을 하고 있는 강권의 저의를 알 수 없었다.

'이 자식을 정말 죽여, 마라?'

조용수는 여자들 앞이라고 죽을 줄도 모르고 큰소리를 치려는 녀석이 갑자기 불쌍해 보였다. 그러자 치밀어 오른 화가 수그러짐을 느끼고는 차분한 어조로 말했다.

"하하, 그걸 알면서도 감히 나에게 도발을 하고 있단 말이지?"

"하하, 입은 삐뚤어졌어도 말은 바로 하자는 말이 있지? 정확히 말하자면 내가 먼저 도발을 한 게 아니고 자네가 먼저 나에게 도발을 한 거야."

"하하하하, 이거 어린 친구에게 한 방 먹었군. 좋아, 아까도 말했지만 사내라면 입으로 수다를 떨 것이 아니라 주먹으로 대화를 해야겠지. 사내답게 시작해 보자고. 자네가 먼저 시작하겠나?"

"내가 먼저 시작하면 자네는 기회도 없을 걸세. 그러니 자네가 먼저 하는 게 좋겠네."

세간에 알려지지는 않았지만 사실 조용수는 우리의 전통 무예인 선인무(仙人舞)의 고수였다. 발경의 경지에 올라 있으니만큼 그 누구라도 자신의 한 방에 정통으로 맞으면 골로 간다고 장담할 수 있었다. 간단하게 말해서 단단하다는 조약돌을 바스러뜨릴 수 있는 주먹에 맞고 멀쩡할 사람이 누가 있겠는가. 그런 정도의 고수가 아니라고 해도 K1 전적이 13전, 13승, 13KO의 하드펀처였다. 그 누구라도 쉽게 보지 못한다는 말이었다.

그런데 먼저 때리라니 이자식이 도대체 제정신이란 말인가? 조용수는 다른 것은 몰라도 녀석의 배짱만큼은 인정할 수밖에 없었다.

조용수는 강권의 빼질빼질한 얼굴을 쳐다보다 녀석이 너무 얄밉게 보여 혼꾸멍을 내 주기로 했다.

"그래? 그것도 좋겠지. 그럼 들어가겠네."

조용수는 잘못하다간 애먼 송장을 치를 것 같은 생각이 들어 녀석의 턱을 때릴까 복부를 가격할까 고민을 하다 녀석이 너무 밉상으로 여겨져 턱을 후려쳤다.

퍽!

순간 조용수는 주먹에서 묵직한 기분이 들었다. 지금껏 후려친 중에 제일 손맛이 좋았다. 그러니 결과는 보나마나일 것이다.

'이 새끼 이제 더 이상 허튼소리는 못하겠지?'

조용수는 의기양양하게 쓰러진 녀석을 비웃어 주려다 뭔가 이상한 것을 느꼈다. 녀석은 쓰러지기는커녕 영화에서 이소룡이 하는 것처럼 고개만 좌우로 꺾고 있는 것이 아닌가? 마치 무슨 일이라도 있었냐는 태도였다.

"이, 이럴 수 없어……."

조용수는 망연한 표정으로 중얼거렸다.

조용수의 말대로 인간이라면 이럴 수는 없었다. 조용수
는 13전, 전승, 13KO가 말해 주듯 자타가 공인하는 하드
펀처다. 그런 그였기 때문에 완전 무결점의 챔피언이라는
GSP도 조용수의 도전을 받아들이지 않을 정도였다. 그런
주먹을 정통으로 맞고 어떻게 전혀 충격을 받지 않는단 말
인가?

더군다나 시합 도중에도 아니고 상대가 전혀 피하지 않
은 상태에서 작정하고 마음껏 후려치는 주먹을 맞았는데도
어떻게 끄떡하지 않을 수 있단 말인가? 절로 고개가 절레
절레 저어졌다.

그런 조용수를 보며 강권은 같잖다는 듯 말했다.

"자네의 그 결정이 자네를 살린 것 같군. 만약 자네가
발경을 해서 가격했었더라면 자네는 아마 병신이 되지 않는
다 하더라도 족히 몇 년간은 생고생을 했을 것이네. 각설하
고 대화란 것이 오는 게 있으면 가는 게 있어야겠지? 자,
준비하도록."

마치 조롱하듯 말하는 강권의 말을 듣고 있는 조용수는
분노를 참느라고 안면이 푸들거렸다.

"네 녀석이 감히……."

"바로 며칠 전에도 발경의 경지에 있는 자들과 한바탕 드잡이를 벌인 적이 있었지. 결과는 그 녀석이 죽었다는 거야. 물론 내가 죽이지는 않았지만 말이지."

조용수는 강권이 죽이지 않았는데 녀석이 죽었다는 의미를 약이 올라 죽었다는 것으로 해석했다. 조용수는 녀석이 자신을 희롱하고 있다는 생각이 들자 악을 바락바락 쓰며 말했다.

"야, 이 새끼야. 네 녀석이 사내라면 쓸데없는 잡설을 늘어놓지 말고 사내답게 주먹으로 말해라."

"하하, 자네는 스스로를 사내라고 여기고 있는 모양이지?

자신이 마음껏 후려친 주먹에 전혀 타격을 받지 않은 상대에게 조용수는 은근히 기가 꺾였다. 녀석의 미소 띤 얼굴을 보자 등줄기에 식은땀이 흥건하게 흘렀다. 하지만 천하의 조용수가 이런 애송이에게 은근 겁을 먹었다는 생각이 들자 오기가 생겼다.

'용수야, 한 방만 견디자. 그리고 나서 발경으로 녀석의 턱을 으스러뜨리자.'

조용수는 내심 이렇게 스스로 다짐을 했는데 그것은 어디까지나 그의 생각일 따름이라는 것은 금방 밝혀졌다.

강권은 자기 차례가 오자 조용수의 추락을 비웃기라도 하듯 비릿한 미소를 지으며 가볍게 정권을 내질렀다.

강권은 본래 골격이 굵은데다 편공을 연마하며 바위에 주먹질을 해서 그의 주먹은 완전 옹이 같은 굳은살이 박혀 있었다.

조용수는 강권의 주먹이 날아오는 것을 보고 그 굳은살이 보이기는 했다. 그렇지만 그 다음은 전혀 기억이 남아 있질 않았다. 천하의 조용수가 단 한 방에 의식을 잃어버렸던 것이다.

"앗!"

"어머!"

조용수가 스르르 무너지는 것을 본 칠 공주들의 입에서 외마디 비명 소리가 터져 나왔다. 지금껏 조용수가 남을 쓰러뜨리는 것만 보아 왔지 이처럼 조용수가 남에게 얻어맞고 쓰러진 것은 한 번도 본 적이 없었기 때문일 수도 있었다. 또한 모르는 사람이 쓰러진 것을 볼 때는 아무렇지도 않았다. 통쾌하다는 생각조차 했었다. 그렇지만 딴에는 아는 사람이 얻어맞고 쓰러지자 그게 아닌 모양이었다.

사실 경옥과 세나, 명희는 조폭들과 벌였던 일장의 활극을 동영상으로 자세히 보았기 때문에 강권이 나름 운동을 했다는 것을 알고 있었다. 그렇지만 조용수는 이미 검증을 받은 세계적인 프로 격투기 선수여서 은근 강권을 걱정하고 있었다. 조용수의 말마따나 프로와 아마는 격이 다르다는 알고 있었기 때문이다.

그런데 정작 걱정되던 강권은 말짱한데 당연히 이길 것이라 생각했던 조용수는 완전 인사불성이었다. 전혀 예상치 못한 결과였다. 그리고 예상치 못한 것이 또 하나 있었다. 강권은 자신이 승자가 될 것이라는 것을 미리 알고나 있었다는 듯 표정에 전혀 변화가 없었다. 남자라면 누구나 K1의 강자인 조용수를 한 방에 보냈다는 사실에 득의 했을 것인데도 강권은 잠깐 맨손 체조했다는 듯 대수롭지 않는 태도였다. 심지어 경악하는 칠 공주들을 안심시키기까지 했다.

　"하하, 걱정하지 마십시오. 갑작스런 충격을 받고 잠시 기절했을 뿐이니 금방 깨어날 것입니다."

　상황에 맞지 않은 어색한 말이었지만 강한 남자를 원하는 칠 공주들의 본능은 조용수에서 최강권으로 선호를 바꾸게 되었다.

　＊의심암귀(疑心暗鬼): 의심이 생기면 귀신이 생긴다는 뜻으로, 의심을 하게 되면 대수롭지 않은 일까지 불안해한다는 의미다.
　＊＊선자불래(善者不來) 내자불선(來者不善): 선한 자는 오지 않고 온 자는 선하지 않다. 여기서는 너 시비 걸고 있냐는 의미.

제9장
드, 드래곤이세요?

강권은 도자기를 판 대금으로 6억을, 가장 큰 다이아몬드 원석을 팔아 100억을 받았다.

　원석을 산 사람은 청담동 칠 공주중에서 박채연이었다. 그녀는 국내 최고의 사채업자이자 현찰 왕의 딸답게 돈도 많았지만 돈 냄새를 기막히게 맡았다. 보석은 그 자체로도 값이 나가지만 제대로 된 세공을 거쳐야 그 본연의 가치를 끌어낼 수 있다. 보석 광이기도 한 박채연은 이러한 사실을 잘 알고 있었다. 그녀는 원석을 다이아몬드 세공으로 유명한 이탈리아 아르마니 가문에 세공을 맡기면 최소한 두 배 이상 불릴 수 있다는 확신을 했던 것이다.

　이런 결과로 전혀 뜻밖의 거금을 손에 쥔 강권은 희희낙

락이었다.

'하하, 뚝배기보다 장맛이라더니 노옴이 생긴 것은 꼭 심술 영감 같은데 엄청난 사건(?)을 저질렀잖아.'

강권은 100억이 넘는 돈이 생겼다고 원한을 잊은 것은 물론 아니었다. 자기 도자기를 강탈하려던 고옥당 주인을 그냥 둘 마음은 조금도 없었다. 이번에 아주 발가벗겨 거지로 만들 작정이었다.

고옥당 주인의 재물이 탐나서가 아니었다. 한 사람을 죽여 수천, 수만의 생명을 살린다는 천살문의 도그마에 따라 남의 것을 빼앗아 자기 배를 불리려는 자를 징계하려는 것이었다.

설령 자기가 그에게 당하지 않았더라도 상관이 없었다. 앞으로도 그런 녀석들을 볼 때마다 그렇게 해 줄 작정이었다. 물론 이런 결심이 선 것은 자기가 당했기 때문이었겠지만……

그렇다고 복수에만 매달릴 생각 또한 추호도 없었다. 고옥당 주인이나 조폭들에 대한 복수를 결코 서두르지 않겠다는 말이었다. 군자의 복수는 10년이 걸려도 늦지 않다고 녀석들에 대한 원한을 잊지 않으면 그것으로 족했다.

무엇보다도 지금 당장 강권이 해야 할 일은 김미진이가 맡긴 장도진 연구원의 행방을 파악하는 것이었다. 그런데 장도진 연구원의 행방을 파악하려면 기동력이 필요했다.

그러니 쇠뿔도 단김에 빼랬다고 일단 운전면허부터 따야 했다. 강권은 문제집을 딱 한 번 훑어보는 것으로 운전면허 시험에 만점을 받는 기염을 토했다.

하지만 운전면허란 게 시험만 만점을 받았다고 해서 딸 수 있는 게 아니었다. 장내 기능 시험도 합격을 해야 하고 도로 주행 시험도 통과해야 한다. 장내 기능 시험이란 것도 차를 한 번도 몰아 보지 못한 사람이 단번에 운전면허를 따기란 쉬운 일이 아니다.

그런데 강권은 시험장 근처에서 한 시간 가량 차를 타 보고 기능 시험에 당당히 통과했다. 그러더니 도로 주행 시험은 엉뚱하게도 태백에 접수시킨다는 거다.

경옥은 너무 어이가 없어 강권에게 물었다.

"강권 씨, 왜 하필 태백이에요? 태백은 아무 연고도 없잖아요?"

"태백이 제일 빠르잖아? 그리고 미리내에게 보여 줄 곳도 있고 말이야. 부탁해."

물론 태백까지 태우고 가란 말이었다.

경옥은 별수 없이 강권을 태백까지 태우고 가서 원서를 접수하고 시험을 보게 하는 수고를 해야 했다.

강권이 운전면허를 따는 동안 내내 함께했던 경옥은 그 덕분에 그의 경이로운 능력을 알아볼 수 있었다.

"강권 씨, 도대체 못하는 일이 무엇이에요?"

"미리내야, 운이 좋았던 거겠지. 나는 겨우 중학교 2학년 중퇴가 최종 학력인 무식쟁이라고. 서울대 법대를 다니다가 중도에 때려 치고 서울대 의대까지 합격한 너처럼 그렇게 머리가 좋지도 않고 말이야."

"강권 씨, 정말 중학교 2학년 중퇴했다는 게 맞아요? 그럼 검정고시를 볼 생각도 하지 않았어요? 문제집을 한 번 훑어보고 만점을 받을 정도라면 검정고시도 금방 합격할 수 있을 텐데 말이죠."

"하하, 볼 생각이야 항상 갖고 있지. 그렇지만 그동안 먹고 살기 바빠서 그런 것에 신경을 쓸 여유가 없었어."

경옥은 그런 엄청난 보물들을 갖고 있었던 강권이 먹고 살기에 바빠서 여유가 없었다니 도무지 이해가 가지 않았다.

'다이아몬드 원석들이야 다이아몬드가 아닌 것으로 알았다 쳐도 그때 분명히 자기 입으로 도자기가 10억이 넘는다고 했었잖아? 그렇다면 도자기가 비싼 걸 알았을 것이고, 도자기만 팔아도 10억이 넘는 돈이 생길 텐데 왜 먹고 살기 바빴다고 하지?'

경옥이 의문스런 표정을 짓는 것을 본 강권은 어떻게 그녀에게 자기의 과거를 털어놓을까 말까 고민하고 있는 중이었다.

강권의 예감으로는 경옥은 분명 자기와 인연이 깊다. 그

인연의 심도가 얼마나 깊은지는 단언하지 못하지만 예감은 절박하게 그녀를 자기 짝으로 받아들이라고 하고 있었다. 강권은 그녀가 전생의 딸이었지만 현생에서 부부가 되지 못할 이유가 없다고 생각하고 있었다.

천기를 살펴볼까 하는 생각을 하지 않은 것도 아니었다. 그렇지만 천기를 살피는 일은 능력이 있다고 해서 아무 때나 볼 수 있는 일이 아니었다. 천기를 읽는 것은 1년 중 하루 천문이 열리는 날에만 가능했다. 그것도 심신을 정갈하게 하고 하늘에 제를 올려 허락을 받아야 한다. 물론 말이 허락이지 특별하게 인과율에 어긋나지 않으면 거부되지 않는다.

그런데 이 인과율을 따지는 일은 엄청 심력을 소모하는 일이었다. 인과율의 계산은 인간이 생각하는 호불호(好不好)의 개념으로 판단할 수도 없고 선악(善惡)의 판단과도 또 달랐다.

또한 정확히 천기를 읽은 것이 아니어서 단언할 수는 없지만 그녀에게서 제왕의 기운이 느껴졌다. 그 기운은 너무나 유혹적인 것이었다. 물론 제왕의 부모가 된다는 것은 그만큼 힘들고 어려운 삶을 살아야 한다는 것을 알고 있기에 망설여지는 것도 사실이었다. 제왕의 부모가 된다는 것과 자신의 행복한 삶과의 형량은 강권에게 적잖은 고민을 안겨 주고 있었다. 얼마 전까지만 해도 자신의 행복한 삶을 우선적으로 쳤던 강권이 이런 고민을 한다는 것은 있을 수 없는 일이었다. 그런데 강권은 지금 그 있을 수 없는 일에 휘말리고 있었다.

'휴우, 이럴 땐 줘도 못 먹느냐는 CM이 꼭 나를 빗대 놓고 하는 것 같단 말이야. 결론은 마음이 시키는 대로 해야 한다는 것이겠지.'

이렇게 결정을 하자 강권의 자신이 해야 할 일이 명쾌해지는 것 같았다.

강권은 예나 지금이나 부부간의 가장 큰 덕목이 서로간의 신뢰라고 생각하고 있었다. 물론 과거를 말하지 않는다고 해서 그녀를 속이는 것은 아니다. 하지만 자기는 그녀에 대해 낱낱이 아는데 그녀는 자기에 대해서 알지 못한다면 그것은 올바른 신뢰 관계를 형성했다고 볼 수 없다는 게 강권의 결론이었다.

강권은 한참 동안 생각하던 끝에 자기가 수양했던 곳에 가서 자기 능력을 보여 주면서 그녀의 반응에 따라 진정한 자기에 대해서 알려 줄지 말지 결정하기로 했다.

"미리내야, 너에게 보여 줄 게 있으니 서울로 갈 때 화악산 쪽으로 해서 가자."

"혹시 가평에 있는 화악산이요?"

"왜? 화악산을 잘 알고 있어?"

"세린이가 가평에 펜션을 하나 가지고 있잖아요. 그래서 가평에 몇 번 가 보았어요."

강권은 경옥이 내비게이션에 가평을 찍는 것을 보면서 문득 운전면허도 땄으니 자기가 직접 운전을 해 보고 싶다고 했다.

경옥은 너무 어이가 없어 되묻지 않을 수 없었다.

"예에? 오늘 면허증을 따서 직접 운전을 하겠다고요?"

"고속도로도 아닌데 슬슬 몰아 보지 뭐."

"예에?"

경옥은 강권의 말에 황당해하지 않을 수 없었다. 그녀가 알기에 강권은 면허증을 따려고 딱 1시간 운전 연수를 받은 것이 전부였다. 1시간이라고 해봐야 설명 듣고 커피 마시고 잡담하고 난 나머지 시간이니 대략 20~30분 정도였다. 그리고 1종 보통에 응시했으니 그가 다루어 본 차도 승용차도 아니고 트럭이었다.

강권이 아무리 운동신경이 발달했어도 무리가 아닐 수 없었다. 경옥은 운전면허를 따고 처음 운전석에 앉았을 때 아무것도 생각나지 않고 앞이 캄캄했었던 기억이 있었다. 그리고 거의 1년 동안 연수를 받고서야 간신히 운전을 할 수 있었다. 자기는 운동신경이 발달하지 못해서 그랬다 쳐도 그것은 비단 그녀만 그랬던 것은 아니었다. 운동신경이 엄청 발달했다는 세나도 1주일 동안 거의 매일 연수를 받고서야 간신히 운전을 할 수 있었다. 또 몇 번 가벼운 사고를 내고서야 어느 정도 운전을 하게 됐다.

이런 생각에 경옥은 어이없다는 듯 강권을 바라보다 강권의 다음 말을 듣고 운전대를 양보했다.

"미리내야, 너도 올 때 보았다시피 도로가 무척 한적해서 연수를 한다고 셈치고 운전을 해 보는 것도 좋지 않겠어?"

"휴우, 알았어요. 그럼 조심해야 해요."

"걱정하지 마. 내가 누구냐?"

"운전 실력은 자랑하는 게 아니래요. 운전 실력을 자랑하는 것은 비명횡사의 지름길이라는 말도 있잖아요."

"하하, 염려하지 말래도."

경옥은 강권의 호언장담에 조수석에 앉으면서 제발 큰 사고만 나지 않기를 바랐다.

그런데 경옥의 이런 우려는 이내 경악으로 바뀌었다. 그녀는 강권이 왕초보라는 것을 빤히 알고 있는데 그의 운전 실력은 완전 베테랑급이었던 것이다.

"어? 어! 강권 씨, 정말 오늘 처음 운전해 보는 것 맞아요?"

"하하, 당근이지. 미리내도 내가 운전면허를 따는 것을 쭉 봐 왔잖아."

"그렇기야 하지만…… 어떻게 3년 동안 차를 갖고 다닌 나보다도 운전을 더 잘할 수 있죠?"

단순히 립서비스가 아니었다. 경옥이 보기에 단순히 차만 잘 모는 것이 아니었다. 추월해 줘야 할 차들은 추월을 하도록 양보해 주고 추월할 차들은 거침없이 추월을 했다.

가장 감탄한 대목은 추월해야겠다고 말하면서도 추월을 하지 않은 경우에는 반드시 얼마 지나지 않아서 급커브길이 나타났다는 사실이었다. 표지판은 물론이고 앞길의 교통 상황을 정확히 보면서 운전하고 있다는 의미였다.

그것뿐이라면 말도 하지 않는다. 처음 운전하는 사람이 운전을 하면서 라디오 채널을 자연스럽게 바꾸고 있었다. 게다가 경옥이 운전했으면 5시간은 걸렸을 거리를 불과 3시간 남짓에 가평에 도착했다. 이른 점심을 먹고 출발을 했는데 가평에 도착하자 4시 무렵이었다.

경옥은 그때부터 이상한 낌새를 느꼈다. 마트로 향한 강권은 삼겹살은 물론이고 야채며, 고추장이며 이삼 일은 충분히 먹을 수 있을 만큼 넉넉하게 쌀도 샀다. 심지어는 휴대용 가스버너와 불판, 코펠까지 사는 게 아닌가.

'이이가 화악산에서 야영을 하려고 그러나?'

아무리 생각해도 이해가 가지 않았다. 그것은 백 번 양보를 한다고 쳐도 사람이 잘 찾지 않은 후미진 곳으로 차를 몰아가는 것은 어찌 된 일일까? 경옥은 점점 불안해지기 시작했다.

'혹시 이 사람이 나를……'

아는 것이 병이라는 말이 있듯 여기저기에서 들었던 남자들의 수작이 경옥을 불안에 빠뜨리고 있는 것이다. 조선 시대도 아니고 순결이라는 게 큰 의미가 있는 것은 아니다. 또한 경옥은 강권이 마음에 쏙 들어 평생을 함께하겠다는 생각도 갖고 있었다. 그렇지만 자신의 순결을 이런 식으로 그에게 주고 싶지 않았다.

'어쩌지?'

경옥이 한참 갈등에 빠져 있을 때 차는 막다른 곳에 이르렀다. 강권이 차를 세우더니 차에서 내리란다. 경옥은 가슴이 콩닥콩닥 뛰고 주체할 수 없을 정도로 호흡이 가빠졌다. 간신히 진정을 하고 떨리는 목소리로 물었다.

"왜, 왜요?"

"보여 줄 게 있으니 내려, 여기서 좀 걸어가야 돼."

그 말만 하고 강권은 성큼성큼 앞으로 가는 것이 한두 번 와 본 곳이 아닌 듯싶었다. 경옥은 망설이다 눈을 찔끔 감고 강권의 뒤를 따랐다. 자신의 순결을 이런 식으로 주어야만 하는가 싶어 자기도 모르는 사이에 눈물이 주르륵 흘러내렸다.

"어! 미리내야, 왜 우는 거냐?"

"으흐흐흑……."

강권은 경옥이 느닷없이 울음을 터트리자 엄청 당황해서 어쩔 줄 몰랐다. 너무 당황한 나머지 달래 주어야겠다는 생각조차 하지 못했다.

'아니 왜?'

한참을 기다려도 눈물을 그치지 않자 보다 못한 강권이 경옥을 품에 안으며 다독거렸다. 그러자 경옥은 울음을 그치기는커녕 울음소리가 더욱 커졌다.

"아니 왜 우는 거냐? 미리내야, 뭔지 우는 이유를 알아야 내가 어떻게 해 주든지 하지?"

"흑흑흑……."

"뚝, 남들이 보면 내가 너를 잡아먹으려는 줄 알겠다."

강권의 말이 떨어지자 경옥의 흐느낌은 부모님이라도 돌아가신 듯 대성통곡으로 바뀌었다.

"엉엉엉……."

경옥의 행동에 문득 생각나는 것이 있었다. 강권은 그녀의 행동이 너무 우스워서 파안대소를 터트리며 말했다.

"하하하하. 미리내야, 너 혹시 내가 너를 겁탈하려고 이곳으로 데려왔다고 생각하느냐?"

그러자 경옥이 울음을 뚝 그치고 얼굴이 홍당무가 되었다.

"하하하하……."

경옥은 마치 자기를 비웃는 것 같은 웃음소리를 들으며 이상하게 마음이 편해지는 것을 느꼈다. 경옥은 그 웃음소리에 강권이 더 친하게 느껴지는 것이 도무지 이해가 가지 않았다.

이런 경옥의 기분을 알아차리기라도 한 듯 한참 배꼽이 빠져라 파안대소를 터트리던 강권이 웃음을 그치고 말했다.

"까지기는……."

"뭐, 뭐요?"

"그럼 아니야? 멧돼지 눈에는 멧돼지만 보이고 부처 눈에는 부처만 보인다는 일화가 있지?"

강권의 웃음소리에 마음의 안정을 찾은 경옥은 방금 전에 무슨 일이 있었냐는 듯 발랄하게 대꾸했다.

"나도 그 일화 알아요. 이성계와 무학대사 사이에 있었던 일화죠. 이성계가 무학대사에게 당신 돼지처럼 생겼다고 하자 무학대사는 상감은 부처처럼 보인다고 했다고 했다죠."

"하하, 맞아. 그 말처럼 미리내, 네가 하고 싶은 생각이 있어서 그런 생각을 했을 게 아니겠어?"

"하긴 뭘 해요? 그리고 말이 나왔으니 말이지 강권 씨가 그런 엉큼한 생각을 하지 않았다면 날 이런 후미진 곳으로 끌고 올 이유가 뭐 있겠어요?"

"하하하, 다 왔어. 저 모퉁이만 돌면 내가 보여 주려던 곳이 있어."

강권이 웃으며 손을 잡고 끌고 가자 경옥은 가자미눈으로 강권을 흘겨보며 따라갔다. 그런데 그 눈길에는 사랑이

흠뻑 담겨 있었다.

정말 모퉁이를 돌자 막다른 곳이 나타났고, 짐승의 굴로 보이는 조그만 구멍이 보였다. 강권은 그 조그만 구멍 앞에 서서 말했다.

"자, 여기야."

"아, 아무것도 없잖아요?"

"잠깐만 기다려 봐. 여기 구멍 좀 넓히고."

강권은 이렇게 말하고 노옴을 소환해서 구멍 좀 넓히라고 했다.

[알았다. 여기 참 좋다. 여기 힘 많다.]

노옴이 나타나자마자 이렇게 말하며 구멍을 넓히기 시작했다.

"어? 저, 저것, 노, 노, 노옴 아니에요?"

경옥은 판타지에서나 나오는 노옴을 실제로 보자 말을 더듬으며 연신 눈을 비볐다. 다시 보아도 노옴, 노옴이 분명했다.

'이치 정말 어떻게 된 사람이야? 사람으로서는 보이지 못할 도약력하며, 수백 년 전의 도자기들, 게다가 우리나라에는 나지 않는 다이아몬드 원석들까지. 그런데 이번엔 노옴이야?'

경옥은 한때 친구 세나가 쓴 판타지에 매료되어 마법과 정령에 빠져 있었던 적이 있었다. IQ180이 넘는 뛰어난 두뇌, 그리고 현대 수학 등을 이용한다면 텔레포트를 마음대로 하고 무한 배낭까지 만들 수 있는 고위 마법사가 될 수 것이란 상상도 했었다.

그게 단순히 상상으로만 받아들였는데 실제 정령을 보게 될 줄이야. 경옥은 포기했었던 판타지 세계에 대한 동경이 다시금 샘솟는 것을 느꼈다. 그리고는 몽롱한 표정으로 노옴을 뚫어져라 쳐다보았다.

그런 경옥을 보고 놀라기는 강권도 마찬가지였다.

"어? 미리내, 너 정령이 보여?"

"예."

경옥은 건성으로 대답하고는 필이 꽂혀 노옴이 하는 것에만 온통 신경을 썼다. 그리고 한다는 말……

"아이, 귀여워. 콱 깨물어 주고 싶을 정도로 대빵, 대빵 귀엽다."

'뭐어? 저 심술 영감이 콱 깨물어 주고 싶을 정도로 귀엽다고?'

강권은 자신은 아무리 봐도 노옴의 모습은 심술이 닥지닥지 붙어 있는 영감 그 이상은 아니었다. 그런데 그런 노옴을 엄청 귀엽다고 설레발치다니, 강권은 경옥이 아름다움을 느낄 수 없는 저주에 빠진 것이 아닌가 하는 생각마저 들었다.

'그건 그렇다 치자고. 그런데 정령은 소환자 외에는 볼

수 없다는 것 같았는데…… 정말 저 아이의 눈에 정령이 보이는 걸까?'

경옥의 하는 양을 자세히 보면 정말 노옴을 보는 것도 같았다.

노옴의 능력은 놀라워서 금방 사람이 드나들 정도로 구멍을 넓히고는 강권의 앞에 와서 말했다.

[다 했다. 더 시킬 일 있나?]

"더 시킬 일? 더덕이나 산삼을 캐 올래? 예전에 내가 감춰 놓으라고 했던 그것 말이야."

[뿌리 약초. 알았다. 금방 캐 온다.]

강권은 노옴이 약초를 캐러 간 사이에 토굴에 있는 도자기들을 경옥에게 보여 주었다.

"이것들 역시 조선 초기의 관요에서 나온 것들이야. 이것들은 저번 도자기에 비하면 소품이나 마찬가지니 그렇게 값이 많이 나가지는 않을 거야."

"정말 이 도자기들이 조선 초기 관요에서 나온 것들이라고요?"

"미리내도 도자기에 대해서 어느 정도 알고 있잖아?"

강권의 말대로 경옥이 역시 나름 도자기에 대한 안목이 있었다. 그것을 증명이라도 하듯 경옥은 아무 말도 하지 않고 도자기들을 하나하나 훑어보았다. 전문 감정사가 아니어서 잘은 모르겠지만 경옥은 개당 1억 이상 호가할 것이라는 생각이 들었다.

그런데 경옥을 감탄하게 만드는 것은 그 가격이 아니라 최소한 오륙백 년은 되었을 텐데 새것처럼 깨끗하다는 것이었다. 마치 가마에서 갓 꺼내 온 것처럼 너무 깨끗했던 것이다. 경옥은 이점이 도무지 이해가 가지 않았다.

"정말 조선 초기 작품들 같군요. 그런데 어쩜 이렇게 깨끗할 수 있지요?

"그것은 내가 이것들을 직접 광주 관요에 가서 가져다가 이곳에 놓았기 때문이야."

"예에? 그게 지금 말이 된다고 생각하세요? 강권 씨가 뱀파이어라도 돼요?"

"뱀파이어? 어떻게 나보고 뱀파이어라고 할 수 있지?"

"생각해 보세요. 강권 씨가 뱀파이어가 아닌 다음에야 어떻게 수백 년 동안 살 수 있다는 것이죠?

"허! 거 참."

경옥은 대답이 궁해 얼버무리는 강권을 의구심이 가득한 눈길로 물었다.

"설마 판타지에서 읽었던 것처럼 차원 이동을 해 왔다고 하지는 않으시겠죠?"

"판타지를 읽어? 판타지가 무슨 책인데?"

'아니, 이이가 정말. 어떻게 지금껏 판타지도 모른단 말인가? 설령 판타지를 읽어 보지는 않았다고 하더라도 그런

책이 있다는 것 정도는 알아야 정상이 아닌가?'

경옥은 너무 황당했지만 그녀가 강권에게 판타지에 대해 설명을 하려 했지만 그럴 수 없었다. 노옴이 하나하나가 경옥의 다리만큼이나 큰 더덕을 몇 뿌리나 캐 왔기 때문이다. 아마 모르긴 몰라도 족히 수백 년은 묵었을 것임에 틀림없었다.

"어머, 강권 씨. 이것 정말 더덕이에요?"

"맞아, 다들 200~300년은 묵었을 것 같은데."

"200~300년 묵은 더덕이라고요?"

"그래, 200~300년 묵은 더덕은 어지간한 산삼보다 더 좋은 약이 된대. 딸내미와 기왕 여기 왔으니 몸보신 좀 시켜 주려고 가져오라고 했어."

이렇게 말하고는 강권은 차에서 야영 장비를 가져와 물을 끓여서 더덕을 작게 잘라 끓는 물에 살짝 데치더니 능숙한 솜씨로 껍질을 벗겼다. 그리고는 더덕을 먹기 좋을 정도로 적당하게 자르고 두드려서 고추장에 푹푹 꽂으며 말했다.

"미리내야, 당연히 밥을 먹어야겠지?"

"밥이요?"

"삼겹살에 더덕구이를 먹는다고 해도 한국 사람은 끼니 때에는 밥을 조금이라도 먹어 줘야 하잖아."

"여기서 밥을 먹고 가자고요?"

"이런 뭘 모르는구나. 자연에서 먹는 밥은 곧 보약이야. 맛도 끝내주고. 나는 꼭 딸내미 너에게 별미를 맛보여 주고 싶었어."

그러더니 경옥에게 불판에 삼겹살과 함께 고추장에 버무린 더덕을 구우라고 했다.

"익으면 먼저 먹고 있어, 나는 금방 밥을 지을 테니까."

그러더니 코펠에 쌀을 씻어 넣고 물을 붓고는 마치 손에서 나는 열로 나와 밥을 만들겠다는 듯 코펠을 손으로 감싸는 것처럼 보였다. 그 모습을 보고 있자니 너무 웃겨서 경옥은 자기도 모르게 킥킥거렸다.

"쿡쿡쿡쿡, 이번에는 불의 정령을 소환해서 밥을 지으려고요?"

"나도 그러면 좋겠어, 불의 정령 고거 불타는 듯 빨갛게 보이는 도마뱀인데 정말이지 쌈빡하게 생겼더라고. 그런데 아쉽게도 나는 불의 속성과는 친하지 않아서 불의 정령은 소환할 수 없어. 대신에 [파이어 볼] 마법은 쓸 수는 있지."

"뭐예요? 정말 자꾸 놀리실 거예요?"

경옥은 자신을 놀린다는 생각이 들어 강권을 흘겨보는데 정녕 믿어지지 않은 광경이 눈에 들어왔다.

[파이어 볼.]

강권이 파이어 볼이라고 외치자 샛노란 색의 둥그런 불

꽃이 나타나더니 코펠 바닥에서 뱅글뱅글 돌아가며 이글이글 타오르고 있었다. 경옥은 눈이 동그랗게 변해서 소리쳤다.

"어! 강권 씨, 저, 정말 마법도 할 수 있는 거예요?"

"응, 미리내가 보다시피. 그런데 마법을 할 수는 있기는 하지만 이제 겨우 4서클 익스퍼트야."

'세상에 정령에, 마법에, 무공까지…… 게다가 한 번 본 것은 전부 기억하는 기억력, 족집게처럼 사람의 운명을 읽어 내는 것하며, 사람이라면 어떻게 저럴 수 있는 거지? 그렇다면 서, 설마…….'

"서, 설마, 드, 드래곤이세요?"

"미리내야, 드래곤이라니? 나는 어디까지나 사람이라고."

경옥은 강권의 대답에도 불구하고 너무 놀란 나머지 경악에 빠져 있었다. 너무 놀란 나머지 경옥은 삼겹살과 더덕이 새카맣게 변하는 것도 인식하지 못했다.

그 모습을 본 강권이 더덕이 탄다고 주의를 주었다. 그런데도 경옥은 여전히 경악에서 깨어나지 못했다.

결국 강권이 큰 소리를 질러서야 경옥은 허둥지둥 삼겹살과 더덕을 꺼내 놓았다.

사랑에 빠지면 곰보 자국도 보조개로 보인다고 강권의 눈에는 그 모습이 깨물어 주고 싶을 정도로 깜찍하게 비쳐

졌다. 강권은 그 모습에 한참을 바라보다 가볍게 한숨을 쉬
며 말했다.

"휴, 미리내야. 내가 너에게 보여 주려던 것은 비단 이
곳만은 아니었어. 내가 마법을 할 수 있고 정령을 다룰 수
도 있다는 것을 보여 주고 싶었거든."

"……."

경옥은 강권의 말에 놀라는 표정을 지으며 뭔가 골똘히
생각하고 있었다. 강권은 그런 경옥의 모습이 너무 사랑스
러워 한동안 바라보다 말을 이었다.

"믿지 못하겠지만 대략 400일 전만 해도 나는 노숙자
신세였어. 발목은 곪아서 잘라야 할 정도였지."

"뭐라고요? 그러니까 지금 나더러 그 거짓말을 믿으라고
요?"

"하하하, 못 믿으면 할 수 없고. 그렇지만 생각해 봐. 설
마 내가 딸내미인 너에게 뭣하러 거짓말을 하겠어?"

강권의 말에도 불구하고 경옥은 정말 이해가 되지 않았
다.

노숙자였던 사람이 어떻게 불과 1년 만에 마법을 익혀서
4서클 익스퍼트가 될 수 있단 말인가? 자기가 읽었던 판타
지에서도 마법을 익히는 것은 엄청 어려운 것이어서 10년
동안 죽어라고 마법을 익혀야 겨우 3서클 마스터가 된다고
하지 않았던가? 경옥이 생각해도 그것이 어느 정도 타당성

이 있는 스토리다.

그렇지 않고 개나 소나 1년 만에 4서클이 된다면 세상에는 온통 고위 마법사들로 넘쳐날 게 아니겠는가? 그런 슈퍼맨들만 사는 세상이 어떻게 제대로 유지될 수 있겠는가?

경옥은 판타지의 내용이 뇌리에 스쳐 가자 어쩌면 강권이 이계에서 온 고위 마법사가 아닐까 하는 의심이 들었다. 어쩌면 드래곤이 차원 이동을 해 온 건지도 모른다. 아니, 강권이 아니라고 하기는 했지만 드래곤이 확실한 것 같았다. 그러지 않고서는 그녀가 보았던 일련의 일들이 도저히 설명이 되지 않았다.

'드, 드래곤이라니.'

경옥은 생각만 해도 살이 떨렸다.

그러다 문득 강권이 자기에게 엄청 호감을 갖고 있다는 것이 뇌리에 스쳐 갔다. 그러자 두려움은 이내 사라지고 그녀의 눈에는 달뜬 열망이 어렸다.

'호호, 어쩌면 드래곤에게 마법을 배울 수도 있겠네. 판타지에서 보면 드래곤들은 어수룩한 면이 있으니 어디…….'

경옥은 야무진 꿈을 갖고 슬슬 유도심문에 들어갔다.

"혹시 그쪽 세상에 돼지 머리를 한 오크라는 몬스터가 살아요?"

"어! 미리내가 어떻게 오크를 알지?"

"호호, 다 아는 수가 있죠. 그럼 그쪽 세상에 엘프나 드워프도 있겠네요."

"어어? 미리내는 이계에 가 보지도 않았을 텐데 어떻게 그쪽 세상을 다 알고 있지?"

강권은 자기만 알고 있으리라고 생각했던 것들을 경옥이 알고 있자 깜짝 놀랐다. 그런데 경옥은 강권의 되묻는 말에는 대답을 하지 않고 열심히 딴 생각에 빠져 있었다.

'아싸! 정말로 판타지 세상이 있는 게 확실해. 게다가 이이는……'

경옥은 강권이 이계에서 차원이동을 한 고위 마법사 내지는 드래곤이라는 확신을 가지게 되었다.

'그런데 어떻게 해야 자연스럽게 마법을 배울 수 있지?'

판타지를 읽으면서 머리 좋은 자기가 마법을 익힌다면 틀림없이 9서클의 대 현자가 될 수 있으리라는 생각을 족히 백 번은 했던 경옥이었다.

마법은 백 번, 천 번을 생각해도 흥미로웠다. 조그만 가방 안에 몇 컨테이너 분량의 물건을 집어넣는다든가, 수백 Km 떨어진 곳을 단숨에 간다든가 등등 마법은 세상을 완전 바꿀 수 있는 요소가 엄청 많았다. 그뿐인가? 판타지 내용대로라는 가정 하에 마법과 과학이 결합이 된다면 그 결과는 인간의 상상력으로는 도무지 형언할 수 없을 것이다.

경옥은 한참 이런 상념에 빠져 있다 마법을 배우기에 앞서 강권이 드래곤인지 아니면 차원 이동을 한 고위 마법사인지를 아는 것이 급선무라는 판단을 내렸다.

강권이 드래곤이면 용언으로 약속을 받아야 하고 고위 마법사인 경우에는 마나에 걸고 맹세를 하게 해야 했기 때문이다.

경옥이 자기 말에는 대답도 없이 넋이 나간 듯 멍하니 있는 것을 본 강권은 그 모습이 사랑스러우면서도 걱정이 되었다.

'도대체 지금 얘가 왜 이러는 거야?'

할아버지 도움 덕분에 경옥의 전생을 읽으면서 생각까지 읽을 수 있게 되었다. 하지만 생각을 읽는 것은 어디까지나 읽으려고 해야 가능한 일이다. 주파수가 맞아야 라디오를 들을 수 있는 것처럼 파장이 맞아야 생각을 읽을 수 있다. 강권은 경옥이 걱정이 되어 경옥의 뇌파에 파장을 맞추었다. 그 결과 강권은 경옥이 뭔 생각을 하고 있는지 알게 되었다.

'하! 이 귀여운 것, 그런 꼼수를 부리고 있었어? 그런데 어쩌지? 나중에 마법을 가르쳐 주기는 하겠지만 지금은 때가 아닌 걸.'

강권은 잔대가리를 굴리는 경옥이 사랑스러워 꼭 끌어안고 뽀뽀라도 해 주고 싶었다. 하지만 그런 강권의 생각을 알지 못하는 경옥은 목소리를 가다듬어 가며 강권에게 물었다.

"강권 씨, 정말 드래곤이 아니세요?"

"드래곤? 나는 어디까지나 인간이라고. 미리내야, 내가 설마 그 만 년을 산다는 비만 도마뱀이라고 생각하는 것은 아니겠지?"

"예에? 비만 도마뱀이요? 그쪽 세상에서는 드래곤을 위대한 존재라고 하지 않나요?"

"그런 말도 쓰지. 그런데 그렇게 부르지 않은 사람도 많아. 어떤 사람들은 그 비만 도마뱀을 잡아서 내단을 복용하려고도 해."

물론 그렇게 생각하는 사람은 강권뿐일 것이다.

강권의 전혀 예상치 못한 대답에 경옥은 혼란스러워졌다.

'드래곤 하트를 내단이라고? 그럼 그쪽 세상은 판타지와 무림이 짬뽕된 세상인가?'

판타지에서는 드래곤들은 자부심이 강해서 스스로를 위대한 존재라고 부른다는데 드래곤을 비만 도마뱀이라고 부르는 걸 보니 드래곤은 아니라는 생각이 들었다. 그러다 문득 자신이 드래곤이 아니라고 하기 위한 트릭일 수도 있겠다는 생각이 들었다.

'어쩜, 그럴 수도 있겠다. 그럼 어떻게 하지?'

그런 경옥을 바라보는 강권의 눈에는 사랑이 담뿍 담겨 있었다. 강권은 사랑하는 경옥이가 더 이상 머리를 굴리지 않도록 솔직하게 말하는 것이 좋겠다는 생각이 들었다.

"미리내야, 나는 네가 생각하는 것처럼 드래곤도 아니고, 이계에서 차원 이동을 해 온 고위 마법사도 아니야."

"예에? 그걸 어떻게⋯⋯."

"믿어지지 않겠지만 언제부터인지 나는 네 생각을 읽을 수 있었어."

"뭐라고요?"

경옥은 깜짝 놀라 경악성을 토했지만 강권의 눈을 보니 전혀 거짓말을 하는 것 같지 않았다. 그게 더 황당한 경옥 이었다.

'아니, 어떻게 그런 일이⋯⋯.'

경옥은 너무 혼란스러워 고개를 절레절레 저었다.

강권은 그런 경옥의 모습을 보고 그녀의 혼란스러움을 완화시켜 주어야겠다는 생각을 했다.

'어떻게 하나?'

방법이야 많았다. 순간 강권의 뇌리에 스치는 것은 언젠 가 보았던 진실에 대한 얘기였다.

'그래, 진실이란 것이 단 하나만 있는 것은 아니랬지. 가슴을 울리는 진실과 머리로 이해되는 진실, 이렇게 두 개 가 존재한다고 했었어. 그리고 여자들은 가슴을 울려 주는 말을 진실로 받아들인다고 했어.'

그 얘기에 따르면 가슴을 울리는 진실은 꼭 진실만은 아니라고 했다. 그러니까 진실로 믿고 싶은 거짓말도 가슴을 울리는 진실에 포함된다는 것이었다.

강권은 그게 가장 좋겠다는 생각이 들자 천연덕스럽게 말했다.

"사실 나도 믿어지지 않는 것은 마찬가지야."

"그게 말이 된다고 생각해요?"

"그러엄."

"……."

"미리내야, 염화시중(拈華示衆), 심심상인(心心相印), 이심전심, 불립문자(不立文字), 교외별전(敎外別傳)이 무슨 말인지 알지?"

"도대체 무슨 말을 하려고 그래요? 다 마음에서 마음으로 전해진다는 의미를 갖고 있잖아요. 아니에요?"

"맞아, 딱 그거야. 그 말처럼 내가 너를 너무 사랑하다 보니까 저절로 너의 마음을 읽을 수 있게 됐어. 뭐, 그렇게 된 거라고."

"예에? 이이가 정말?"

경옥은 강권의 말에 너무 어이가 없어 눈을 흘겼지만 볼을 붉히는 것이 전혀 싫은 내색은 아니었다.

전혀 말도 되지 않았지만 자기를 너무나 사랑해서 마음까지 읽을 수 있게 되었다는데 거짓말이라도 싫지는 않다.

강권은 경옥의 반응에 자기의 생각이 맞아떨어졌다는 걸 느낄 수 있었다.

"미리내야, 죽다 살아난 이후로 문득 네가 생각이 났고 어떻게 된 건지 네 생각을 읽을 수 있었어. 나는 한참 심사숙고를 했어. 그래서 내린 결론은 전생에 이루지 못한 사랑을 이루기 위해서라는 거야. 내가 너를 그만큼 사랑했다는 것이겠지. 내가 너를 이곳에 데려온 것도 사실은 내가 너를 얼마만큼 사랑하는 가를 알려 주고 싶어서였어. 일이 그렇게 된 거야."

"……"

경옥은 할 말이 없었다. 전생의 딸을 너무 사랑해서 현생에 부부가 되려한다는 것이 말이 되는가?

그런데 도무지 앞뒤가 맞지 않는 이 말이 경옥에게는 가슴에 사무치도록 그럴듯하게 들렸다.

'정말 나를 너무나 사랑해서 내 생각을 읽을 수 있다고? 그럼 내가 생각하고 있었던 것을 전부 알았겠네.'

이런 생각이 스치자 얼굴을 붉히지 않을 수 없었다. 그러다 아차 하는 생각이 들었다.

'어쩜 지금도 내 생각을 읽고 있을 수도……'

경옥이 얼굴을 붉히는 것을 본 강권은 그녀가 무슨 생각을 하고 있나 대충 짐작할 수 있었다.

그래서 그녀를 안심시켜 주어야겠다고 생각하고 말을 꺼

냈다.

"미리내야, 나는 네가 전생에 내 딸내미였지만 현생에서는 너와 부부로 살고 싶어. 그리고 나는 부부간에 가장 중요한 것이 서로가 서로를 믿을 수 있는 신뢰 관계의 형성이라고 생각하고 있지. 네 허락 없이 너의 생각을 읽은 것은 분명 잘못된 일이고 앞으로 함부로 네 생각을 읽지 않겠다고 약속하겠어. 중요한 것은 내가 너를 엄청 소중하게 생각한다는 거야. 그리고 너를 위한 일이라면 어떤 일이라도 서슴지 않고 할 각오도 되어 있어."

강권이 이렇게 말했지만 경옥은 너무 혼란스러워 아무런 말도 들리지 않았다. 강권은 그런 경옥의 마음을 모르지는 않았다.

'하기야, 나라도 내 생각을 읽는 사람이 있다면 기함하겠지. 그런데 꼭 내가 그녀의 생각을 읽을 수 있다고 말을 했어야 했을까?'

경옥이 일시 혼란스러워한다고 달래 주어야겠다는 생각이 드는 것은 영원을 생각하고 있는 강권이 이해불가였다. 그런데 마음은 그게 아니었다.

'마음이 그렇게 시키니 아무래도 그녀를 달래 주어야겠지.'

강권은 한숨을 쉬며 경옥이 지금 가장 원하고 있는 것을 떠올렸다. 경옥이 지금 정말 원하는 것은 마법을 배우는 것이었다.

'그럼 마법을 가르쳐 준다고 하면 풀릴 수도 있겠네.'

생각은 곧바로 실천에 옮겨졌다.

"미리내야, 지금도 마법을 배울 마음이 있어?"

"예에? 아! 예. 가르쳐 줘요."

경옥은 강권이 자신의 생각을 읽는다는 것에 쑥스럽고도 무안했다. 그런데 그동안 판타지를 읽으면서 마법을 배울 수 있다는 것에 생각이 미치자 그 무안하고 쑥스러운 마음을 이내 지울 수 있었다. 그렇지만 그것은 어디까지나 그녀가 강권을 마음에 두고 있었기에 가능한 일이기도 했다. 교육자이면서 보수적인 그녀의 부모들은 일부종사(一夫從事)를 여자의 길이라고 믿는 전근대적인 사고방식의 소유자이기도 했던 것이다.

모닥불을 피워 놓고 마주 앉아서 두런두런 얘기하면서 보내는 밤은 정을 더욱 돈독하게 해 주었을 뿐만 아니라 서로에 대한 이해를 깊게 만들어 주었다.

제10장
백억을 다오

"인석아! 네 녀석이 지금 무슨 짓을 저질렀는지 아느냐?"

"제가 뭘요?"

"정말 네가 무슨 짓을 저질렀는지 모른단 말이냐?"

"글쎄, 저도 제가 무슨 짓을 저질렀는지 궁금하니까 구체적으로 말씀해 보세요. 할아버지."

할아버지는 어이가 없다는 듯 한참 노려보더니 말했다.

"제왕이란 것은 하늘에서 점지를 해 주어야 하는 거야. 너도 그 사실을 잘 알고 있잖아? 그런데 제왕을 낳을 여인을 냉큼 가로채 버리면 어떻게 하겠다는 것이더냐?"

"아! 그 말씀이셨군요. 그런데 가로채다니 좀 듣기가 그렇습니다. 왕후장상의 씨가 따로 있는 것도 아니고 무주물은 선점한 사람이 주인이라는 것은 천고의 진리 아닙니까? 제가 남의 여자를 가로챈 것도 아니고 선남선녀가 만나다 보면 정분이 나는 것은 당연한 이치 아닙니까? 제가 그 여자를 강제로 취했습니까? 그것도 아니지 않습니까?"

"인석아! 그 말이 아니지 않느냐? 제왕을 낳으려면 그 선조가 다 그만한 덕을 쌓아야 하는데 너도 빤히 알다시피 네 선조가 덕을 쌓았고, 네가 전생에 그만한 덕을 쌓았으면 네가 그 고생을 했겠느냐? 또한 그 아이의 부모마저 조상이 실덕(失德)을 해서 사정이 묘하게 꼬이게 되었다."

"하! 이제야 할아버지 잘못을 시인하시는군요. 그러게 생전에 덕을 좀 쌓으시지 그랬어요? 그랬으면 경옥의 부모가 실덕을 했다고 하더라도 아무런 문제도 없었을 거잖아요."

"인석아! 그 말이 아니지 않느냐?"

할아버지는 한숨을 내쉬더니 한 가지 방법을 제시했다.

"휴우, 이렇게 된 걸 어쩌겠느냐? 네가 덕을 쌓아서라도 사태를 수습해야지."

"제가 덕을 쌓아요? 그렇게 해서 되겠어요?"

"안 되면 되게 해야지, 달리 방법이 없지 않느냐?"

"어떻게요?"

"네가 가지고 있는 백억 원을 나에게 다오. 그럼 알아서 처리해 주마."

"예에?"

강권은 기가 막혀 더 이상 어떤 말도 나오지 않았다.

'젠장, 무슨 놈의 할아버지가 손자에게 돈이 생기는 꼴을 보지 못하고 뺏어 가려고 안달을 한단 말이냐?'

"인석아! 속으로 꿍알거리지 마. 다 너 잘되고, 네 아들 녀석 잘되라고 하는 짓이야. 나도 엉뚱한 일에 말려들고 싶지 않다. 그런데 네가 저질러 놓은 일 때문에 여러 골이 시끄러운 걸 어떡하겠느냐? 그리고 말이 나왔으니 말이지만 돈이야 또 그 땅 귀신에게 보석 좀 캐 오라고 하면 될 게 아니겠느냐?"

"그야 그렇지만……."

"이런 좀생이 녀석 같으니라고. 네 녀석과는 말이 되지 않으니 새애기와 말해야 되겠구나. 그렇게 알아라."

"하, 할아버지, 할아버지."

강권은 그 말을 끝으로 사라져가는 할아버지를 연신 불렀다. 그런데 할아버지는 들은 척도 하지 않고 그대로 사라져 버리는 것이었다. 강권이 일어나 보니 꿈이었다.

'덕을 쌓으라고?'

그랬다. 사실 강권이 경옥에게 집착을 했던 이유는 단지 전생의 딸이어서가 아니었다. 경옥은 선연(先緣)으로 이어진 제왕의 어머니가 될 여인이었기 때문이다.

물론 하나의 솔방울이 땅에 떨어져서 낙랑장송이 되기 위해서는 여러 가지 조건이 맞아떨어져야 한다. 그렇지만 그중 가장 중요한 조건은 땅의 기운이다. 그런 의미에서 보면 경옥은 거목이 자랄 수 있는 기름진 땅이었고, 좋은 소출을 거둘 수 있는 밭이었다.

물론 그렇게 되기 위해서는 경옥의 선조가 나름 다 그만한 덕을 쌓았기에 가능하였다. 그런데 경옥의 부모가 정상적인 결합을 하지 못해 한 여자의 일생을 암울하게 만들었고 또 한을 품고 죽게 했다. 그렇게 조상이 쌓아 놓은 덕을 까먹자 상황이 조금 복잡하게 되었다. 그렇다고 강권이나 강권의 조상이 제왕의 조상이 될 만큼의 덕을 쌓은 것도 아니었다. 그런데도 불구하고 강권이 과한 욕심으로 경옥과 인연을 맺자 문제가 자못 심각해지게 된 것이다.

하늘은 복과 화를 번갈아 내린다. 그런데 이 복이나 화는 확정적으로 내려지는 게 아니고 스스로 복을 찾아 먹어야 하고 화는 알아서 피해야 한다. 그 말은 게으르고 멍청해서 하늘이 준 제 복을 찾아 먹지 못하면 그 복은 고스란히 남의 것이 된다. 거기서 그치는 것이 아니라 그 다음에는 화가 닥친다는 말이었다. 그런데 산이 높으면 골이 깊어진다고 복이 크면 화도 그만큼 큰 법이다.

'죽을 쒀서 개를 주지 않으려면 천생 복을 찾아 먹어야 한다는 말인데…… 결론은 죽으나 사나 내가 덕을 쌓아야

하겠군.'

문제는 고기도 먹어 본 사람이 먹는다고 강권은 전생이나 현생이나 덕을 쌓는 것과는 거리가 먼 사람이었다. 내 배부르고 등 따시면 그걸로 족하다고 생각하는 사람이었다. 그래서 미래를 읽고 후손들에게 땅 투기를 하라고 부추겼고, 자기 잘살자고 값비싼 도자기까지 남겨 두었던 사람이었다.

그런 사람이 덕을 쌓는 게 어떻다는 것을 제대로 알 리 있을까?

강권은 경옥을 만나면서부터 벌어지고 있는 일련의 일들을 돌이켜 보자 자신이 하고 있는 일들이 전혀 자신답지 않게 행동하고 있다는 생각이 들었다.

'겨우 제왕의 부모가 된다는 것에 내가 이렇게 들뜨는 거지?'

본래의 강권이라면 제왕을 골치 아픈 삶 정도로 생각해야 그게 정상이었다.

'그런데 왜?'

아무리 생각을 해도 이해가 가지 않았다. 나오느니 한숨뿐이었다.

"휴우, 그나저나 어떻게 덕을 쌓아야 하나?"

한참 고민을 하고 있는데 경옥이 묘한 표정을 지으며 일어났다. 경옥의 표정을 보며 강권은 언뜻 뇌리에 스쳐 가는 것이 있었다.

'정말 할아버지가 경옥이의 꿈에 현몽하셨나?'

아니나 다를까 경옥은 강권에게 꿈 얘기를 했다.

"……그러니까 꿈에 할아버지가 나타나셔서 우리 2세의 앞날을 위해서 백억 원으로 제단을 만들어야 한다고 그러셨다고?"

"예, 그렇게 덕을 쌓지 못하면 우리 아이는 비참한 삶을 산다고 하셨어요. 그런데 덕을 쌓게 되면 우리 아이, 최강경이 인류 역사상 가장 훌륭한 위인 중에서 한 사람이 될 거래요."

"우리 아이, 최강경? 벌써 이름까지 지었어?"

"아이! 이이는…… 나와 당신 아이니까 최씨 성을 쓰게 될 거고, 당신 이름과 내 이름에서 한자씩 따면 최강경 아니에요?"

강권은 아직 생기지도 않은 아이의 이름까지 지은 경옥의 행동에 어이가 없었다. 하지만 싫지는 않았다.

'최강경이라고?'

경옥은 꿈꾸는 듯 몽롱한 표정으로 말을 이었다.

"할아버지 말씀이 몇 년 안에 우리나라는 통일이 될 것이고, 세계 제일의 영향력을 가진 엄청 강대국이 될 거래요. 그러기 위해서는 홍익인간의 이념을 전 세계에 널리 퍼뜨릴 필요가 있대요. 저는 당신이 허락만 하면 우선 백억을 종자돈으로 해서 강경 재단을 만들 거예요. 그래서 가난한 나라들의 어린아이들에게 꿈과 희망을 심어 줄 거예요. 그리고 그 재단을 키워 나가 우리 아이 강경이의 정치적 기반을 만들어 줄 거예요."

강권은 자기에게 돈만 생겼다 하면 어떻게든 뺏어 가려는 할아버지의 수작에 기가 막혔다.

'이제 경옥이까지 동원해서 내 피 같은 돈을 뺏어 가시겠다고?'

그나마 다행인 점은 예전처럼 한 푼 남기지 않고 홀랑 벗겨가지 않는다는 것이었다.

결국 강권은 꼼짝없이 다이아몬드 원석을 팔아 생긴 돈 백억으로 재단을 만들어야 할 것이다.

강권은 면허를 따자마자 가장 사고 싶었던 K사의 SUV 차량인 모데라토를 구입했다. 모데라토는 찻값만 5,000만 원에 육박했고 기름 값이 엄청 많이 드는 단점이 있긴 했지만 340마력의 강력한 힘이 마음에 쏙 들었다. 자고로 남자와 차는 힘 아니겠는가? 게다가 항상 4륜구동이니 무진신공을 익히기 위해 종종 험한 산길을 다녀야 할 강권으로서는 최선의 선택이었다.

차를 사자마자 강권이 향한 곳은 성남시 분당 경찰서였다.

실종된 장도진 연구원이 최종적으로 있었던 곳이 성남시였고, 장도진의 주소가 분당구로 되어 있으며 실종 신고가 된 곳이 분당 경찰서였다. 그러니 관할이 분당 경찰서일 것이다.

장도진의 행방을 찾으려면 가장 먼저 분당 경찰서를 찾아 수사의 진척 사항 등을 알아야 할 것 같았다. 그런데 강권은 경찰서에 들어가는 것이 꺼려져서 경찰서 앞 도로변에 일단 정차를 했다.

강권이 경찰서에 들어가려는 것을 꺼리는 까닭은 어린 시절 겪었던 트라우마 때문이었다. 강권은 그동안 회피하기에 급급했던 트라우마를 극복하는 방법을 경옥에게 들었다. 경옥은 보통 사람이라면 정서적 안정을 꾀하며 서서히 트라우마를 극복하는 방법을 써야 하겠지만 강권은 그럴 필요가 없다고 했다. 국민이 나라의 주인이고 공무원들은 국민들을 위해서 존재한다는 민주주의 이념만 제대로 알고 있다면 공권력은 전혀 두려운 게 아니라고 말했다. 과거 우리나라는 공무원이 국민들의 우위에 있는 비정상적인 적도 있었지만 현재 우리나라에서 공무원의 존재 이유는 국민을 위해서라는 것이다.

"민주주의는 국민이 국가의 주인인 정치제도니까 주인인

내가 공무원들이나 공권력을 전혀 겁낼 필요가 없다고?"

강권은 무진신공을 유포시켜 안정을 한 후에 새로 산 애마인 황금색 모데라토를 몰고 경찰서로 들어갔다.

"실례합니다만 실종된 장도진 연구원의 수사 진척 상황을 알아보려고 미림에서 왔습니다. 실종자의 수사가 어떻게 이루어지고 있는지 알아보려면 어디로 가야 하겠습니까?"

강권은 최대한 정중하게 물었다.

그런데 20대 후반으로 보이는 덩치 좋은 경사가 강권의 물음에는 대답하지 않고 강권을 위아래로 훑어보았다. 그러더니 강권이 어려 보이자 단박 반말로 짜증을 부렸다.

"에이! 짜증나. 미림의 어떤 새끼가 실종이 됐기에 요새는 밤낮없이 미림, 미림이야."

순간 강권의 심장은 주체할 수 없을 정도로 쿵쾅거리기 시작했다. 초등학교 5학년 때 차압을 당한 후에 학교에 갔을 때 아이들이 강권의 아버지가 나쁜 짓을 해서 나라에서 재산을 몽땅 압수했다는 놀림을 당할 때 느꼈던 딱 그 기분이었다.

강권은 무진신공을 유포시켜 안정을 꾀하며 내심 중얼거렸다.

'이 자식은 내 종이고 나는 주인이다. 침착하자, 최강권.'

무진신공의 공능 덕분인지 금방 안정을 되찾자 강권은

그 경사에게 차분한 어조로 말했다.

"뭐라고요? 실례지만 다시 한 번 말씀해 주시겠습니까?"

"그건 됐고, 실종자 수사에 대해서는 방금 전화로 당신네 회사에 알려 줬어. 우리 분당 경찰서가 미림 전담 경찰서도 아니고 다른 일도 엄청 쌓여 있는데 너무 귀찮게 하지 말라고."

강권은 쥐꼬리 같은 권력도 권력이라고 어깨에 힘주려는 말단 경찰들의 태도와 이를 보고도 보지 못한 척하는 다른 경찰들의 복지부동에 내심 화가 치밀어 올랐다.

이파리 네 개면 경사, 명패를 보니 이철현이었다. 20대 후반에 경사면 승진이 빠르다고 볼 수 있었다.

"이철현 경사님, 거 민원을 이렇게 대해도 되는 겁니까?"

"에이 씨, 자꾸 귀찮게 하니까 그러지? 당신도 한 번 생각해 봐. 오늘만 해도 벌써 세 번째야, 세 번째. 다른 일도 잔뜩 밀렸는데 당신 같으면 짜증이 안 나겠어?"

"이봐, 이철현 경사, 당신의 사정은 알 바 없고 민원을 그따위로 상대해서야 어디 공무원의 올바른 자세라고 할 수 있어?"

"에이, 씨팔. 요새는 경찰이 봉이라더니 이제 별게 다 시비 거네. 야, 이 자식아. 나이도 어린 녀석이 어디서 훈계하려 들어? 내 막내 동생도 너보다 나이가 많겠다. 너 콩밥 좀 먹고 싶어?"

"좋아, 어디 콩밥 좀 먹여 봐. 당신 나 콩밥 먹이지 못하면 당신 옷 벗을 줄 알아."

"그 자식 공무집행방해죄로 입건시켜. 나이도 어린 게 꼬박꼬박 대드네. 어디 시끄러워서 업무를 제대로 볼 수가 있어야지."

뒤에서 누군가가 소리치자 이철현 경사가 민원실 밖으로 나와서 강권을 제압하려 했다. 이철현 경사가 나름 운동을 했다고는 하지만 강권을 당할 수 없었다. 아니, 도리어 호리호리한 강권이 덩치가 산만한 이철현을 순식간에 제압해서 항거 불능 상태로 만들어 버렸다.

"저 자식 잡아!"

누군가가 소리치자 민원실에 있던 의경들이 우르르 달려 나왔다.

"이러고도 당신들이 국민의 공복인 공무원이라고 할 수 있어? 이제 보니 이것들 이거 순 깡패 새끼들 아냐? CCTV에 찍혀 있으니 내가 정당방위인 것은 명백할 테고, 어디 그럼 본격적으로 해 볼까?"

강권이 큰 소리로 떠들자 강권에게 달려들던 의경들이 주춤했다.

강권은 의경들이 두렵지는 않았지만 싸우고 싶지 않아 큰소리로 겁만 주었다.

"나는 그대들 따위가 함부로 반말을 지껄일 정도로 그렇게 간단한 사람이 아니야. 민원이 나이가 어리다고 해서 함부로 그렇게 반말을 하면 되나? 그래서야 민중의 지팡이라고 할 수 있겠어?"

강권이 지르는 소리는 민원실 안을 쩌렁쩌렁 울렸다.

그때 날렵한 인상을 가진 20대 중반의 경찰이 들어왔다. 어깨에 무궁화 하나가 있는 것을 보니 경위였다. 경위는 들어오다 그 광경을 보고 강권에게 다가와 어떻게 된 일인지 물었다.

강권은 차가운 목소리로 자초지종을 얘기했다.

"예, 다름이 아니라 우리 회사 직원이 실종돼서 수사가 어떻게 진척이 되고 있는지 알아보려고 했는데, 이 이철현 경사가 다짜고짜 쌍욕을 하면서 나를 다그쳐서 이렇게 된 것입니다."

강권의 얘기를 들은 경위는 상황이 대충 파악되는 듯 즉각 사죄를 했다.

"아! 죄송합니다. 그런데 실종자와 어떤 관계가 되십니까? 실종자 사건은 원칙적으로 실종자와 밀접한 관계가 없으면 정보 열람이 불가능합니다."

"아! 그렇군요. 여기 제 명함이 있습니다."

강권이 내미는 명함에는 주식회사 미림의 총괄 담당 이사 최강권이라는 글자가 금박으로 찍혀 있었다. 미진이 장도진을 찾는 강권에게 해 준 일종의 보답이자 배려였다. 총괄 담당 이사라는 초유의 직책이 주어진 것은 강권의 나이도 있고 학력이나 경력도 일천한 까닭이었다.

고경탁 경위는 명함을 받고는 깜짝 놀랐다.

'아무리 봐도 아직 20대 초반인데 이사라니…… 그런데 총괄 담당 이사? 그런 직책도 있었나?'

고경탁 경위가 이처럼 놀라는 것에는 다 이유가 있었다. 요새 경찰서가 하도 시끄러워서 고경탁은 미림에 대해서 알아본 바 있었다. 그에 따르면 미림은 이른바 4세대 메모리라는 탄탄한 IT 기술을 기반으로 INT(탄소나노튜브 메모리) 및 IBT(분자 메모리)로 대변되는 퓨전 메모리 분야의 선두주자였다. 이 4세대 메모리는 세포를 이용한 바이오컴퓨터와 인공 장기, *감각의 디지털화를 이루는데 필수적인 요소였다. 그래서 어떤 경제 잡지는 이 미림을 향후 20년 내에 세계 3대 기업에 들 것이라는 전망까지 내놓고 있었다.

그런 미림의 이사라면 경찰서장도 함부로 할 수 없는 거물이라고 할 수 있었기 때문이다. 고경탁 경위는 강권을 즉시 자기 사무실로 안내해서 간단하게 브리핑을 해 주었다.

"미림의 연구원 장도진 씨는 17일 오후 10시 경에 단대동에 있는 수산시장 성남점에서 동창들과 동창회 도중에 분당에 있는 집으로 가기 위해 51번을 탔다고 합니다. 그런데 ……중략…… 우리 분당 경찰서는 수정 경찰서와 성남 경찰서에 업무 협조를 얻어 실종된 장도진 씨의 행방을 찾기 위해 연 인원 1,028명의 경찰 인력으로 24시간 불철주야 노력하고 있습니다. 이상입니다."

"고경탁 경위님, 우리 회사의 사장님께서 장도진 연구원의 행방을 제보하시는 분에게 1억의 포상금을 걸겠다고 했습니다. 그러니 신속하게 처리해 주실 것을 부탁드리겠습니다."

"예에?"

일개 연구원의 실종에 1억이란 거액의 포상금을 선뜻 걸었다는 것에 놀란 고경탁은 이 사안이 가볍게 여길 일이 아니라고 판단하고 신중한 어조로 대답했다.

"예, 그렇게 처리하도록 하겠습니다. 너무 심려하지 마십시오. 저희도 실종자의 행적을 찾기 위해서 최선을 다하겠습니다."

"그리고 참, 아까 보니 이철현 경사를 비롯해서 민원 담당 경찰들이 민원을 대하는 태도가 영 아니더군요. 그들의 처벌을 바라는 것은 아니지만 앞으로 민원들에게 좀 더 친절했으면 합니다. 만약 다시 그런 일이 발생한다면 그때는 이대로 끝나지는 않을 것입니다. 고경탁 경위님을 믿고 이번만은 이대로 넘어가겠으니, 그리 아십시오."

"아! 고맙습니다. 사실 제가 바로 며칠 전에 민원실로 발령을 받아서 아직 업무조차 제대로 파악을 하지 못하고 있습니다. 그래서 직원들의 태도를 살피지 못했습니다. 죄송합니다."

강권은 고경탁의 나이가 어려 보여서 경찰대를 나왔을 것이라는 짐작은 하고 있었다. 경찰대를 나왔다면 나름 엘리트 코스를 밟아 가고 있는 인물이었다. 게다가 그의 기파가 안정이 되어 있고, 좋은 상을 갖고 있어서 나름 인재라면 인재일 것 같았다.

강권은 그를 알아 두어도 나쁘지 않을 것 같다는 생각이 들자 함께 식사나 하자고 했다. 또 경찰 쪽에서는 중국의 산업 스파이에 대해서 얼마나 알고 있는지 궁금하기도 했다.

"고경탁 경위님, 마침 점심때도 되었는데 이 근처 괜찮은 식당 좀 알려 주십시오."

"식당이오?"

"예, 예전에 분당에 와 봤는데 너무 바뀐 것 같아서요. 또 고 경위님과 식사나 함께하면서 여쭤 볼 말도 있고요."

"아! 그러십니까? 한식 좋아하시면 근처에 그럴듯한 한정식 집이 있는데 어떠십니까?"

"예, 좋습니다."

고경탁으로서도 불감청(不敢請)이언정 고소원(固所願)이었다. 미림의 이사를 알아서 손해 볼 일은 없었기 때문에

민원인과 식사를 한다는 것이 좀 걸리기는 했지만 순순히
응했다.

근처 한정식 집에 도착한 그들은 조용한 방으로 들어갔
다. 강권은 방에 들어서자 고경탁에게 단도직입적으로 물었
다.

"고 경위님, 혹시 중국 산업스파이들에 대해서 알고 계
십니까?"

"산업스파이요?"

고경탁은 반문을 했지만 안색은 대강은 알고 있다는 기
색이었다. 그것을 읽은 강권은 탁 깨놓고 말했다.

"그렇습니다. 제가 고 경위님에게 묻고 싶은 것이 바로
중국 산업스파이에 대한 것입니다. 우리 미림에선 우리 연
구원 장도진 씨가 중국 산업스파이들에 의해서 납치당하지
않았나 생각하고 있기 때문이기도 합니다."

"예에?"

"아마 거의 확실할 것입니다. 얼마 전 우리 미림에서 중
국의 해커 전산망에 침투해서 그들의 책동을 분쇄시킨 다음
에 우리 연구원이 실종되었거든요."

"……."

강권이 보니 고경탁이 뭔가 말을 하려다가 입을 다무는
것이 느껴지자 순간 뇌리에 스치는 것이 있었다.

'이 사람은 분명 뭔가 알고 있구나. 하긴 산업스파이들

이 2,000여 명이나 암약하고 있는데 그것을 모른다면 오히려 그게 더 이상하겠지.'

강권이 이런 생각이 들자 슬슬 알고 있는 것을 토해 내도록 유도를 했다. 그러자 고 경위가 한참 무언가 생각을 하더니 말했다.

"사실 제가 알고 있는 것은 거의 없습니다. 다만 외사국에 근무하는 선배에게 얼핏 들은 것이 있습니다만…… 공무원 신분인 제가 잘 모르는, 거기에 국가 기밀이나 다름이 없는 일을 함부로 누설할 수 없습니다. 그렇지만 그 선배라면 이사님께 무언가 해 줄 말씀이 있을 것 같다는 생각이 드는군요."

"그러니까 고 경위님은 그 선배와 다리를 놔 주시겠다는 말씀이십니까?"

"예, 그게 제가 해 드릴 수 있는 최선입니다."

저녁 8시 같은 장소.

강권은 먼저 가서 고경탁이 오기를 기다렸다.

8시 정각에 고 경위는 40대 초반으로 보이는 중년인과 함께 들어왔다.

"어서 오십시오."

"아! 예, 먼저 오셔서 기다리고 계시는군요. 이분은 제가 존경하고 있는 경찰대 선배이십니다. 경찰대 기수로는 2

기고 경찰청 외사국장이십니다."

경찰청 국장이라면 치안감으로 군으로 따지면 투스타인 사단장급이었다. 경찰대 2기라면 40대 후반일 텐데 그 정도 자리를 차지하고 있다면 고시를 합격하지 않고서는 불가능할 것이다.

강권은 선배를 소개시켜 준다면서 이런 거물을 데려오는 고경탁에게 내심 경이로운 마음을 가지지 않을 수 없었다.

"아! 예, 그러시군요. 저는 미림의 총괄 담당 이사인 최강권이라고 합니다."

"허어, 젊으신 분이 중책을 맡고 계시군요. 저는 이경복이라고 합니다. 이 친구 말을 듣자니 산업스파이에 대해서 궁금하시다고요? 산업스파이는 제가 맡고 있는 외사국에서도 골칫거리입니다. 그래서 혹시나 하고 나왔습니다."

이경복의 말에 따르면 우리나라의 위상이 높아지자 우리나라에 2,000여 명이 넘는 산업스파이들이 활동하고 있다고 했다. 또 그중 가장 골치 아픈 자들이 중국 산업스파이들이라고 했다.

"어떻게 대책은 마련이 되어 있습니까?"

"국정원과 연계해서 대처를 하고 있습니다만……."

이경복의 말로는 국정원에서 정보를 독점해서 경찰청 외사국에서는 죽어라고 땀만 흘리고 얻는 것은 거의 없다고 했다.

강권이 이경복의 기파를 읽으니 뭔가 감추고 있는 것 같았다. 눈이 맑고 광채가 나니 귀한 상이고 눈썹에 보일 듯 말 듯 점이 있으며, 게다가 막 쥔 손금을 갖고 있으니 외골수에다 총명할 것이다. 이런 인물이라면 마음에서 울어나지 않으면 때려죽인다고 하더라도 마음속에 있는 것을 털어놓지 않을 것이다.

나름 이경복의 인물 됨됨이에 대한 판단이 하자 강권은 스스로 털어놓게 만들어야 뭔가 얻을 게 있다는 결론을 내렸다. 이경복과 같은 노련한 인물을 움직이게 하려면 그가 가장 알고 싶어 하는 것을 제시할 필요가 있었다. 물론 이쪽의 밑천을 전부 내보이면 안 된다. 상대를 가장 잘 속일 수 있는 거짓말은 90%의 진실에 10% 정도의 거짓말을 섞는 것이다. 강권은 그런 방법을 쓰기로 하고 은근한 어조로 말했다.

"아! 그러시군요. 다른 나라의 산업스파이에 대해서는 모르겠는데 중국의 산업스파이 조직이라면 남산에 있는 중국 영사부를 조사하는 게 빠를 것입니다."

"최 이사, 그게 무슨 말이오? 남산의 중국 영사부라니?"

"하하, 우리 회사 직원 중 한 사람이 인사동 일대의 폭력 조직인 쌈지파와 갈등이 있어 쌈지파를 조사한 적이 있었습니다. 그런데 남산에 있는 중국 영사부와 쌈지파가 무슨 관련이 있는 것 같았습니다. 게다가 중국 영사부 소속

직원들 중의 상당수가 발경의 경지에 오른 쿵후의 고수라더
군요. 조금 이상하지 않습니까? 그리고……."

　강권의 말을 열심히 듣고 있던 이경복은 강권이 말끝을
흐리자 기파가 흔들리는 것이 역력했다. 무언가 심적 동요
가 있음에 틀림없었다. 워낙 노련한 인물이어서 겉으로 봐
서는 거의 표시가 나지 않았지만 강권과 같은 내가 고수를
속일 수는 없었다.

　'역시 뭔가 알고 있음이 분명해.'

　한참 생각에 잠겨 있던 이경복은 강권의 내심을 짐작이
라도 한 듯 결연한 표정으로 말했다.

　"최 이사, 최근 들어 몇몇 첨단 기술을 보유하고 있는
연구소에 근무하고 있는 연구원들이 실종되었다 나타난 경
우가 몇 차례 있었습니다. 실종되었던 자들이 워낙 민감한
곳에 근무해서 국정원한 곳담당을 했고 우리 외사국한 곳업
무 협조를 했습니다. 그런데 실종되었다 돌아온 자들이 하
나 같이 CCTV가 없는 곳에 곳있다 왔다는 것입니다. 어
떤 자들은 낚시를 갔담당을 고, 어떤 자들은 등산을 하러
갔담당을했습니다. 물론 그럴 수도 있겠지요. 문제는 그들
의 실종을 조사하던 우리 외사국 직원들 몇이 의문사를 당
했다는 것입니다."

　"국장님께서 저에게 그런 말씀을 하시는 이유가 무엇입
니까? 혹시 중국 영사부 직원과 마주쳤다는 우리 회사 직

원에게 사인을 알아보게 하려는 것입니까?"

"그렇습니다. 최 이사, 국과수 연구원들의 말에 의하면 그들은 무언가에 관통상을 입고 과다출혈로 죽었다고 합니다. 그런데 무엇에 관통을 당했는지 도무지 알 수 없다는 것입니다. 심지어 사입구와 사출구를 전혀 알아볼 수 없었다고 합니다. 그 점이 또 다른 의문점들을 낳고 있습니다. 게다가 외사국 직원들의 몸에서 일체 대항한 흔적이 없다는 것입니다. 우리 외사국 직원들은 무도 경관 중에서 특채를 한 사람들이기 때문에 나름 무술의 달인들입니다. 그런 무술의 달인들이 자신이 어떻게 죽는지도 모르고 죽었다는 것이 말이 된다고 생각하십니까? 그렇다고 어떠한 약물이 검출된 것도 아닙니다. 최 이사가 생각하기에도 좀 이상하지 않습니까?"

이경복의 말대로라면 이상한 점이 하나둘이 아니었다.

사입구와 사출구를 모를 정도라면 분명 총기류나 흉기에 의한 관통상이 아니다. 그렇다면 투척류 무기에 의한 관통일 것인데 암기를 던져 사람의 몸을 뚫기란 어지간한 내가 고수가 아니면 불가능하다. 또 무술 경관이라면 최소한 20년 가까이 무술을 연마한 사람들인데 그런 사람들이 죽는지도 모르고 죽었다면 지금까지 전혀 알려지지 않은 방법에 당했을 것이다.

물론 강권 자신이라면 지풍이나 마법 공격으로 그렇게

할 수 있을 것이지만 마법은 아닐 것이 분명하다.

'그렇다면 중국 애들 중에서도 지풍을 쓸 수 있는 고수가 있다는 것인가? 설마 그런 고수들이 하수인 노릇을 한단 말인가?'

이런 강권의 속내를 알 리 없는 이경복이었지만 강권이 고개를 갸웃거리는 것을 보고 뭔가 알고 있다고 생각했다. 첨단 과학 기자재를 동원하고서도 알 수 없었던 것을 밝힐 수 있다는 생각에 나름 기대감이 샘솟았다. 순직한 무도 경관들은 자신이 직접 고른 그의 사람들이었다. 그래서 그들의 복수를 해 주지 못한다고 하더라도 사인 정도는 밝혀 주어야 한다고 생각하고 있었다. 그것이야 말로 자기를 믿고 따랐던 이들에게 할 수 있고, 해야만 하는 최소한의 도리라고 믿는 이경복이었다.

내심 이런 생각을 한 이경복은 강권에게 정중하게 부탁했다.

"최 이사, 그들은 우리나라의 국익을 위해서 산화한 애국자들입니다. 그들의 한을 달래 주기 위해서라도 그 직원을 꼭 만나게 해 주십시오."

이경복이 애국심에 호소하였지만 강권은 애국심 따위에는 크게 관심은 없었다. 하지만 그들이 어떻게 죽었는지 알고 싶었다. 왠지 모르게 그들의 죽음이 자기의 미래에 엄청 관계가 있을 것 같다는 예감이 들었다. 그들이 죽은 지 49일이 지나지 않았다면 그들의 영혼은 아직 이승을 떠나지 않았을 것이고 접신(接神)도 가능할 것이다. 그렇다고 그런 것까지 세세히 밝힐 필요는 없었다. 나름 생각을 정리한 강권은 이경복에게 말했다.

"이 국장님, 그 친구는 자신의 존재가 외부에 알려지는 것을 극히 꺼립니다. 한 번 말은 해 보겠습니다. 그런데 그들을 아직 매장하지 않았다면 제가 먼저 그 사체들을 보면 안 되겠습니까?"

"최 이사가 사체들을 보겠다고요?"

"예, 사체들을 봐야 그 친구에게 그들이 어떻게 죽었다는 것을 말해 줄 수 있을 것이고 그래야 그 친구를 설득하기 좋지 않겠습니까?"

이경복은 딴에 일리가 있다는 생각이 들었는지 강권에게 기다려 보라는 말을 하고 어디론가 전화를 걸었다. 그러더니 다시 분당 경찰서장에게 전화를 걸어 패트롤카를 부탁하는 것이었다.

"최 이사, 굳이 사체를 보시겠다면 빨리 가 봐야 할 것 같습니다. 순직한 우리 직원들은 모두 다섯 명인데 전부 장기 기증과 시신 기증을 한 상태입니다. 그중 네 명은 이미 대학교 의대에 보내졌습니다. 그중 유일하게 남은 한 명이 내일 아침 일찍 카톨릭 의대로 갈 예정이랍니다."

"카톨릭 의대로 가다니요?"

"시신을 기증하게 되면 보통은 대학병원에 보내져서 방부처리를 하여 일정한 기간이 경과 후에 의대 해부학 실습이나 연구용 시술을 위해 쓰여집니다. 국과수에 있어 봐야 더 이상의 자세한 사인을 밝힐 수 없으니 원래 기증 약속을 한 대학병원으로 보내지는 것이지요."

"아! 그럼 나머지 시신들은 이미 해부학 실습에 쓰였겠네요?"

"아직 쓰이지는 않았습니다. 방부처리를 할 때 사용한 약품의 독성 등을 없애기 위해서 모처에서 보관되고 있습니다. 하지만 볼 수 없으니 이미 쓰인 것이나 마찬가지죠."

패트롤카가 오자 이경복은 즉시 국과수로 호송할 것을 지시하고 사이렌을 울리며 빠른 속도로 달렸다. 분당 경찰서에서 국과수까지는 보통 1시간 이상 걸리는데 불과 30분 안에 국과수에 도착을 했으니 얼마나 빨리 달렸는지 이해가 갈 것이다.

그리고 국과수에 도착을 하자 즉시 시신을 검안할 수 있게 조치가 되어 있었다.

*감각의 디지털화 : 인간의 감각은 전기적 자극으로 외부의 사물을 판단하기 때문에 냄새나 소리도 디지털화 할 수 있다고 한다. 따라서 이 기술을 통해서 차세대 TV는 화면에 맞는 냄새까지도 송출할 수 있다는 것이다.

제11장
설마 이것은?

"최 이사, 어떻소?"

강권이 오한용 경위의 시신 앞에서 가타부타 말도 없이 가부좌를 틀고 앉아 있자 애가 탄 이경복은 성마르게 물었다. 그런데 강권은 들은 척도 하지 않고 아예 눈까지 감아 버리는 것이 마치 명상을 하고 있는 것처럼 보였다. 이에 더 답답해진 이경복은 혼자 구시렁거렸다.

"허! 이것 참, 도대체 뭐하자는 것이지?"

그런데 강권은 듣지 못했다는 듯 여전히 같은 자세를 견지했다. 강권이 이 같은 태도를 취하는 것은 시신의 상처에서 마나를 감지했기 때문이었다. 마나와 기는 같으면서도 약간 달랐다. 둘은 자연의 기운이라는 점에서는 동일했지만 기가 정제된 것이라면 마나는 정제되지 않은 기운이었다. 저런 상처는 강력한 지풍으로도 가능하지만 미약하나마 마나가 감지되었다는 점에서 마법에 의한 상처일 것이다. 그런데 강권이 느끼기에 통상적인 마법에 의한 상처와는 약간 다른 것 같았다.

'[윈드 스피어]라는 2클래스 마법에 당한 것 같은데 왜 [윈드 스피어]에 당한 상처와는 다르게 느껴지지?'

강권은 이런 의구심이 생각나자 명학에게서 무작위로 받아들였던 이계 마법지식들을 떠올렸다. 그리고 명학에게서 무작위로 받아들였던 마법 지식들을 다시 검색하는 과정에서 아티펙트라는 것이 떠올랐다. 강권은 아티펙트를 자신의 서클보다 두 단계 아래의 마법을 가능하게 해 주는 일종의 마법 장치로 이해했다.

"그럼 아티펙트에 의한 상처야? 어떻게 그게 가능하지? 설마 명학이 이 녀석이 개입되었다는 건가?"

아무리 생각을 해도 그것 아니면 답이 없다.

한편 강권이 자기도 모르게 소리를 치자 이경복은 강권이 무슨 말을 하는지 몰라 벙 졌다. 고경탁 역시 아티펙트라는 말을 들었지만 자기가 잘못 들은 것이 아닌가 하며 반신반의 했다.

'아티펙트라니? 무슨 판타지 세상도 아니고 그게 무슨 말이야?'

그런데 강권이 다시 명상에 잠겨 버리자 옆에 있던 이경복이나 고경탁은 벙어리 냉가슴을 앓을 수밖에 없었다.

강권은 그들이 그러든가 말든가 전혀 신경을 쓰지 않고 오한용 경위의 영혼과 접신을 시도했다.

강권의 접신 방법은 영매나 무당들의 접신과는 전혀 다른 방법이다. 영매나 무당이 영혼을 자신의 몸으로 받아들여서 접신을 시도하지만 강권은 영혼의 파장을 맞추어 공명을 해서 영체와 의사소통을 한다. 지박령을 부릴 때도 같은 방법을 사용한다.

영매나 무당은 동일한 지위에서 접신을 한다. 따라서 영혼이 아무리 뛰어난 사람이었다고 하더라도 몸을 빌린 영매나 무당 이상의 지적 능력을 발휘할 수 없다.

반면에 강권이 사용하는 방법은 영혼보다 우월한 지위에서 접신을 한다. 이승은 어디까지나 살아 있는 자들의 세계이기 때문이다. 더 바람직한 것은 영혼들이 자유로운 상태에서 그들의 의사를 밝히기 때문에 그들의 능력을 모두 발휘할 수 있게 한다.

또한 외부에서 봐서는 영매나 무당의 접신과는 다르게 강권이 접신을 하는지 하지 않은지 전혀 알 수가 없다. 강권은 오한용 경위와 접신을 시도해서 대화를 나누었다.

'오한용 경위, 자네는 누구에게 살해당했지?'

[중국 놈들, 멸종단(滅從團) 놈들이야.]

'멸종단이라니?'

[우리나라에 암약하는 중국 스파이 놈들은 크게 세 무리로 구분이 돼. 정보를 캐는 취지단(取知團), 그들을 도와주고 보호하는 호천단(護天團), 그들의 흔적들을 지우는 멸종단이 그것들이지.]

강권은 오한용 경위의 영혼으로부터 많은 것들을 알아냈다. 아울러 오한용 경위가 장도진 연구원의 행방을 쫓다가 살해되었다는 것까지 알아낼 수 있었다.

그리고 남산에 있는 중국 영사부가 산업 스파이들의 총본부고, 전국 10여 개 도시에 그들의 지부가 있다는 것도 알게 되었다.

오한용 경위는 접신을 중지하려는 강권에게 그의 아내와 자식들의 후사를 부탁했고 강권은 흔쾌히 그러마고 했다. 강권이 이처럼 흔쾌히 대답을 한 것은 오한용 경위가 장도진 연구원의 종적을 뒤쫓다 순직했으니 미림은 당연히 일정의 책임을 져야 한다고 생각했기 때문이다. 한마디로 자기 돈 하나 들지 않으니 강권으로서는 거리낄 이유가 전혀 없었던 것이다.

"최 이사, 뭘 좀 알아낸 것 같던데 말을 해 주시오."

"이 국장님, 제가 말씀드릴 수 있는 것은 그들은 고도의 무공을 익힌 자들이기 때문에 무도 경관으로서도 그들을 상대하기가 쉽지 않을 거라는 것입니다. 그렇다고 함부로 총기를 사용하면 종내는 중국과 마찰이 있을 것입니다. 제가 이런 말씀을 드리는 것은 부하 직원들을 생각하는 이 국장님의 마음은 알기 때문입니다. 저에게 생각할 시간을 좀 주십시오."

강권은 오한용 경위와 접신을 해서 알아낸 사실들을 곧이곧대로 말할 수 없어 이렇게 얼버무릴 수밖에 없었다. 그런데 이경복은 작정을 한 듯 강권에게 끈질기게 채근했다. 강권은 고심을 하다 한 가지 대안을 제시했다.

"중국과 외교 분쟁을 피하면서 그들을 상대하는 방법은 있습니다만 그것은 어디까지나 편법입니다. 한 번 들어 보시겠습니까?"

"그게 어떤 방법이오?"

"민간인으로 결사 조직을 만들어 산업스파이들과 맞서는 방법입니다. 제가 맡아서 책임지고 훈련을 시키도록 하지요. 그렇게 하면 조금은 승산이 있을 것입니다."

"최 이사가 그럴……."

이경복은 너 따위가 그럴 능력이 있느냐고 말하려 하다 자신의 실수를 깨닫고 얼른 입을 다물었다. 하지만 마음속으로는 여전히 승복하지 않는 눈치였다.

강권이 그걸 모를 리 없었다. 하지만 내색은 하지 않고
말했다.

"외사국에 소속된 경관들 중에서 무도 경관 출신이 10명
이 있을 것입니다. 국장님께서 그들과 언제 한 번 자리를
마련해 주시는 게 어떻겠습니까?"

"뭐라고요?"

"하하, 그들을 제가 부리겠다는 말은 아닙니다. 국장님
께서 염려하시는 바를 조금 덜어 드리겠다는 것 외에는 다
른 이유가 전혀 없습니다."

"알겠소. 쇠뿔도 단김에 빼랬다고 지금 당장 부하들을
불러들이겠소."

새벽 두 시가 다 되어 가는 시간에 부하들을 소집하겠다
는 이경복의 말에 강권은 어이가 없었다. 하지만 그의 외골
수적인 성격을 감안한다면 그보다 더한 일도 서슴지 않았을
것이란 생각이 들자 그의 말에 따르기로 했다.

❖　　❖　　❖

성남시 산성동에 있는 청호 체육관에 외사국에 근무하는
10명의 무도 경관이 집합한 시간은 새벽 4시였다.

청호 체육관은 이경복의 사촌 동생이 운영하는 합기도
도장으로 무도 경관들이 한 달에 한 번 꼴로 집합하는 장소

이기도 했다.

청호 체육관의 관장 이경수는 어릴 때부터 공부와는 담을 쌓고 온갖 무술을 익힌 괴짜였다. 나이가 40대 초반인데 무술 단수를 합하면 30단은 훨씬 넘고 40단은 조금 모자랄 정도니 그의 나이를 감안하면 무귀(武鬼)라 불러도 전혀 과함이 없을 것이다.

"형님, 꼭두새벽부터 무슨 일이오?"

"허, 이 자식 보게, 이제 대가리 컸다고 이 형님한테 엉길 셈이냐?"

"허, 형님도 참. 내 나이도 이제 40대 중반으로 들어섭니다. 그런 것도 감안을 해 줘야 하지 않겠습니까?"

"이 자식아, 나한테 너는 언제나 코 찔찔이니까 그렇게만 알고 있어."

"허, 알겠습니다."

이경수는 사촌 형 이경복이 어떤 종자라는 걸 잘 알고 있었기 때문에 따지려는 생각을 접었다. 이경복은 일단 자기 사람이라고 생각하면 무슨 일이 있어도 지켜 주는데 반해서 자기 권위를 침해하면 수단과 방법을 가리지 않고 아작을 내는 인물이었다. 이경수는 그런 형이 두렵지는 않았지만 형제간의 우애를 해치기 싫어 참고 있는 것이다. 또 이경복은 이 도장을 그에게 마련해 준 것을 비롯해서 부모 이상의 역할을 해 왔으니 굳이 그런 형에게 대들 이유도 없었다.

이경수는 고경탁에게 조용하게 무슨 일인가 물었다. 고경탁은 청호 체육관에서 어렸을 적부터 운동을 해 왔기 때문에 이경수에게는 제자나 마찬가지였다.

"예, 스승님. 젊은 친구 때문에 벌어진 일입니다."

"젊은 친구라니?"

"국장님과 함께 온 친구 말입니다."

고경탁은 이렇게 운을 떼고는 어제 저녁부터 있었던 일을 요약해서 말했다. 이경수는 고경탁의 말에 강권을 다시 꼼꼼하게 훑어보고는 흠칫 놀랐다. 강권의 기도가 그가 가늠할 수 없을 정도였기 때문이다.

"흐음, 내 생전에 저런 인물도 보게 되는군."

"스승님, 그게 무슨 말씀이신지요?"

"나도 무술깨나 했다고 자부하는데 저 친구에게는 명함도 못 내밀 것 같아."

"스승님, 정말 그 정도입니까? 저도 예사롭게 보지는 않았는데 설마 스승님께서 놀라실 정도입니까?"

"고 군, 아마 나 정도가 열 명이 덤벼도 당할 수 없을 것 같아. 무협지에서나 나오는 장풍이나 지풍을 쓰는 초고수라면 어떻게 상대할 수 있을는지 몰라도 말이야."

"설마 그 정도입니까?"

이경수가 고개를 끄덕이자 고경탁은 문득 낮에 경찰서에

서 벌어졌던 일이 떠올랐다.

고경탁은 이철현 경사가 무도 경관은 아니지만 유도가 3단이라는 것을 알고 있었다. 이경수의 말을 대입하자 강권이 이철현 경사를 제압하는 장면을 보지는 못했지만 대충은 그림이 그려졌다.

하지만 고경탁은 자신이 알고 있는 무도 경관들의 면면을 떠올리자 설마 하는 생각이 앞섰다. 이런 고경탁의 의구심은 10명의 무도 경관이 모두 모이자 이내 말끔히 지워지게 되었다.

❖   ❖   ❖

"이 국장님, 여기 모이신 분들에게 한 가지 다짐받을 일이 있는데 약속해 주실 수 있겠습니까?"

"최 이사, 무슨 일인지 알아야 다짐을 주든 말든 할 것이 아니겠소? 기탄없이 말해 보시오."

"좋습니다, 말씀드리지요. 여기에서 벌어진 일에 대해서 일체 함구해 달라는 것입니다."

이경복은 주위를 쓰윽 훑어보는 것으로 좌중에게 자신의 의사를 밝혔다. 한동안 기다려도 아무런 대꾸가 없자 강권에게 약속을 했다.

"여기에서 아무 일도 벌어지지 않았다고 약속하겠소."

"하하, 좋습니다. 밤도 늦었고 하니 시간을 끌 필요가 있겠습니까? 이분들에게 수단과 방법을 가리지 말고 한꺼번에 저에게 덤비라고 지시해 주십시오. 그 결과가 나오면 국장님께서는 수긍하실 수 있으실 것입니다."

"최 이사, 그게 무슨 말이오?"

이경복은 강권이 입을 꾹 다물고 대꾸를 하지 않자 한숨을 내쉬며 무도 경관들에게 고개를 끄덕거렸다.

무도 경관들도 귀가 있으니 강권의 말을 들었고 내심 미친놈 지랄한다고 욕하고 있던 터여서 이경복의 지시에 다짜고짜 공격해 들어갔다. 그런데 결과는 전혀 예상 밖이었다. 10명의 무도 경관들이 순식간에 널브러진 것이다.

너무도 순식간에 벌어진 일이어서 이경수조차도 무도 경관들이 어떻게 당했는지 제대로 보지 못했다.

강권은 무도 경관들이 일어나기를 기다려 다시 말했다.

"여러분께서 방심을 하셨던 것 같군요. 이번에는 저를 얕잡아 보지 마시고 최선을 다해 주십시오. 몇몇 분들은 검도를 하신 것 같군요. 검도를 익히신 분들은 무기를 드셔도 좋습니다."

검도를 익힌 고수들에게는 목검은 그 자체로 흉기나 마찬가지였다. 또한 검도를 익힌 고수들이 손에 무기를 드는 것과 들지 않는 것은 몇 곱절은 위력적이었다. 그런데 무기를 들고 덤비라니 너무 어이가 없는 일이 아닐 수 없었다.

이경복 역시 나름 운동을 한 인물이어서 그런 사실을 모를 리 없었다. 이경복은 한참 고심을 하다 부하들에게 목검을 들고 다시 덤비도록 명령을 했다.

"하지만 국장님, 그러다 자칫……."

검도 5단에 세계 검도 선수권에서 준우승까지 한 경력이 있는 차명환 경위는 나름 강권을 생각한다고 말을 꺼내려다 본전도 찾지 못했다.

"하하, 그깟 목검을 들고 덤빈다고 결과가 달라질 것 같습니까? 안심을 하고 최선을 다해서 덤비십시오. 무기를 들고도 한 합도 견디지 못한다면 검도를 익힌 게 창피하지 않겠습니까?"

강권의 격장지계에 10명의 무도 경관은 분노로 얼굴이 시뻘겋게 달아올랐다.

'미친 새끼, 그러다 병신이 되어도 나는 모른다.'

10명의 무도 경관은 내심 강권을 난도질하겠다는 생각을 가지고 다시 공격해 들어갔다. 그런데 결과는 이전과 전혀 달라지지 않았다. 10명이 널브러진 것은 순식간이었던 것이다.

강권은 너무나 뜻밖의 결과에 황당해하는 이경복이 제정신을 차릴 때까지 기다렸다가 자신의 생각을 밝혔다.

"우리나라에서 암약하고 있는 중국 산업스파이들은 대략 1,000명 정도입니다. 그중 100여 명은 저 무도 경관들보다 윗길에 있고 300여 명은 저분들과 비슷할 것입니다. 특히 10여 명은 저들 10명의 무도 경관이 전부 덤비면 간신히 이길 수 있겠지만 그들 중 둘만 힘을 합하면 무도 경관들이 꼼짝하지 못할 것입니다."

"그렇게나 막강하다는 것이오?"

"그들은 이쪽에서 상상할 수 없는 암기를 쓰고 있으니 그 이상이라고 생각하시면 될 것입니다."

"예에? 그러면 그들을 막을 수 있는 방법이 전혀 없다는 것입니까?"

이경복은 깜짝 놀라 물었다.

강권은 약간 과장되게 말한 점이 있었다. 하지만 저들이 마법 아티펙트나 화골산을 먹인 수수전을 쓴다는 것을 감안하면 전혀 과장하지 않았다고 봐도 좋다는 생각이 들어 차분하게 대답했다.

"아까도 말했지만 총기를 사용하지 않으면 그들을 상대하는 것은 거의 불가능하다고 보면 됩니다. 제가 그래서 국장님께 어떤 말도 드리기 어렵습니다."

"최 이사, 그럼 방법이 전혀 없겠소?"

"비상한 시국에는 정상적으로는 대처가 어렵다는 것을 국장님께서도 잘 알고 계실 것입니다. 제가 말씀드릴 수 있는 것은 정상적인 방법으로 힘이 들지만 비정상적이라면 방법이 전혀 없지는 않다는 것입니다."

"대체 그 비정상적인 방법이 무엇이오?"

강권은 이경복의 얼굴을 한참 쳐다보다 한숨을 쉬며 말했다.

"합법적인 조폭을 키우는 것입니다. 물론 그들은 오로지 중국의 산업스파이들만 상대한다는 전제로 조직된 폭력 집단입니다."

"그렇게까지 해야 합니까?"

"제가 국장님께 말씀드린 것은 최소한의 조건입니다. 그리고 이 조폭들은 목숨을 초개와 같이 여기는 자들로 조직이 되어야 합니다. 그게 힘든 점이기도 합니다."

이경복은 강권의 말에 무어라 말할 수도 없었다.

요즘 애들 중에 국가를 위해서 목숨을 초개와 같이 여길 수 있는 애들이 얼마나 되겠냐는 생각을 하자 엄두가 나지 않았던 것이다. 또한 이 정도의 일은 자기가 나서서 할 수 있는 것도 아니었다. 정책 결정권자의 재가가 필요한 사항이었다. 이경복은 나름 숙고를 하다 강권에게 말했다.

"사안이 사안이니만큼 내가 최 이사에게 무어라 약속을 할 수 있는 일이 아니군요. 한 번 윗선에 보고를 해 보고 가부간 말씀드리도록 하겠습니다."

"하하, 아무래도 그래야 되겠지요."

❖　❖　❖

　경옥은 시간이 지날수록 오히려 꿈이 더욱 생생하게 떠오르자 가슴이 벅차올랐다.

　'내가 제왕을 낳을 거라고?'

　자칭 최강권의 할아버지라는 노인의 풍모가 완전 신선풍이어서 경옥은 더욱 믿음이 갔다.

　그런데 100억이라는 거금으로 재단을 만들어서 제3세계 아이들에게 희망을 주라는 대목에서는 망설이지 않을 수 없었다. 돈이 없어서가 아니었다. 강권이 자신에게 꿈 얘기를 듣고는 100억이 든 통장을 선뜻 맡겨서 돈은 가지고 있었다.

　하지만 우리나라에도 어려운 사람이 많은데 외국 아이들을 위해 그 돈을 쓴다는 게 선뜻 내키지 않은 것이다.

　'할아버지 말씀은 최대한 많은 사람들을 도와야 한다고 했었지.'

　그렇게 생각한다면 그 돈을 가지고 도와줄 수 있는 사람의 수는 제3세계가 최소한 10배는 많을 것이다.

　경옥은 일단 재단을 만들 결심이 서자 서울대 법대를 다닐 때 동기들 중에서 사법 고시에 합격한 사람들의 근황을 알아보았다.

　그중 제일 먼저 떠오르는 인물은 권계숙이었다. 계숙은

사시 성적도 좋았고, 연수원 성적도 우수해서 판사는 몰라도 검사는 할 수 있었는데도 불구하고 참여연대 간사가 된 인물이었다.

'계숙이 언니는 그때도 제3세계에 대해서 관심을 갖고 있었지.'

경옥이 권계숙에게 언니라고 하는 것은 권계숙이 9살에 초등학교에 들어간 데다 재수를 해서 대학에 들어왔기 때문이다. 더군다나 친언니인 미옥의 동창이기도 했다.

권계숙은 자기보다 다섯 살이나 나이가 어린 경옥을 매우 귀여워했었다. 경옥이 법대를 중퇴하고 의대에 다시 입학을 해서 소원해기는 했지만 권계숙과 연락이 완전히 끊긴 것은 아니었다.

경옥은 권계숙을 만나서 재단법인에 대해서 의논을 했다.

"경옥아, 갑자기 웬 재단법인이니?"

"으응, 우리 그이가 눈 먼 돈 100억이 생겼다고 그걸로 재단을 만들어서 제3세계 아이들을 위해서 쓰자고 하데. 그래서 언니가 생각이 나서 언니와 상의를 하려고 보자고 했어."

"뭐? 100억으로 재단을 만들겠다고? 참, 그보다 언제 이 언니에게 알리지도 않고 결혼했냐?"

"언니, 아직 결혼을 한 것은 아냐. 하지만 이미 결혼을 한 것이나 다름이 없다고 보면 돼."

권계숙은 경옥의 말에 어이가 없기도 하고 걱정이 되기도 했다. 경옥이 실연을 하고 몇 날 며칠을 울고불고 했던 것을 익히 잘 알고 있었기 때문이다. 하지만 100억이라는 거금을 선뜻 재단에 출연을 할 정도면 속물은 아니라는 생각이 들어 조금 안심이 되기는 했다.

"경옥아, 재단법인을 설립하는 게 뭐 어려운 일은 아닌데 굳이 내가 나설 필요가 있을까?"

"언니, 재단법인을 설립하는 것은 어려운 일은 아니지만 원래 언니도 제3세계 아이들에 대해서 관심을 갖고 있었잖아. 또 언니도 알다시피 내가 아직 졸업을 하지 않았잖아. 그래서 아무래도 그쪽에 관심이 있는 언니와 함께 일해 보고 싶었어."

"그래 한 번 생각은 해 볼게. 그나저나 네 신랑 될 사람은 언제 보여 줄래? 그 사람을 만나 보면 확실하게 결정을 내릴 수 있을 것 같은데."

"고마워, 조만간 그이를 보여 주도록 할게."

경옥은 권계숙이 강권을 만나 보고 확실하게 결정을 하겠다고 했지만 그것이 승낙의 의미라는 것을 알고 있었다.

그 시각, 모처에서 강권은 전혀 뜻밖의 인물과 만나고 있었다. 그 뜻밖의 인물은 다름 아닌 대한민국의 대통령 이무영이었다. 이무영은 국정원장으로부터 이미 수차례 중국의 산업스파이들에 대해 보고를 받고 그들의 처리에 고심하고 있었다.

국익을 위해서는 그들을 과감히 제거해야 하지만 제도권의 힘으로는 그들을 상대하기가 사실상 불가능했다. 자칫 대응을 잘못했다가는 외교적 분쟁을 야기하게 될 것이고, 두고 보자니 엄청난 가치를 지닌 첨단 기술들이 유출되는 것을 빤히 보고 있어야 한다.

그러던 차에 국정원장으로부터 남산 영사부에서 벌어졌던 일을 보고받고 강권의 행방을 은밀하게 찾고 있던 중이었다. 그런데 경찰청장으로부터 구미가 당기는 말을 듣고 안가(安家)에서 자세한 얘기를 듣겠다는 지시를 내렸던 것이다. 물론 외부에 전혀 알려지지 않은 완전 비공식적인 만남이었다.

"강 청장, 산업스파이들만 전문적으로 상대하는 조폭을 만들자고 했습니까?"

"예, 대통령님. 얼마 전에 본청의 외사 국장이 저에게 그런 말을 하더군요. 엄청난 능력을 가진 젊은 친구가 그런 말을 했다고 합니다."

"그 친구를 만나 볼 수 있겠습니까?"

"그렇잖아도 대통령님께서 방문하시겠다는 말씀을 하셔서 대기시켜 놓고 있었습니다."

강희복 경찰청장은 마치 자기가 강권을 데려온 것처럼

말하고 있었지만 그것은 어디까지나 강권이 자발적으로 찾아왔기에 가능한 일이었다. 어찌 되었건 불려온 강권을 본 이무영 대통령은 자못 흥미롭다는 표정을 지으며 말했다.

"하하, 그대가 재미있는 제안을 했다는데 어디 한 번 들어 볼까?"

강권은 눈앞의 인물이 귀인이라고 느끼고 있었지만 그가 대통령이라고는 짐작하지 못했다. 워낙에 이무영 대통령이 매스컴에 나오는 것을 꺼려 한데다 최근 지병까지 도져서 얼굴이 전연 딴판이 된 까닭이었다.

"말씀드리는 것은 어려운 일이 아닙니다. 그렇지만 제가 제안을 말씀드리기에 앞서 어르신께 마사지를 해 드리고 싶군요. 그래야 제 제안이 어느 정도 실효성을 가질 것 같으니까요."

"호, 그래? 자네가 보기에 내가 금방이라도 죽을 것 같은가?"

"어르신께서 당장 돌아가신다는 말씀은 아닙니다. 그렇지만 제 제안까지 신경을 쓰실 만큼 건강하시지 못한 것 같아 드리는 말씀입니다."

"그렇다면 자네 마사지를 받으면 내가 건강을 회복할 수 있다는 건가?"

이무영 대통령이 이채를 발하며 묻자 강권은 웃으며 말했다.

"세상에는 눈에 보이는 것과 눈에 보이지 않는 것이 있습니다. 사람들은 눈에 보이는 것에 흥미를 갖지만 정작 눈에 보이지 않는 것이 세상을 지배하고 있다는 것을 알지 못합니다. 제가 어르신께 이 말씀을 드리는 까닭은 어르신의 건강이 나빠진 것이 눈에 보이지 않는 것에 영향을 받았기 때문입니다."

"호, 그래? 그럼 그대는 내가 어떻게 아픈지 알고 있다는 건가?"

"대충은 알 것 같습니다. 어르신, 아마 어르신께서 건강이 나빠진 시기는 재작년부터 일 것입니다. 어르신의 선조께서는 야학을 벗 삼아 청수를 닦으셨을 것이고 유택을 정하신 것도 그 점을 염두에 두셨을 것입니다. 재작년에 유택 입구에 사람들을 꼬이는 무언가가 생겼을 것이고 어르신의 선조께서는 대단히 못마땅해 하고 계셔서 그렇게 된 것입니다."

이무영 대통령은 그제야 재작년부터 선산으로 들어가는 길목에 레저타운이 조성되고 있는 것이 생각났다. 그렇다고 이미 적법한 절차를 거쳐 조성하고 있는 레저타운에 압력을 행사하고 싶은 생각은 없었다. 이무영 대통령은 문득 그런 사실을 알고 있는 강권에게 대안이 있을지도 모른다는 생각이 들어 물었다.

"그럼 조상님들의 노여움을 풀 수 있는 방법은 없겠는가?"

"이미 풀린 것이나 마찬가지니 굳이 애쓰실 필요는 없습니다. 제가 어르신께 마사지를 해 드리겠다고 한 까닭은 어르신의 선조께서 노여움을 푸셨다는 것을 느꼈기 때문이지요. 그러니 약간의 기만 불어넣어 드린다면 쾌차하실 것입니다. 그보다 한 가지 재미있는 것을 말씀드리지요."

"호오, 그게 무언가?"

"과거 일제가 우리나라의 지맥을 끊기 위해서 백두대간 곳곳에 쇠말뚝을 박았다는 것을 들으셨을 것입니다."

"그런 말이 있었지."

이무영 대통령은 강권의 말에 완전 심취되어 할아버지에게서 옛날 얘기를 듣는 아이처럼 귀를 기울이고 있었다.

"그 쇠말뚝 때문에 우리나라가 분단이 되고 엄청 고통을 당한 것도 사실입니다. 그렇지만 그걸로 천기를 막을 수는 없는 노릇이지요. 오히려 막혔던 기운이 소통이 되면서 우리나라에 유익한 기운이 엄청 활성화되고 있습니다. 막았던 둑을 트면 막혔던 물이 일시에 쏟아진다는 이치와도 같은 것이지요. 그 증거로 들 수 있는 것이 한류 열풍입니다. 또한 일제는 천기를 왜곡한 천벌을 받게 될 것입니다. 선조의 잘못을 고스란히 뒤집어 쓸 그들의 후손들이 불쌍할 따름이지요."

"하하, 자네는 거짓말이라도 참 재미있게 말하는구먼."

"역학으로 보면 우리나라는 무토이고, 일본은 을목입니다. 목극토(木헌土)여서 우리나라가 일본에 일방적으로 당하는 관계처럼 생각을 하시겠지만 을목은 잡목이어서 성가신 존재에 불과합니다. 더 중요한 것은 역학으로 보면 우리나라가 일본의 부모와 같은 존재라는 것입니다. 부모에 불효를 하면 종내 하늘에 내침을 당하게 되어 있습니다."

"일본은 그렇다 치고 그러면 중국은 어떤가?"

강권은 이무영이 구미가 당긴다는 듯 묻자 빙그레 웃으며 말했다.

"중국은 병화입니다. 원래라면 중국은 우리나라에 지대한 도움을 주는 우방이지만 아쉽게도 계수인 북한이 사이에 끼여 있어 수극화(수극화)하여 별 도움이 되지 못합니다."

"자네 말대로라면 중국은 우리에게 해를 끼치지 않아야 하는데 현실은 그렇지 않고 있잖은가?"

"하하, 단기적으로는 그렇게 보이겠지요. 하지만 몇 년 이내에 통일이 된다면 확실히 달라질 것입니다."

"정말 그렇게 될까?"

"그야 두고 보면 알게 되겠지요. 더 재미있는 말씀은 천기에 관계되는 것이라 저 혼자 알고 있어야 되는 것이 아쉽다면 아쉬운 일입니다."

"호, 그런가? 천기에 관계 된다면 굳이 듣겠다고는 하지 않겠네. 그런데 이상하군. 자네 말대로 중국이 우리에게 지대한 도움을 주는 우방이 된다면 굳이 중국 산업스파이들을 전문적으로 상대할 조폭들을 양성할 필요가 없지 않을까?"

강권은 이무영 대통령이 본론을 끄집어내자 자신의 생각을 털어놓았다.

"그렇게까지 말씀을 하시니 마사지는 뒤로 미루고 제 생각부터 말씀을 드려야겠습니다."

강권은 이렇게 운을 떼고 잠시 생각을 가다듬은 다음에 차분한 어조로 말을 이어 나갔다.

"오행이란 게 서로 맞물려서 상생과 상극을 하고 있다는 것이 그 이유가 될 수 있습니다. 대국적으로 생각해 볼 필요가 있다는 것입니다. 미국은 경금에 해당하고, 소련은 갑목입니다. 병화에 해당하는 중국은 목생화의 이치에 따라 소련의 도움으로 현재의 위치에 오를 수 있었습니다. 그런데 화극금이어서 종내 미국은 중국을 당해 내지 못합니다. 우리나라가 중국을 어느 정도 견제하지 않는다면 미국은 더 어려워질 것입니다. 어떻게 보면 토생금이라 미국도 우리나라의 힘을 소진시키고 있지만 대국적으로 우리나라의 상극인 소련을 견제하기 위해서는 지금 현재는 중국의 힘을 조금 소진시킬 때라는 것입니다."

"알 것도 같지만 확실히 이해가 되지는 않는군."

이무영 대통령은 고개를 갸웃거리다가 강권의 생각을 물었다.

"어디, 자네가 생각하고 있는 중국 산업스파이에 대책을 말해 보게나."

"어르신께서도 우리나라에 암약하고 있는 중국의 산업스파이가 1,000명이 넘는다는 것을 알고 계실 것입니다. 그런데 그들은 간단한 상대들이 아닙니다. 제도권의 힘만으로는 그들을 상대하기가 버거울 정도입니다. 그래서 제가 고심 끝에 생각해 낸 것이 고구려의 살수인 매자(魅者)입니다. 흔히 살수의 대명사처럼 말하는 닌자보다 훨씬 더 능력이 뛰어난 존재들이지요. 문제는 매자 훈련은 엄청 위험해서 열에 한둘은 죽을 수도 있다는 것입니다. 그래서 제가 쉽게 결정하지 못하고 있습니다."

"매자 육성이 그만한 가치가 있을까?"

"일급 매자 세 사람만 힘을 합하면 지구상에서 가지 못할 곳이 없습니다. 설사 그곳이 백악관이라고 하더라도 말입니다."

이무영 대통령은 강권의 말하는 의도를 대충은 알게 되었다.

"자네 말을 듣자니 007이 생각나는구먼. 자네 혹시 그걸 염두에 두고 말하는 것은 아니겠지?"

"하하, 왜 아니겠습니까? 만약을 대비해서 그 정도 비상
무기를 갖추는 것도 우리나라의 미래를 위해서 필요하지 않
겠습니까?"

"딴엔 그렇겠네. 그럼 인원을 차출해 주면 자네가 책임
지고 훈련을 시키겠는가?"

"그러면 좋겠지만 제가 따로 할 일이 있어 그렇게 할 수
없습니다. 저는 훈련 교안과 훈련 조교만 훈련시키겠습니
다."

이무영 대통령은 이해가 가지 않는다는 듯 고개를 갸웃
거리다가 물었다.

"훈련 조교를 훈련시키는 것과 자네가 직접 매자를 훈련
시키는 게 뭐가 다른가?"

"매자의 훈련 과정은 침투, 수색, 매복, 추종, 암살 등
총 10여 개로 세분할 수 있습니다. 한 사람이 이 모든 과
정을 어느 정도 쓸 만하게 익히려면 최소한 6개월에서 1년
이란 시일이 소요됩니다. 그런데 하나의 과정만 숙달시키는
것은 보름에서 통상 한 달 정도면 가능합니다. 그러니까 제
가 전 과정에 관여하는 것은 길게 1년이 걸리지만 훈련 조
교만 양성한다면 보름에서 한 달 정도만 신경 쓰면 된다는
얘기지요."

"알겠네, 한 번 생각해 보기로 하겠네."

이무영 대통령은 매자 양성에 나름 흥미를 가졌지만 이 것은 엄밀히 말하면 제도권 밖의 일이어서 쉽사리 결정을 내릴 수가 없었다. 그런데 강권의 마사지를 받고 고질병이 씻은 듯이 낫자 최대한 협조를 해 주기로 했다.

〈『더 리더』 2권에서 계속〉

the 리더

1판 1쇄 찍음 2011년 7월 1일
1판 1쇄 펴냄 2011년 7월 5일

지은이 | 희 배
펴낸이 | 정 필
펴낸곳 | 도서출판 **뿔미디어**

기획 | 이주현, 문정흠, 손수화
편집책임 | 조주영
편집 | 이재권, 심재영, 주종숙, 이진선
관리, 영업 | 김기환, 김미영

출판등록 | 2002년 9월 11일 (제1081-1-132호)
주소 | 부천시 원미구 상3동 533-3 아트프라자 503호 (우)420-861
전화 | 032)651-6513 / 팩스 032)651-6094
E-mail | BBULMEDIA@paran.com
홈페이지 | www.bbulmedia.com

값 8,000원

ISBN 978-89-6639-166-0 04810
ISBN 978-89-6639-165-3 04810 (세트)